南方周末记者文集

在这里，读懂中国

国家与教堂

21世纪最初十年的中国映像

南方周末

章敬平 著
ZHANG JINGPING

南方日报出版社
NANFANG DAILY PRESS

图书在版编目（CIP）数据

国家与教堂:21世纪最初十年的中国映像/章敬平著.--广州:南方日报出版社,2011.7

ISBN 978-7-5491-0206-8

Ⅰ.①国… Ⅱ.①章… Ⅲ.①新闻—作品集—中国—当代 Ⅳ.① I253

中国版本图书馆CIP数据核字(2011)第068509号

国家与教堂——21世纪最初十年的中国映像　　章敬平　著

出版发行:南方日报出版社
地　　址:广州市广州大道中289号
电　　话:020-83000502
经　　销:全国新华书店
印　　刷:河北环京美印刷有限公司
开　　本:720mm×1000mm 1/16
印　　张:17.5
字　　数:250千字
版　　次:2019年4月第1版第2次印刷
定　　价:29.80元

《南方周末》记者文集
编辑委员会

目录

CONTENTS

总序：你必须抚摸他们，他们是中国跳脱的心 ………… 陈明洋 1
序：让夸张来得更猛烈些吧 ………………………… 何　力 3
自　序……………………………………………… 章敬平 5

第壹辑　灾难：原来不会兴邦

水临城下…………………………………………… 3
唐祖华：英雄本色 ………………………………… 12
谭力：我的笑和哭 ………………………………… 22
探访中国“艾滋病”村……………………………… 25
采访手记 1：我最得意的报道 …………………… 32
拯救艾滋病患的民间力量………………………… 35
辽宁禽流感悬疑…………………………………… 41
黑山再次证明了森的正确………………………… 48
采访手记 2：灾难性报道中的人性和人情 ……… 50

第贰辑　佛教：人间菩萨

灵山梵宫到小巨蛋：不可思议的跨越 …………… 65
佛在灵山莫远求…………………………………… 71
班禅大师初长成…………………………………… 78
台湾：人间佛教的道场 …………………………… 82
佛风吹江南………………………………………… 86

赵朴初：一代宗教领袖的最后归宿 …………………………… 94
采访手记 3：高僧对新闻人的开示 …………………………… 105

第叁辑　高官：媒体与权力对话

政治舞台上最后的成思危 …………………………… 113
别了，成思危 …………………………… 125
许嘉璐：没有文化的经济无异于空中楼阁 …………………………… 129
与许嘉璐喝茶 …………………………… 139
李金华：审计长的光荣与梦想 …………………………… 142
英雄与时势 …………………………… 155
叶小文：破解宗教难题 …………………………… 158
采访手记 4：高级官员背后 …………………………… 174

第肆辑　天下：同一个世界，不同的梦

中国能做领导者吗 …………………………… 183
下一站：印度 …………………………… 189
大连赏槐：供日本人怀旧？ …………………………… 195
樱花盛开无锡：新生日资高地 …………………………… 208
日本该向中国还情吗 …………………………… 214
以色列崛起之谜 …………………………… 217
美国大选：谁会对中国更温和 …………………………… 225
麦肯恩小镇拉票目击记 …………………………… 232
米歇尔：一个家庭主妇的力量 …………………………… 240
黑人总统：白人准备好了吗 …………………………… 245
卡瑞：仅仅因为我是女人 …………………………… 249
选举日的最后一刻 …………………………… 252
美国大选：一场游戏一场梦 …………………………… 254
采访手记 5：你的新闻全球化了吗 …………………………… 259

总序 GENERAL PREFACE

你必须抚摸他们，他们是中国跳脱的心

陈明洋

我一直说，来《南方周末》的人，多少有点别有抱负。这些人，往大里说，胸怀理想，心忧天下，距稻粱之谋远，离家国情怀近，铁肩担道义，妙手著文章；往小里说，他们不过是说点真话，说点实话，不过是我手写我见，我口说我心，不过是在新闻这样一个岗位上，在中国特色的巨大转型中，尽一点新闻人应尽的职分而已。套用维特根斯坦对人最高评价的话“他还像个人”来说，就是：他们还像个新闻人。

我说过，真话在中国曾是——现在也许还是——稀缺的产出。“有可以不说的真话，但是绝不说假话”，在新闻共同体中大约遂成名句，原出自南方老报人黄文俞之口，被左方、江艺平等一代代《南方周末》掌门人以及《南方周末》人视为报训，接力传递，铭之于心，应之于手，《南方周末》一纸风行到现在已是第二十六个年头了，应该说，良有以也。坚守这一报训，不容易，需要一点执著，一点坚韧，甚至一点——照北京话说——浑不吝，当然，也需要一点技术含量。

我也一直说，《南方周末》和《南方周末》人，其关系是彼此成全的。《南方周末》被认为是中国新闻界一个不算低的平台，《南方周末》人则高人辈出（据说，有《南方周末》是“中国新闻界的黄埔军校”之说。幸耶？非耶？）。“不算低”滋养“高人”，“高人”成就“不算低”，彼此遭遇，相得益彰。

并非蝉，“居高声自远，非是借秋风”。成全《南方周末》、滋养《南方周末》

人的，是中国这个被视做新闻的天堂——民吾同胞，物吾与也。新闻天堂，意味着不时有“同胞”地狱准地狱，而“物”不吾与也；是“要识中国真面目”的巨大挑战和巨大诱惑——中国仍未走出李鸿章所说的“三千余年一大变局”……

而被成全被滋养的《南方周末》佼佼者，“高人”中的“高人”，就是《南方周末》的高级评论员、高级记者、高级编辑吧。

这里的“高级”，是《南方周末》内部职称的塔尖；这里的内部职称，只能算是“内部粮票”，跟“省票”、“国票”不同，行用于《南方周末》内部而已。“职称”虽“内部”，标识的也是职业段位；高级，则有标杆之义；标准，自是“《南方周末》牌”的。

六年前，我忝为《南方周末》内部职称的始作俑者，是期望为无意于管理岗位的采编人员打通一条业务上升通道的，乃至有为《南方周末》服务的终身评论员、终身记者、终身编辑，而进入管理岗位的则不在职称评聘之列；六年下来，《南方周末》的“高级”计有十二位：

高级评论员：鄢烈山、陈敏。

高级记者：郭国松、南香红、李海鹏、张立、章敬平、陈涛、庞瑞锋、张英。

高级编辑：朱力远、林楚方。

如果不出意外，今年产生的高级职称者还有：马莉、刘小磊、袁蕾。前此“高级”而离开《南方周末》——前面说过“高人辈出”，这里是另一种“辈出”，即出去了——的，是八位：郭国松、南香红、李海鹏、张立、陈涛、庞瑞锋、林楚方、章敬平；留在《南方周末》的，还有四位：鄢烈山、陈敏、朱力远、张英，其为《南方周末》而“终身”乎？其为新闻而“终身”乎？

写到这里，要借李叔同一用，“悲欣交集”，不为矫情！悲不说了——《南方周末》或不止《南方周末》一机构之小悲而已，这里要说的“欣”是：无论“终身”的，还是“辈出”的，他们仍以《南方周末》为荣，他们仍以《南方周末》为家，为娘家，为冤家，为情人，可资证明的是：当《南方周末》要出这套高级丛书时，他们慨然允诺，把在《南方周末》的作品结集。

我不敢妄说我认为“《南方周末》关切‘中国根目录问题’”，而他们是优异的身体力行者，我不想数说这些“‘高人’中的‘高人’”一个个地如何如何，我不能分说新闻如何易碎而南香红、李海鹏如何有“对抗时间的写作”，我也不用再说杂文如何被鲁迅期待速朽而写评论的鄢烈山、陈敏又三复斯言：因为他们自有作品在，而读者诸君，你们亦自有目光如炬在！

是为序。

2010年4月18日于陈留居

序 PREFACE

让夸张来得更猛烈些吧

何　力

实在搞不懂，敬平为什么要找我写序？也许是我现在比较清闲。抑或是我的清闲反衬出他的勤奋——他似乎总在写书，写了好多本，好像是每年至少一本。

他的新书如他所言：不能控制自己作为一个新闻记者“虚张声势的坏毛病”，而且他决意继续夸张下去——“请你原谅我的夸张。究竟我的本意，我是希望夸张的手法，能够达至片面的深刻……经由身体和心灵的对话，重新认识我们自己，重新考量弹指一挥的十年，像知识分子一样勇敢面对看上去虚无缥缈却又挥之不去的命题，追问中国从哪里来又要到哪里去，把我们丢失的钥匙找回来。”

近十年，包括过去30年，我们成长与进步得很快、太快了。细想之下，快得其实早已超出我儿时的全部物欲之念。

发展就是增长，就是更快、更好、更强大？就经济生活而言，效率往往意味着更富裕的生活，更牛的GDP，更高的大楼——不久前在上海最高的环球金融中心顶层吃饭，原来最高的金茂大厦就在脚下，东方明珠亦然。据说另外一栋大楼——上海中心，将于2014年竣工，设计高度为632米。届时，上海中心将取代环球金融中心成为全上海最高的大厦。

接下来呢？有尽头吗？就像不久前讨论的博尔特是不是有极限呢？人类跑一百米究竟会有多快？

这就牵涉到欲望。

历来赞美资本主义和市场经济的人都把人类自利的动机作为真正的进步动力。并且认为，市场相当程度上能抑制欲望的过度——用一些“相对无害的欲望”来制衡那些危险的欲望。但如何区分于界定？是有一条截然的鸿沟，还是经常不自觉地模糊了。哦，我们真能管住自己？别的不说，比如美人计。当然，人类还有了另一个办法叫做“法治”，所谓法治就是对过度欲望的威胁——你要为其付出代价，坐牢甚至杀头。

斯宾诺莎在《神学政治论》中说：无疑，每个人都在追求自身的利益，却很少是凭清醒的理智。因为大多数人关于欲望和效用的观念是为肉体的本能和情绪所支配，只顾眼前。

1972年，麻省理工学院的丹尼斯·米都斯领导的科研小组受罗马俱乐部的委托，编写、发表了《增长的极限》这一报告。作为对“增长”这一时代主题的最经典的反思，报告在随后的32年时间里在全球范围内产生了巨大影响和广泛争议。现在终于轮到我们“追问中国从哪里来又要到哪里去”了。

是的，困境在于：“人类尽管具有很多知识和技能，可以看出这个问题，然而，却不能理解它的许多组成部分的起源、意义和相互关系。因此，不可能做出有效的反应。这种失败的发生原因在于：我们继续考察这个问题的某一个部分时，不理解这一部分仅仅是整体的一个方面，也不理解一个因素会导致其他因素的变化。”

追求效率，赚更多的钱，过更好的生活，显然是被归入“相对无害的欲望”。当对它的欲求适度时，会实现私人利益和公共利益的平衡；而过分沉迷于这种欲求，对公共利益和私人利益都没有好处，甚至，对自己的伤害更大——他成为一个自虐者，赚钱不再是手段而成为目的，就像老葛朗台，他哪里还有幸福可言啊——欲望是欲望的真正平衡物。

但是，如果人类改变了呢？如果奇迹真的发生——比如每个人都不再自私自利，而是统统先人后己，一心为国家和社会操心，那将是理想国吗？未必，也许更糟，政治家将会不知所措，人民也会累个半死。

我们的悲剧也许正在于，我们希望在道德上保持中立，建设自己的小世界，外部世界好像与我们无关，我们也不大关心别人的痛苦，这个社会好像不是一个社会，我们只是无可奈何地混在一起。我们以为自利是天性，我们为这个目标建设自己和自己的家庭，以为这样就天下太平了。但其实社会已经开始“溃败了”（孙立平语）。皮走了，只剩毛漫天飞舞。

敬平始终没有回避。他的四个看上去也许“不搭界”的映像，“片面的深刻”地注解与诠释了——如果没有一个保持正确性的坚定可靠的保证，那么生活在许多相互抗衡的价值、规范和生活方式之间，是危险的，也是需要付出高昂的心理和精神代价的（齐格蒙特·鲍曼《流动的现代性》）。

让夸张来得更猛烈些吧。

2009年9月12日

自序 AUTHOR'S PREFACE

章敬平

新闻记者总是免不了虚张声势的坏毛病。与历史学家相比，热衷于此时此地的我们，常常肤浅得连我们自己都不好意思。在他们的眼中，不经过漫漫无际的无谓流逝的岁月，人类就不会看到一个真正具有世界历史意义的时刻，一个人类群星辉耀于璀璨星河的时刻。

可是，历史学家眼中的规律，常常被我们粗暴地践踏，我们装作无所谓地抬起置之不理的头，自言自语地，自高自大地，就一个个短暂的历史片段，做意味深长的大历史的解读，即使没有任何历史意义的小人物小事件，我们也习惯于见微知著，从青萍之末，揣摩风的方向。

我不敢说，2000年代的中国，我们这个世纪的最初十年，是意义寻常的十年，是人类历史上庸常碌碌的十年，但我必须承认，撰写2000年代的中国的念头刚一抬头，我就堕入了刻意拔高当代史的陷阱，犯了动辄指点江山激扬文字粪土当年万户侯的老毛病。

像往常那样，就某一个人物某一个年月某一个事件展望中国的未来，已不再是我的兴趣所在。在这本书里，我暂时戒除了匆匆忙忙给历史下结论的陋习，抛弃了政治、经济、社会、文化等等纵论时代变迁的旧框框。

和过去相比，我似乎从容了许多，谦虚了许多，虽然我在议论国事的时候，并未完全驱除记者这个职业与生俱来的好大喜功的劣根性。但我开始小心翼翼地注意防范它的侵袭，别有用心地从我过去的作品中，抽取了四个透视本世纪开局十年的映像，我期待“灾难”、“高官”、“佛教”与“天下”，能够符号性地刻画出2000年代中国的概貌和心灵。

我很清楚，我在冒险。弄不好，我巴望着呈现给读者诸君的映像，非但不能烛映中国十年的容颜，还可能成为扭曲这个时代的幻象。毕竟，灾难也好，高官也好，佛教也好，天下也罢，只是一鳞半爪的极端化的资讯，而非日常生活的全部。

可是，用映像表征2000年代中国的冲动，实在太强烈了。强烈得让我无法克制。我相信映像的魅力，胜过一切自以为是的判断，我希望自己能够拿出一种拥有禅宗意味的映像，供那些和我一样不知道怎样认识今天的中国和世界的人们，独自玩味。

直觉告诉我，映像的生命力和议题的解释力，从来都不会因为理性而变得强大。相反，感性的呢喃，人性的喘息，偶尔却能派生出绵绵不绝的排山倒海的力量。所以，我放纵了职业记者的臭脾气，任由我的映像四处流窜。我渴望你在这部作品中，能够遇到罗曼·罗兰传记作品中的人，让你在刹那间感受到大江大河那样奔腾不息的生命力。我期待你在这部作品中，能够碰到茨威格作品中的瞬间，让你在掩卷时认识到我们的国家我们的时代我们的同胞的精神气质。我还奢望你在这部作品中，能够想到梁启超作品中的大变局，让你在开卷时联想到中国与世界的握手与较量。

请你原谅我的夸张。究竟我的本意，我是希望夸张的手法，能够达至片面的深刻。我肯定不愿意我所瞩目的四个映像是夸张的或者片面的，我只是寄希望于它们，祈望它们像一个个方便法门，便于我们返观自身，观察我们穿行在国家与教堂之中的行动和意识，经由身体和心灵的对话，重新认识我们自己，重新考量弹指一挥的十年，像知识分子一样勇敢面对看上去虚无缥缈却又挥之不去的命题，追问中国从哪里来又要到哪里去，把我们丢失的钥匙找回来。

本来，这是一本记者写给时代的书，可是，本书策划人起初的目的，不过是给新闻专业的大学生或者新闻界的同行，准备一套打上《南方周末》标记的丛书，作为丛书中的一本，它在市场定位上是一本新闻业的参考读物。为使本书能与丛书的宗旨相吻合，我按照策划人的嘱咐，竭尽所能地为一部分文章配备了采访手记，并在每一章的末尾，附上了我的业务随笔。

最后，感谢我的同事张英先生，我这本书的面世费尽周折。感谢我曾经的上司何力先生，他为本书撰写了序言。感谢所有与本书字纸相关的今日和昔日的同事和同行，是你们为这本书插上了翅膀。当我的脑海中一一浮现你们的面容时，我惊呆了，太多的面孔对应太多的名字，请原谅我不能不顾读者的阅读感受，为了你们的名字，再增添一个页码。

国家与教堂
GUOJIA YU JIAOTANG

新闻记者总是免不了虚张声势的坏毛病。与历史学家相比，热衷于此时此地的我们，常常肤浅得连我们自己都不好意思。在他们的眼中，不经过漫漫无际的无谓流逝的岁月，人类就不会看到一个真正具有世界历史意义的时刻，一个人类群星辉耀于璀璨星河的时刻。可是，历史学家眼中的规律，常常被我们粗暴地践踏，我们装作无所谓地抬起置之不理的头，自言自语地，自高自大地，就一个个短暂的历史片段，作意味深长的大历史的解读，即使没有任何历史意义的小人物小事件，我们也习惯于见微知著，从青萍之末，揣摩风的方向。我不敢说，2000年代的中国，我们这个世纪的最初十年，是意义寻常的十年，是人类历史上庸常碌碌的十年，但我必须承认，撰写2000年代的中国的念头刚一抬头，我就堕入了刻意拔高当代史的陷阱，犯了动辄指点江山激扬文字粪土当年万户侯的老毛病。像往常那样，就某一个人物某一个年月某一个事件展望中国的未来，已不再是我的兴趣所在。在这本书里，

第壹辑

灾难：原来不会兴邦

写在前面：

四川大地震，河南艾滋病，辽宁禽流感，21世纪最初十年的中国，当我穿越笼罩在灾难阴霾中的大地和心灵，我一而再地感佩于国家救灾和民间救援中的善与爱，再而三地痛惜于人类在灾难面前的卑微和失算。

灾难原本不会兴邦。如果我们不能将过去灾难中的教训变成明天救灾中的经验，多一次灾难，我们的国家和人民就会多一次痛苦。若想祸福相依的古老哲学福佑我们这个灾难重重的国家，我们就须以敬畏之心，检讨灾难中的得失。哪怕我们的失误相对于我们的成就微不足道，我们仍旧需要在救灾结束后耐心检点。

我们必须谦逊地承认，我们的制度建设还没有完全跟上灾难的步伐。我们还不能在灾害面前奢谈胜利。在征服灾难的漫漫征途中，改进人和自然拼斗中的技术细节，迫在眉睫，修正我们面对灾难时的制度设计和心灵建设，亦势所必然。

往者不可谏，来者犹可追。灾难终将过去，生活还要继续。我们尚未风干的眼泪，注定要为新生活而流。我只是希望，当我们咏叹我们在灾难面前的勇敢、善良、力量时，也别忘了制度、人心、刚性、柔软、过去、现在、未来、经验、瑕疵、教训等等关键词，以备后来者思考我们这个其命维新的旧邦，怎样才能在一次次灾难中野蛮体魄健全精神。

水临城下

四川大地震过后，时时处于溃坝危险当中的唐家山堰塞湖，将绵阳变成了一座危城。在水临城下的日子里，我不分白天黑夜地行走在城里城外，我想知道：绵阳怎样在市民的逃难潮中变成了一座“空城”？劫后余生的人们对于人与人之间的矛盾和友爱，有没有什么新的认识？六一儿童节中，那些需要和孩子发生关联的人群，是怎样对待死亡对待幸存者对待喜庆对待节日的？

2008年6月4日，唐家山堰塞湖何时溃坝的信息还没有传来。原以为1/3溃坝方案启动，堰塞湖施工现场的武警官兵撤退之后即可溃坝的市民以为，上游的洪水可能会像日本NHK模拟视频中所说的那样，从北川，经江油，直奔绵阳城，而后出涪江，入嘉陵江。

可是，庆祝武警官员凯旋的日子已经过去四天，20余万市民也于四天前撤离疏散到安全地带，何时溃坝依然悬而未决。流言四溢，疑惑满城。

就在这天早上，绵阳当地媒体纷纷刊载水利部总工程师刘宁的通报，兼任唐家山堰塞湖抢险指挥部专家组组长的刘宁说，余震等确定性的危险，天气、管涌等等不确定的危险，叠加在一起的结论是：唐家山堰塞湖仍然很危险。

至于究竟什么时候溃坝，绵阳市委书记谭力对我说，他也不清楚。

可以清楚的是，水临城下的威胁，已让这个城市在大自然的作弄中，消耗得疲惫不堪。

逃 难

6月2日下午，我再一次到了绵阳机场、火车站和汽车站。一票难求的紧张氛围，缓和下来。远走他乡，逃离地震和溃坝威胁的人流，渐次稀落。

绵阳机场候服部的王晴说，大地震后，绵阳人开始乘机外出避难，昔日人气不旺的绵阳机场开始人气飙升，唐家山堰塞湖溃坝撤离动员大会召开后，人流升至高峰。飞往北京的航班由每天的1架次，增至3架次。

那段日子，绵阳城内三星级以上的酒店，门口都拉起增开绵阳飞往山东、河南的临时航班的条幅，酒店商务中心告诉客人，至少提前一周，才有可能预订一张全价票。根据王晴的估算，堰塞湖溃坝已成定局的信息，使得每天出港的绵阳乘客快速逼近2000人。

最近两天出港的民航班机，不再像前一阵子那么匆忙。尽管出港的机票依旧需要提前预定，依旧需要乘客支付全价，临时加班的航班几乎没有了。飞往北京的航班已降低到每天2架次，甚至1架次。

据绵阳机场工作人员观察，乘机前往北京上海广州等城市避难的，不是绵阳富人，就是白领，或者是公务人员的子女。王晴说，她和先生将9个月的孩子送到了重庆，他们夫妇前些日子每天24小时上班，也照顾不过来。地震后，官方严禁临阵脱逃，有些自己必须留在一线的人士，就将年迈的父母、已经放假的孩子，送给外地亲友照顾。

国内机场到达厅，日光灯都没有开启，一片黯淡淡。茶水雅座的沙发上，躺着数位穿金戴银的老太太，几个孩童在一旁嬉耍。自称姓董的老板娘说，他们是她的亲戚，晚上住在机场附近的帐篷，白天坐她这喝茶吃水果，反正进港的客人稀少，也不耽误生意。她打趣说："有钱的，有本事走的，都走得差不多了，剩下的就是他们这些没钱外出的。"

她说的不对。

在绵阳火车站、汽车站，很多并不富裕的人，也选择离开。

5月29日夜晚的绵阳火车站，收敛了白日的喧哗，数十位旅客在震后应急搭建的候车室里，奄奄欲睡。

三天前，唐家山堰塞湖撤离动员大会全市直播。嗣后，候车室人流如织，老人，妇女，儿童，摩肩接踵，捏着无座的车票，急吼吼地往前挤。

有座无座无所谓，去哪里也无所谓，能走就行。维持秩序的警官比划着更早日子里售票口的情境：

有到郑州的么?

没有!

到福州的车票有么?

没有!

那有到乌鲁木齐的车票有么?

有!

那好，就去乌鲁木齐!

警官说，没有方向，只要能离开绵阳，离开四川，离开余震的危险，离开溃坝的危险，去哪都可以。

火车站姓母的书记说，堰塞湖告急后，地震后离开绵阳的高峰，再创新高。每天 6000 多旅客匆匆离去，八成以上是外出避难的。

半个小时过后，我到达西南财经大学天府学院。守门的保安说，除了百来个做志愿者的大学生，学校已经空了。

唐家山堰塞湖撤离人员动员大会得出的必溃的结论，使得汽车站在动员大会还没宣布散会的时候，便开始人流汹涌。绵阳市长途汽车总站站长张国斌说，客流量的确很大。该站一安检员夸张地回忆：人多啊，差不多赶上雪灾中的广州火车站了。

与此同时，以短途旅客为主的绵阳市汽车站，再现了春运景象。逃难的城里人往乡下跑。一个戴眼镜等着上车的男乘客说：“又是地震，又是垮坝，平时不怎么来往的乡下亲戚，也开始拉拉扯扯了。”

乡下天地广阔，不像绵阳城高楼林立。哪怕一样搭个地震棚，也比城里的撤离民众安置点强，起码不用一家几代人不洗澡不换衣服不分男女挨一起睡，不用嚼着方便面念叨着大米蔬菜。

没有哪个机构知道绵阳城究竟走了多少人，诸多出租车司机的感觉是，生意比正常日子少了至少一半，至于是否走了一半人，不得而知。

空　城

飞京沪，赶成都，去新疆，回乡下，闯天下，伴随着陆空联运的日趋紧张，绵阳城里的人气日渐萧条。以万为计量单位的撤离疏散，使得2000年来渐至繁华的绵阳古城，骤然间冷清下来。

6月2日，依照唐家山堰塞湖1/3溃坝预案，撤离家园的部分绵阳城区，人去楼空，近乎空城。当晚，我走访市民已然撤退到高地安置点的涪城区、游仙区沿河一带，昔日繁华的街市一片沉寂。仙游区沈家坝片区，无人居住的楼宇里，黑压压一片。警察三三两两，骑着摩托车，一趟趟巡逻。

此前两天，绵阳市委书记谭力，以指挥长的名义，命令紧急状态下的相关市民，在48小时内，无一遗漏地转移到既定的安置点。

彼时，唐家山堰塞湖堰塞体大坝上，已开始撤退。5月的最后一个晚上，留在大坝上的300余武警水电部队的官兵和技术人员，差不多只有先前的1/3。按照“工程排险向最好的方向努力，疏散避险向最坏的方向设想”的原则，撤离成了方案中涉及的市民不得讨价还价的选择。违者，将被强制撤离。

撤离后的“空城”里，临时交由警察和预备役民兵看守，他们在确保片区内每个角落都受过地毯式搜查后，被要求无关人员一律禁入。

其实，在官方强令撤离之前，绵阳城内担心余震袭来的市民，业已挤占了每一个堪以避难的帐篷，被建设局认定“加固使用”和“不可使用”的房屋中，人们早已不再回家。唐山家堰塞湖撤离动员大会过后，地势低洼的长虹大道两侧，绵延数里的帐篷，空空如也。富乐山公园、园艺山等绵阳城内城郊的高地，聚集了数万市民。

风声鹤唳的撤离，紧锣密鼓的疏散，使得商业在城市快速萧条。商业是城市之所以是城市的标志，溃坝在即的唐家山堰塞湖在短短几天中，就撕毁了绵阳古城作为城市的标志，开市大吉变成关门了之。

以5月26日唐家山堰塞湖动员撤退为起点，之前几天，大地震后被迫罢市的商城店铺，已恢复元气。之后，必然溃坝的消息，急速关上了商城店铺刚刚打开的门。绵阳城的商业中心地带，一连数日，冷静无比。地震后大张旗鼓恢复营业的沃尔玛、好又多超市，被告急的唐家山堰塞湖再度拉下了卷闸门。直到六一儿童节那天，几家大的商店商场才羞答答地掀起门帘，开门迎客。

绵阳是四川省内仅次于成都的休闲城市。夜晚的街市，街市上的排档，排档上的啤酒、兔头、干锅，是已经入夏的绵阳人享受生活的必需。往年这个时候，三条穿城而过的河流两岸，醉汉，情侣，家人，朋友，总要以各种吃吃喝喝的理由，闹到“清道夫”上街，方才渐次离去。而今，偌大一个绵阳城，只有烧烤一条街上，几家烧烤点坚持接客。

菜市场的境况，也叫人提不起精神。地震使部分室内菜市场的建筑受了内伤，害怕出事的菜贩子，将案板转移到室外。6月1日清晨，沿着由低到高直奔高新区的一条街道上，一条长约一公里的露天菜市，绵延在街头。看扔在地上的菜篮子，高高挂起的猪肉，犹如置身乡村集市。

我入住的绵州酒店，为外地援救单位和专家准备的自助餐，长达数日都是两三个菜。6月2日开始，盘子里出现了鱼。餐饮部经理解释说，地震过后，鱼非常稀缺。酒店后门的那个鱼馆，已经很多天没有鱼卖。

悬湖在顶，绝大多数鱼贩子选择回家。物以稀为贵，但在地震后打击哄抬物价的氛围中，很少有人愿意贩卖不能涨价的鱼。据称，地震过后，趁乱涨价的绵阳商家无一幸免地受到数额不等的罚款。

东方红大桥至科学城一带，是绵阳城中科学与宗教与迷信与民俗盘根错节的地带。地势沿着河流盘旋而上的这片地带，有一个碧水寺，一个中国唯一的科学城，一个神秘的研究机构，若干个兜售丧葬物品和香烛的店铺。

6月3日，这一带已实施好几天交通管制。碧水寺大门紧闭，不再供人烧香拜佛。寺门对面的那个丧服花圈点还开着门。老板说，非常时期，办丧事的人家一切从简，除了科学城吊唁堂买了几个花圈外，多数客人只是买几张纸，几件丧服简单了事。

桥头一个蹲在地上面前摆着文王八卦图的中年女相士，还坚守在岗位上。但她并不揽客，我从她身边反复走过数趟，她也没喊一声。

六一

唐山大地震之后，人们从未见过这么多孤儿，在一夜间涌出。地震孤儿使得中国的儿童节，从未像2008年这样悲情。国家领导人，军队高级将领，社会名流，知名主持人，纷纷赶到绵阳，与部分符号化的灾民小学，度过欢快中透着忧伤的儿童节。

6月1日早上8时，阳光普照绵阳，唐家山堰塞湖的专家和官兵，正在准备凯旋，等待溃坝泄洪的一刻。

此刻，地势高得无惧堰塞湖的绵阳市高新区，解放军总装备部八一帐篷学校的操场上，三四百系好红领巾的孩子正在列队，等待中央电视台少儿频道的主持人。

大地震之后，5所学校1000余名小学生，和少数中学生，跟随他们的老师，从惨遭毁城的北川县逃到此处，住进40余顶军用帐篷。

一刻钟后，人群欢呼起来。倪萍阿姨来了，董浩叔叔来了——少儿频道的主持人都来了。

“孩子们好。”董浩的双手高高举起，倪萍的笑容灿烂如花。

托管八一帐篷小学的军官，在高高挑起的摄像机探头下，高喊：敬礼!

“你们快乐么？”董浩问。

“快乐！”孩子们齐声应答。

若非身临其境，难以想见少儿频道的主持人，在偏僻的北川羌族自治县的孩子心中，竟有那么大的魅力。

人们以为孩子们已经忘记了忧伤。

一个孩子被喊到主持人身边：“现在，你最想要什么？”

口说心语的孩子对着话筒：“我想爸爸妈妈。”

现场的气氛，顿时骤变。

灵敏善变的主持人快速扭转了可能悲情的局面。

击鼓传花，唱歌相声，拔河比赛，善于逗乐孩子们的主持人让现场鼓荡着无尽的快乐。忧伤被驱散了。那个双亲尽逝的孩子也中止了连日的泪水。

志愿者、新教育研究院马玲老师说，这是帐篷学校成立10天来，孩子们连续第六次过儿童节。连日来，航空英雄杨利伟等5拨名流和政要给孩子们赠送了节日礼物，歌星谭咏麟没有突破军方的“封锁线”，未能如愿看望地震中的孩子们。

欢乐的空气中，一个看上去年逾不惑的女教师，突然从队伍中走出，蹲在赶制木板房的工地上，掩面而泣。她的儿子已经上了大学，身为大姐的她，带着三个弟妹的孩子上学读书，地震来袭，三个孩子全部遇难。置身这个独特的六一儿童节，她的泪水冲破了欢乐的面具。

15个小时前，领着学生逃出灾区的北川县陈家坝小学校长，还在绵阳一中和西南财经大学天府学院两个安置点的帐篷间穿梭，后者在高地上，哪怕全溃坝，水也漫不过去。前者则不同，如果溃坝1/2就必须撤离。她反复问撤离的细节，得到十分钟即可跑到安全地带的肯定答复，才显出放心的样子。

除了关心溃坝，她还在意上课。在绵阳一中操场上，在帐篷里，她领着学生上课，读书。

听到学生的读书声，人心就容易安定下来。这是大地震发生后，唐山市发给绵阳市的抗震救灾经验简报的一则内容。简报说，唐山大地震八天后，灾区第一所小学开始复课。

“我们也想复课，可是，堰塞湖压境，想着容易做着难。”绵阳市教育局人士递给我一份统计表格，复课数字，很小很难看。

第二天，儿童节的晨曦中，地震中声名远播的北川擂鼓镇，劫后余生的孩子们，在方圆几平方公里的帐篷中，回到久违的教室。

矛　盾

唐家山堰塞湖悬挂在头顶的千钧一发，逼退了一群群绵阳人，却未能熄灭人与人之间的一切冲突。人和自然之间的矛盾还在对峙中，人与人之间的矛盾正在形成。

6月2日晚8时许，绵阳市委书记谭力，前往富乐山等唐家山堰塞湖溃坝安置点，安抚少数情绪爆棚的市民。谭在他的临时办公室中说，成百上千的人围住他，有人质问道：既然唐家山堰塞湖迟迟不溃坝，为什么让他们提前那么多天撤退，上山等待几个小时就可以从城里通过的洪水。

质问，还算礼貌，性子暴烈点的，甚至开口骂人。

一个市委官员说，有的人，安置第一天，他感恩共产党，第二天他就受不了了，第三天他就开始骂娘了。

究竟什么时候溃坝，谭说，他也说不清楚。

一个搭乘我的出租车司机张口就是平心而论，而后说，政府已经做得不错了，有帐篷有广播有临时厕所临时商品销售点，有的地方还有流动银行，可是，从5月26号市里开撤离疏散动员大会起，就开始撤离到安置点的市民，不少人在帐篷中挤了一个礼拜了，当前正值高温天气，帐篷温度高，容易中暑生病。虽说安置点都有免费医疗点，可谁愿意坐等生病呢。

其实，政府也不愿意看到园艺山等安置点人满为患的状态。谭力慰问的这天上午，绵阳市防震减灾局、建设局、房管局联手发布公告，劝慰唐家山堰塞湖1/3溃坝撤离范围之外的市民，以及房屋标示“可以使用”的市民，回家睡觉。公告说，手机短信中流传的几天后天文现象将招致强余震的传言，并不靠谱。

可是，宁可信其有不可信其无，依旧是一般市民的信念。6月3日，我第五次夜访富乐山。拥挤的人群似乎更拥挤了。四周的通道已经实施交通管制，一块块红字书写着“紧急通道，禁止停车”的牌子，在上山的通道上反复提醒驾车者。园艺山上，少数贪凉的民众，以绵阳人天性中的乐观，啜饮着啤酒，或者借着灯光打麻将。

尽管，在安置点内，随处可见公检法三家联手发出的通告，告诫那些试图趁灾发财的贼心，胆敢以身试法，必定从重从快处理，人群中还是有人跟谭力说，家中遭贼了。

撤离到富乐山公园的仙游区检察院，两个检察官说，抗震救灾中趁灾偷盗者打劫者均不乏其人。一个去别人防震棚里偷钱财的犯罪嫌疑人，一个避灾期间无事生非偷刀而后抢劫出租车的犯罪嫌疑人，都已进入批捕程序。

盗贼出没的现实，弄得公安机关疲惫不堪。巡逻，不仅是晚间的事，白天也需要。面对撤离民众财物可能被盗的压力，仙游区公安分局在下辖片区被疏散的第二天就启动了应急预案，近千名警察和省军区拨给的预备役民兵，全天候巡逻，以防不测。

非但防盗，还要防止撤离预案范围内的市民耐不住安置点的苦偷偷回家。绵阳一中一位住在沈家坝片区的杨姓退休教师，撤离那天怎么都不肯撤退，最后是学校负责人出面将他领到学校，才熄了他们夫妇的怒。警方觉得，这样的人，在安置点的防震棚里，忍不了多久，就有可能偷偷回家。向中央向市民承诺过“零伤亡”的绵阳官方，又不敢赌气说后果自负。

官方巨大的压力，除了稳定，还来自卫生防疫。每个安置点都设置了若干医疗点，担心灾后出现疫情，生活垃圾和医疗垃圾完全分开，每天由市垃圾处理厂疲于奔命却要保证万无一失地取回焚烧。

压力丝毫不弱于卫生防疫的事项，是聚众上访。安置北川灾民的九洲体育馆，虽占地势之利，免遭溃坝威胁，但集中到一起容易被几杯酒煽动情绪的灾民，也给绵阳各级官员以压力。儿童节那天，北川县委政法委书记，便驻扎在九洲体育馆的帐篷里，劝阻失去孩子的家长放弃集体上访的念头。

没有放弃上访念头的银都领地小区的市民，两年前购买了位于园艺山安置点附近的银都领地，地震中，两年前被评为十大名盘的房子，成了危房，小区代表将信访材料递给市信访局等机构。绵阳市信访局局长敬永杰说，堰塞湖告急，暂时还管不了这些，待到唐家山堰塞湖溃坝，余震平息，类似矛盾会更多地浮出水面。

唐祖华：英雄本色

过去，他在农民变军官的边缘一而再地跃跃欲试。现在，一场突如其来的大地震，在他已不再奢望为官的日子里，万分偶然地改写了他的农民身份。

一个逃过鬼门关的人，怎样对待权力和荣耀？

他是一个摄像爱好者，一个关怀乡邻的质朴山民，偶尔像一个心无城府的愤青，更多时候，他其实是个会说话的人，而且是个讲政治的会说话的人。

身材瘦小的唐祖华，着迷彩服，穿平底军鞋，一身武警士兵的装束。如果不是事先知晓，会将他误认为唐家山堰塞湖上撤下的武警军官。

事实上，他是一个村官，官衔：绵阳市北川县大曲镇大水村党支部书记兼村委会主任。

倘无意外，再过一段时间，唐将由一名村官变成一名镇官。

在中共北川县委组织部的帐篷里，组织部长说了一串破格提拔的新官名单。唐是其中之一。

当下中国，农民和政府官员之间的身份差距，犹如不可跨越的鸿沟。

唐祖华说，是抗震救灾的临危受命，给了他跨越鸿沟的机会。

请　功

那个长得像个老帅哥的军长，拍拍他的肩膀，跟他开玩笑：小伙子，给你一个军带带。唐回忆："军长跟我说，你带他们安全去，安全回，回来后，我给你请功。"

5月16日晚，刚从废墟中救出母亲、正奔往医院的唐祖华，接到北川县一位副县长的电话，急吼吼地说，有紧急任务。雨夜，唐只身一人，驱车返回北川抗震救灾指挥部。平日里需要仰视的县委书记和县长都在等他。绵阳市武警支队的一个排长，市水文局水利局的十来个专家，也在等他。

等待他的使命是，连夜送排长和专家们组成的考察队，去唐家山堰塞湖查看水位。

地震过后，中国科学院对地观测中心通过航拍发现，北川县城三公里外的大水村，震出了一个堰塞湖。专家们在地图上那个叫唐家山的地方划了一个红色的×。"唐家山堰塞湖"六个汉字，开始闻名全球。航拍并不能提供详致的资料，春雷夏雨中，直升机又无法降落。害怕堰塞湖溃坝危及下游数百万之众，抗震救灾指挥部命令考察队徒步进山，拿回供决策者参考的第一手资料。可是，余震，滑坡，泥石流，下雨，使得没有向导的徒步，无异于九死一生。

曾在大曲镇当过党委书记的那个副县长，向县委书记推荐了唐。

深夜两点多，唐领着一支20来人的队伍，借着手电，踉踉跄跄地向水口村出发。知道此行危险难测的唐，特地带上父亲给他的一把镰刀。地震时，父亲和两个村民在山上采茶。意识到地震的父亲，和一起采茶的两个村民，抱住一颗大树。大块大块崩塌的山坡，让父亲随连根拔起的大树滚到山下。醒来时，毫发无损的父亲发现背上的镰刀还在。迷信镰刀护身的父亲，见到儿子后就把镰刀给了他。靠着这把镰刀，唐披荆斩棘，六个小时后，考察队到达了唐家山堰塞湖一侧的山顶。

路上，唐发现一只山羊被绳子挂在山崖上。他一刀砍断了绳子。获救的山羊好似认识他，一个劲地跟着他跑。

唐和两个专家，还有那只山羊，小心翼翼地从山顶走向堰塞坝。勘探堰塞坝长度厚度宽度，以及水文地质资料时，那只山羊突然踹了唐的脚。迷信动物有灵感的唐，立即拖着两个专家往后撤。一会，刚刚驻足的那一块坍塌了。

5月24日傍晚，唐又一次接到电话，让他去擂鼓镇。废墟中的擂鼓镇，是北川县委县政府的临时驻地。北川抗震救灾指挥部，和救援的第14集团军军长的临时驻地，均设立于此。

第14集团军军长，市里的官，县里的官都在等他。

唐知道，又要做向导了。第一次做向导返回后，他忙于救灾，接下来的向导任务，交给其他村民了。这一回，指定他来做向导，他猜想，事情肯定很要紧。

县委书记告诉他，唐家山堰塞湖排险指挥部需要派1000名官兵，背炸药去唐家山堰塞坝，以备爆破之需。

唐说，那个长得像个老帅哥的军长，拍拍他的肩膀，跟他开玩笑：小伙子，给你一个军带带。唐回忆："军长跟我说，你带他们安全去，安全回，回来后，我给你请功。"

当晚7时许，唐带头，一位旅长紧跟其后，1000人的队伍，背负炸药，在手电筒连成的长龙中，在细雨中，蹒跚而去。

山在跨塌，轰隆隆的，到处都在响，夜晚传得真真切切。唐背着中央电视台的摄像机，和少许炸药，在11时，带着先遣突击队到达目的地。

到达目的地前，唐突然听到前面轰轰地响。他告诉被命令火速前进的旅长，得停一停。旅长说，这事你说了算。官兵们停下五分钟。唐说，我是凭直觉说出来的，还真管用，这五分钟，躲过了一块接一块房子大的巨石。

当旅长把炸药交接给武警水电部队的一位总队长。他发现，他的队伍，没有一人伤亡。

第二天，唐的手机响了。来电者自称是第14集团军政治部的干事，请他去集团军在擂鼓镇的帐篷。唐还没来得及询问详情，手机屏幕一黑，断电了。

接待他的干事向他出示了一张请功函。函件是第14集团军发给北川县委的。唐说："大意是，经第14集团军党委研究，特为唐祖华同志请功之类什么的。"

这个干事问他，有没有什么要补充的。

唐说，挺好挺好的。

那个干事还递给唐一个信封，说，里面有3000元，算是奖金。

唐说，他其实也需要钱。地震后，他一贫如洗。救助村民的那辆皮卡车，是借的。汽油钱之类的花销，也是借的。

但是，唐推辞了，说了一番大义凛然的话。原话他记不清了，总的意思是，他也是一个当过兵的人，灾难面前，干这么点事，跟解放军要钱，不可以。

那个干事执意要给。唐说，那你们就给“组织上”。如果“组织上”愿意收下发给我们灾民，那是另外一回事。反正，自己绝对不要这个钱。

后来，唐听说，部队把奖金转送到县委一位副书记那儿。现在，又转到组织部长手中。

唐后来对《南方周末》记者说，如果县委组织部长一定要给自己，他就当特殊党费上交了。

唐说这句话的时候，已经知道他将被破格提拔为大曲镇副镇长。

来自部队的喝彩不止于第14集团军。他七年前脱下军装的那支部队的官兵，通过中央电视台的新闻节目，看到了他的勇敢和无畏。当年的连长给他打电话，慰问，夸奖。现任团政委给他发来短信。

唐祖华1996年冬天入伍，在新疆吐鲁番服役五年。其间，三次荣立三等功。

唐祖华将手机递给《南方周末》记者，政委的短信说：“电视里看到了你的表现，你为红军团争了光。为你骄傲。全团官兵与你心连心。祝早日重建美好家园永远幸福永葆本色。老兵向你致敬。”

这个短信，唐保留了好几天。

唐说：“等我副镇长的任命下来后，我再向政委报喜。”

权　力

“我不晓得如何面对镇上的那些普通干部。过去，我去镇上办事，见谁都喊领导的，我不知道我要怎样领导他们中的一些人？”

6月1日下午，刚刚从唐家山堰塞湖返回的唐，接到中共北川县委组织部的电话。对方问他年龄、学历，其他什么都没说。《南方周末》记者问，那时是否预感到组织部要提拔他。他摇摇头，说以为是让他当先进典型。

两个小时后，我坐在他的皮卡车上，他很放松地说，“我想，会不会破格提拔我当公务员啊。”

县委组织部问唐年龄学历的时候，《南方周末》记者正在组织部长的帐篷中，问他，地震损失的干部如何补缺？地震中，光正科级干部，北川就震亡了22名。

组织部长说，县委决定破格提拔一批抗震救灾中表现优秀的人。他说到20几个正等待中共绵阳市委批准的破格提拔的候选人。

作为破除常规的例证，他提到唐祖华的名字，提到第14集团军的请功函，提到他过去的荣誉，比如，当选过北川县十大杰出青年，又比如，地震当天，受到北川五四青年表彰，还加上首届青年创业大赛表彰。

唐对这一切，还蒙在鼓里。

他说，直到6月2日上午，《南方周末》记者拨通他的手机，解释为何约访他，他才第一次获知他可能会被破格提拔为副镇长的消息。

而到6月2日下午4时，记者见到他的时候，唐对如何当这个副镇长，显然已经思考了一阵子。

“你高兴么？”

他没有正面回答，顿了顿，“我感到压力很大。”他说，“我的业务水平、领导艺术，还欠缺。我不知道我能否适应。我不晓得如何面对镇上的那些普通干部。过去，我去镇上办事，见谁都喊领导的，我不知道我要怎样领导他们中的一些人。”

唐说，他的最高理想就是当个分管旅游业的副镇长，县城以后要建成地震博物馆，他就把唐家山变成地震博物馆的一部分，而且是活的博物馆，唐家山现在的名气多大啊，全世界都在给他做广告。唐还说，他要把镇上的房子建成羌族特色。

入伍前，唐是一名初中生。他在城里打了两年工，而后去了军营。感谢军队系统的自学考试，他从中专变成了大专。服役期间，唐当过班长，还当过代理排长，是预备提拔军官。最后两年，他在二比一的选拔中，接连败北，没当成军官的他，得知家中遭遇火灾弟弟去了军校父母需要照顾后，放弃了军官梦，重返北川。

唐退伍后在县城先做摄影制作的生意，接着又去做旅游生意，直到地震前他还在县城租了个房子，顺带着出售羌族味道的文化旅游。2007年，他当选为大水村党支部书记。竞选村主任时，他承诺三年做十件大事，拿到九成以上的选票，高票当选拥有 350 余村民的村委会主任。

一个月前，中共北川县委组织部要从村支书村主任中招考两名乡镇公务员。刚从中共绵阳市委党校学习归来的唐，不够任职三年的前提条件，连名都没报。可能当公务员的念头一晃而过，便速生速灭了。逢进必考是《公务员法》的原则，唐知道，他，一个农民，要撼动这个原则，成为例外，可能要比背负炸药夜登唐家山难得多。

人情练达的唐，是善于生意的。但他对权力的偏好，似乎甚于金钱。为了当好其实不是官的“村官”，他在地震之前已为集体事务垫了万把块钱。他说，地震后，处处是商机，如果不当副镇长，他可以带着村民干这干那。一旦做了真正的官员，就不能干了。虽说可惜，他并不打算放弃。

过去，他在农民变军官的边缘一而再地跃跃欲试。现在，一场突如其来的特大灾害，万分偶然地改变了他的农民身份。

“你觉得你是英雄么？”

他很快捷地回答道：“我只是一个幸存者，不是英雄。”

两个多小时过后，聊到另一个问题的时候，手握方向盘的唐说，乱糟糟的地震，是能看出英雄本色的。

在本报记者看来，唐对提拔是高兴的，是有英雄感的。但是，大地震过后，他对权力和英雄的态度，似乎又有了什么不同。谈话中，他老说，“我能活着出来，就很好了”。

他说，地震改变了他对恩怨情仇的看法。

5 月 31 日晚，他回到安置大水村灾民的帐篷中。灾民们在为分方便面之类的小事争吵。他很生气。劝。一些人听不进去。他突然站到一块空地上，大声喊：“相信村支部相信村委会相信组织相信我的人，站过来。”

一个，两个，三个，人群全部站到他这边。

“我开始骂他们，不，是训他们。”他说：“吵什么？！难道那些死去的人都是该死的么？我们能活下来，就是第二次做人了。死过一回的人了，为这些鸡毛蒜皮的小事，吵，吵，吵，值得么？我们村已经没有土地了。没有土地的农民还是农民吗？你们想过没有，明天的日子怎么过？！”

角 色

他讲政治的角色感，还表现在餐桌上。晚饭时，面对同桌而坐的志愿者，面对我，他落落大方地，字正腔圆地，代表灾民，用官方常用词汇常用句式，表达一个幸存者的谢意。

作为大地震中的英雄，唐被人记住的时间，可能是短暂的。

作为大地震的记录者，唐被人记住的时间，可能要长久得多。

5 月 12 日下午 2 时 48 分，地动山摇的时候，唐祖华正在县委礼堂参加北川五四青年表彰暨首届青年创业大赛表彰大会。坐在主席台上的官员喊，地震了，快向外跑。他坐在第一排，第一个跑了出去。

冲向礼堂外水泥地坪的他，旋即发现一台摄像机。捡起来一看，是一台 Sony190 机器，没有电池，机器的外部已经摔坏，可能是电视台的记者向外跑的时候掉下的。这个时候，礼堂里不断传出救命的声音，是救人还是拍摄这样珍贵的镜头？

唐在送给组织部的个人先进材料中自问自答：如果是救人的话，凭着我军人的本色，救上五六个人是没有问题的，但是我毅然地选择了记录这惨痛的、刻骨铭心的时刻。

无法返回大水村施救的唐，坚持在县城里拍摄第一手资料。外面的记者进不来，北川电视台损伤惨重无法拍摄，唐因之留下了大地震后最为重要的影像。迄今，中央电视台一套、二套、七套、十套、十二套、新闻频道、四川卫视、绵阳电视台，以及解放军、武警部队总部、公安部，播放、使用的早期录像资料，都是他录像的复制品。

唐在新疆服役的时候，经常配合李雪健等人拍电影，配合电视台记者做新闻。耳濡目染之间，玩会并喜欢上了摄影摄像。退伍返回故乡的第一笔生意，就是开影像馆。影像馆的生意很快丢弃了，手艺却还保留着，并以摄像爱好者的角色在大地震中发了光。

唐自地震以来展现出的角色意识，远非一个摄像爱好者。

他将一个老兵的角色，演绎得淋漓尽致。他让见识过他的人，看到勇敢，坚强，无所畏惧，敢于担当。他的镇定是幸存者中不多见的。冲出礼堂后，一部分幸存者慌不择路，唐抓住了忙乱的逃生者，“别跑，原地呆着，注意楼倒下砸着。”当时在场的人说，浓浓黑烟中，他马上开始镇定地组织逃生者，将之疏散到宽敞的地坪上。

当军队需要向导，他在生死存亡的抉择中，选择了往前冲。领部队背炸药上山的那天晚上，中央电视台的记者在他临行前问，你要跟爸爸妈妈说些啥？

唐说，我要是回不来，你就转告他们，他们有个好儿子。

大地震以来，徒步走向唐家山堰塞湖的路，是没有身临其境者难以想象的。而唐仅仅作为军队和专家的向导，就去了八次。

唐说，说不害怕，那是假的，可是，谁叫我曾经是个兵呢。该上了，就不能退缩。

地震后第一次返回村庄组织施救的唐，担负的角色是村党支部书记、村主任，村里的顶梁柱。在返村的搜救中，20个小时里，他不抛弃，不放弃，最终救出被困五天五夜的村民。县委组织部部长评价唐，是个忠于职守的村干部。

当老兵、村干部、中共党员这几个角色混同于一身，而且还是优秀老兵优秀村干部优秀中共党员的角色混同于一身，唐会说出很多高瞻远瞩高屋建瓴的话。

记者问他，放弃拯救生命选择记录历史的抉择是否漠视了生命？

他说，不！

他认为把惨痛的历史记录下来，把武警官兵、党政官员、普通青年，不顾生命抢救伤员的历史记录下来，更重要。

他的理由是，有了这些珍贵的资料，让活着的人永远铭记历史，更加珍惜生命，让更多的人了解灾区，支持灾区，关心灾区，帮助灾区，让全国人民，甚至全世界人民都来帮助他们，因为地震后他们自己的力量已经微不足道了。

记者怀疑，这些理由是他事后凭借理性的思维考虑出来的。仅就地震发生的刹那间而言，他对地震究竟会招致多大的灾难，是不清楚的。如果他真的意识到，他可以在记录和拯救生命之间做出选择，以他的善良，他会选择生命至上的。他之所以拿起摄像机，皆因一个摄像爱好者的本能的冲动。那一刻，他的行为，是未经思考的，是下意识的，并不知道他原本可以拯救生命的。

他否定了记者的怀疑和猜测。他说，他想的就是记录历史。他写给组织部的个人先进材料中也是这么说的。

记者再问，这样写给组织部，会不会让组织部质疑你“对人民群众的生命不够关心”，会不会影响你的前程？他执拗地说，他怎么想，就怎么说。

在接触唐的过程中，记者发现，他其实是个会说话的人，而且是个讲政治的会说话的人。交谈中，他接了中央电视台东方时空节目组的电话，他喊电话那头的人“赵记者”，而后改口“赵姐姐”，喊得亲切而不造作。

他问赵姐姐能否帮他发个新闻，他们村的妇女当天上午给解放军洗衣服去了。他对赵姐姐说：“灾民们学会感恩了，我觉得这时候这个新闻很重要，我让电视台的记者拍好了。”

可能对方问他在不在镜头中，他说：“我也不能老上镜头啊。”

在接受《南方周末》记者采访前的震后半个月里，30岁的唐祖华已六次出现在中央电视台的新闻节目中。

唐说他也学会了感恩。有人见电视台和公安部等等机构都复制他的影像资料，跟他说，他要发财了。他对组织部说，他没有收取任何费用，“因为我心里非常清楚，我能在这次地震中活出来，是党给了我第二次生命，如果团县委不召开这次会议，也许我也没命了，这也算是报党恩，也是一名党团干部应该做的事。”

他讲政治的角色感，还表现在餐桌上。晚饭时，面对同桌而坐的志愿者，面对我，他落落大方地，字正腔圆地，代表灾民，用官方常用词汇常用句式，表达一个幸存者的谢意。

在没有得到任命的当下，唐在法律意义上的角色还是一个农民。那些提到他的人，那些不一而足的细节，表明他是一个孝敬父母友爱兄弟关怀乡邻的山里农民。

在他和记者相处的某个时候，唐极其自然地流露出山民的质朴。晚饭前，记者请半个多月没有洗澡的唐，在酒店房间洗个澡，用一套干净的衣服，换下他那身气味挺重的武警服。开朗的练达的他，反复推辞。末了的谢意中，夹杂着诸多受人好处的不好意思。

唐偶而还会流露出山民柔软的一面，而非一成不变的坚强。他说，他拍摄的时候，边拍边哭，以至镜头抖得厉害，没有声音。那段日子，他一看到幸存的熟人，扑上去就哭。

强化他在我心中山民印象的另一个细节是，说到一个地震中的官员在抗震中的表现，他竟然当众表示不屑，没有一丁点避讳。

那一刻，他很像一个刚刚大学毕业的心无城府的“愤青”。

谭力：我的笑和哭

2008年6月3日下午，《南方周末》记者在中共绵阳市委办公楼，现在的绵阳市抗震救灾指挥部，中共绵阳市委书记谭力的临时办公室里，专访了这位灾难中饱受非议的指挥长。

非议来自于新华社记者的一张照片。“5·12”大地震发生后的第4天，中共中央总书记、国家主席、中央军委主席胡锦涛抵达绵阳机场，在新华社记者拍摄的温家宝到机场迎接胡锦涛的照片中，谭力走在后排，面带笑容。围绕这个笑容，网络世界一片非议。

遭受非议的谭力，地震后一直住在位于地面一层的临时办公室里。卫生间中摆着一堆矿泉水，一张沙发。那个沙发就是他地震之后的床。

深夜，遇到因为悲痛因为压力睡不着的时候，他就吼，哭，发泄情绪，缓解他有生以来从未遇到过的这么大的压力。

章敬平：您是否知道网民在非议您？您委屈么？您对此有何回应？

谭力：我自己没有上网看过，但我听说了，我肯定委屈。如果不承受这种压力，可能就会影响到救灾工作的开展。

我觉得多数人是不明真相的。你说我笑了，你要看我是在什么场合下，总书记和总理来了，我去迎接他们啊，当然心里是高兴的。

面对这种议论，我必须承受。我是市委书记，也算是政治人物，承受非议和谣言，也是政治人物的特点。

章敬平：地震以来，您如何评价抗震救灾中的干部队伍？救援人员说，北川政法委书记被埋后对救援人员喊，“快救我，我是张书记”。很多网民嘲笑这句话，认为这是“史上最牛官腔”。对这一现象，您如何评价？

谭力：我认为，我们的各级干部在抗震救灾中的表现都是出色的。有极个别临阵退缩指挥不力的，已经被组织部门免职。我们北川县的县长经大忠，家里死了 5 个人，还控制了自己的情绪，坚持在第一线，奋力救灾。北川县委组织部部长，北川中学的校长，等等，他们的英雄事迹，是感天动地的。

至于您所说的“史上最牛官腔”，我还是看到你的采访提纲时，才知道的。我问了其他同志，那个北川县政法委书记，被埋 75 小时后，只在医院待了一天，就投入到抗震救灾第一线。我认为，这是个好同志。

章敬平：地震以来，您的衣食住行都是怎么安排的？

谭力：前三天没睡。我们的干部一个个也是不睡，蔫耷耷的，说什么都反应不过来。我命令他们必须睡觉，否则，怎么行？

我最近睡的时间也很少。我尽量把睡觉的时间安排在车子上。晚上就回到这里，睡那个沙发上。（他用手指着他旁边的那个门）。衣食住行这几天好些了，开会、吃饭都在这里。

章敬平：地震中，您既是一个父亲，一个普通人，还是一个市委书记，第一个角色可能会让你悲伤，第二个角色要求你镇定，这些日子以来，您是如何平衡这两种角色的？

谭力：那天我去北川中学，8 点来钟，看到大家在掩埋尸体，地上一片片的，我心里悲伤不已。我也是个父亲，躺在地上的孩子们，做父亲的悲痛我们都是相通的。

但是，我是绵阳市抗震救灾指挥部指挥长，几百万人的指挥长，光悲痛不行。我必须压抑住自己的感情，我必须按照我的角色要求，冷静指挥，我必须表现出一个领导的坚强，沉稳。我一见到下面的指挥长跟我哭，我有时候会批评他们，我让他们别哭，灾难面前我们需要的是坚强和冷静。

章敬平：您哭过么？

谭力：哭过很多次。13 号那天，跟温总理去九洲体育馆看望灾民，我忍不住哭了。一是看到当时那种惨状，二是看到总理了，就像孩子看到父亲，觉得有了依靠，压力一下释放出来。

探访中国“艾滋病”村

2000 年夏天，我在“中国的德兰修女”高耀洁的帮助下，探访了上蔡县文楼村。彼时，我给文楼村加了个定语：据称已震动高层领导的。三年了，它不仅震惊了高层领导，还震惊了世界，成了世界关注中国艾滋病的一个标本性村落。

“艾滋病人报复县里不管他们，把自己的血液注射到西瓜里。”

2000 年夏天始，这个谣言在河南省上蔡县广为流传，弥久不散。

谣言起源于该县芦岗乡文楼村。

在这个距县城不过三里地的村庄，近 3000 人生活在艾滋病的阴影中。

2000 年 8 月 17 日，我来到这个据称已震动高层领导的“艾滋村”。

一对艾滋病母子

面色蜡黄，口部生疮，脸上、手上、胳膊和腿，凡是能看见的部位，无不黑斑点点，像一群苍蝇吸附在上面。

这是李娟给我的第一印象。

29 岁的李娟远远地站在自家门前，看我们跟他公公老陈说话，两只眼睛骨碌碌地转。没一会，两条瘦得像芦柴棒一样的腿，折了下去。

“她站不住。”老陈解释道。

对艾滋病并没有太多忌讳的老陈，抱起小孙子，有些惨淡地笑，“我这小孙子才两岁零四个月。”

孩子的腿出奇的细，无骨一般。擦满粉的头上满是疙瘩，李娟紧张地说是“痱子”。

这个靠罚款生下的孙子，是爷爷心中的最痛。

刚刚满月，孩子就发烧、咳嗽不止，到县医院一检查，说是先天性心脏病，医生让吃了一千元的药。稍稍有些好转，孙子的病又犯了。

祸不单行。

1999 年中秋节，李娟病倒了。老陈说，“开始腿上长了几个疮，后来身上起疙瘩，接着是持续的低烧，咳嗽，不能吃饭，烂嘴。”

老陈曾哭着跟县检察院的朋友说，“我心里镜子似的，我晓得他们娘俩得的是啥病，我怕老伴知道受不了打击，只有一个人晚上躲在被窝里哭。”

老陈的怀疑，与一个教授的到来有关。

1999 年 7 月的一天，湖北医科大学一附院传染病教授桂希恩来到文楼村。晚上，桂教授来到陈家，从身上掏出 50 元钱，叫李娟和孩子去医院拍个片子。

第二天，老陈带着在医院拍的片子，找到桂教授。桂抽了媳妇的血，说县里的条件有限，回到武汉才能确诊。

桂教授也要给孙子抽血，老陈没同意。“孙子个把月去一次医院，两岁才会喊爸爸妈妈，我家所有的希望都在孙子身上，我怕……”

“后来，桂教授来信了，说李娟得的是那个病。”

春节过后，老陈终于没有憋住，带着孙子抽血检查。“万一不是呢？！”

没有万一。

李娟找了一包老鼠药。被邻居夺了下来。

老陈说：从此，李娟几乎不说一句话。

死　亡

距离老陈家大约 30 米处，几间平房藏在一片蒿草和杂树丛中。孔运星用手一推，院子的篱笆门立即倒下。院子门早就腐烂了。

房子的男主人也姓陈，年初死了。孔说，“刚说他得了艾滋病，没几天，就不行了。”

孔很悲戚，“他老婆一个月不到，就带着儿子走了。”

人去楼空。

死得最早的是 44 岁的吴平。

孔从地里找回正在干活的陈新，吴平的丈夫。

陈新朝茶几上吴平的黑白遗像瞥了几眼。

1997 年吴平开始犯病，胸口疼。“我在齐齐哈尔打工，家里几亩地，她一个人干得很好，她身体很壮实，我以为吃吃药就好了。等我 1999 年春节回家过年，她已瘦得不成样子了。”

陈新说，他背着妻子去郑州、漯河、驻马店的大医院治疗，医生说是胆囊炎。

1999 年 7 月 18 日，她老是拉肚子、发低烧。县医院的大夫最后给她做了血样化验。

大夫给他讲：吃过药，能挨过第四天，就不是艾滋病。

第四天，吴平死了。

离开陈家，一个小伙子抱着一个小男孩，骑着自行车追过来。

“你们是来发药的吗？”他问：“我父亲年初死的，53 岁，我哥六天后也死了。可怜我哥才 30 几岁，留下一个小孩，怎么办？”

村民说，他父亲和哥哥就埋在村口，还有对妯娌也埋在那里。

孔运星说，从 1999 年至 2000 年 8 月，死于艾滋病的有 12 个人。蛇年的春节，文楼村异常恐怖。噼噼啪啪的鞭炮，很多是因为死人而响起的。从农历正月初一到三月初一，两个月零一天的时间，七个人相继死去。

他们的症状几乎一样：拉肚子，持续的低烧。

血　祸

“都是卖血惹的祸！”陈新说起妻子的死因，一脸的痛苦。

他掏出妻子生前留下的“献血证”。

这两本 1992 年的“献血证”，片断地记载着吴平的“卖血史”。

仅 1992 年 9 月 30 日到 12 月 18 日，吴就卖了 12 次，有时只间隔一天。

村民们说，文楼的 12 个死者，全部有“卖血史”，有的长达 10 年之久。

孔运星说，文楼卖血的历史有 20 年左右。

“前些年，村里人卖血跟疯了似的，卖血盖房子。十几岁以上的人，没有几个没有卖过血的。谁不卖血，村里人会戳他脊梁骨，说他不务正业。有人为了把血卖出去，还给血头送礼，一天重复卖好几次。

“有一天，我从外面回来，村里有个‘黑血站’在采血。村里头人山人海，卖油条的、卖菜的，像个自由市场。那场面真让人痛心。没有消毒器材，也不用化验，反正大家都卖过血，知道自己是啥血型。只要你叫一声，人就躺在脏兮兮的地上抽起来。我上去指责血贩子。村里人都骂我，‘谁像你月月都有工资，我们不卖血，喝西北风呀。’”

上蔡县政法部门一位曾在文楼村开展过工作的干部说，上蔡县是“国家级贫困县”，穷，当年卖血成风。

民间有句口头禅：“想发财，到汝南，一伸一卷 18 元。”

上蔡县的农民，很多人一门心思卖血，成了“铁血敢死队”。“敢死队员”不单跑遍了省里的血站，还远赴武汉、长沙、甚至于新疆去卖血。

一些村民介绍说，起初是“全采”，后来是“单采”：把血抽出来，提取血浆，把红蛋白加些营养液再输回体内。

外界流传着一个关于文楼卖血的传说：7 个人去驻马店卖血，连续抽了 7 天。钱凑到一起，买了一辆 7000 元的拖拉机。7 个人摆弄一阵后，没有力气开回来。

20 世纪 80 年代末到 90 年代中期，是文楼卖血的高峰期。3000 个人的村子，1000 人卖过血。那位政法部门的干部说，“按每人每年卖 20 公斤血计算。可以清洗上蔡县城。这些血里的病毒，能不得艾滋病？”

现在，包括迟迟不愿承认的官方也说，“上蔡的艾滋病是由卖血感染的。”

上蔡会震惊世界

2000 年 3 月，河南省中医学院附属医院高耀洁教授到文楼村送药，100 多人的队伍让高触目惊心。

周围一些村庄的村民也赶来，拖住高耀洁，“去我们村吧，我们那比这艾滋病人还多。”

孔运星说，“不远的南大屋村，这两年死了三四十个青壮年劳力。症状和我们村的人一样。”

上蔡县一位机关干部说，“县城这几天又死了好几个艾滋病人。”

文楼村乃至上蔡县到底有多少人感染了艾滋病病毒？

一些文字材料上说：桂教授在文楼村第一次提取了11个人的血样，有10例检验呈阳性；第二次提取了140人的血样，有80多例呈阳性。

桂对我说，“这个数字不准确。我将结果告诉了一个帮我的当地医生。他凭印象跟别人说了这个数字。我向有关部门承诺过，具体数字不对外公布。我所能说的是，这里的艾滋病的确严重，非常严重。”

桂说，艾滋病患者或者艾滋病病毒携带者，不仅仅在文楼村。“上蔡县其他的村庄，也很多。”

2000年初，河南省卫生厅去文楼抽取了152个人的血样。

化验结果如何？

村民们不得而知。

担心和恐惧压迫着他们。

8月18日，在上蔡县防疫站。一大早，就有五六个村民在抽血检查。

然而，据了解，真正肯花80元钱检查的村民，很少很少。

我和孔运星走到村尾，一个农民对孔大骂了一声。

孔说，“他们现在不相信记者。”

河南一位王姓女记者初来文楼时，大家争着接受采访。“他们希望舆论能促使县里面帮帮他们。可是陆陆续续10几家记者来了，什么作用也没有。相反，他们的蔬菜没人买，他们子女的婚嫁也变得麻烦起来。”

担心自己有艾滋病的人，确证有艾滋病毒的人，以及他们的亲人，开始坐卧不安；花几万元医疗费仍然死去的艾滋病人，让他们备感绝望。

桂希恩也感到不安：绝望的村民对艾滋病非常无知。

一个丈夫得艾滋病死去的少妇，改嫁了。桂希恩说，“我非常害怕，村民们愚昧到不知道性传播会得艾滋病。”

最近一次去上蔡，桂希恩专门去了妇幼保健站，婚前检查竟然没有艾滋病这一项。

“这太可怕了。”

桂建议河南省有关部门大力宣传艾滋病的预防知识。

“他们竟然说农民没有电视，宣传了不管用。他们只是给有问题的人家悄悄塞一张宣传单。”

桂颇为忧伤地说：“等着吧，有一天，上蔡将会震惊整个世界。”

可怕的冷漠

“上蔡艾滋病的严重程度，并没有引起有关部门的重视。对此，我非常寒心。”桂希恩说。

让他知道文楼有艾滋病的是他的一个学生。

这个学生是一个当地医生，老家在文楼。文楼人生病了，都喜欢找他。乡亲们为何接二连三死于“怪病”？

迷惑不解的学生给老师写了一封信。

1999 年 7 月，桂第一次来到文楼村。

他的发现让他震惊。

他找到上蔡县卫生局。“我愿意无偿地进行检验，调查报告交给你们。”

卫生局拒绝了他的“热情”。

他又找到一些部门和地方官员。

依旧是拒绝。

两个月后，桂教授再次自费来到文楼。他对我说，“这一回，我是偷偷进村的。”

他检验了一些村民的血样。而后，他惊慌失措地向河南省有关部门反映。

没有多少人理他。

1999 年 10 月，桂带着调查报告去了北京。报告最后被呈送到国务院副总理李岚清手中。

李岚清批示后，河南省委也作了批示。

2000 年春天，河南省某部门一位处长去武汉找到桂，双方的交谈让桂很不高兴。

桂频频去河南省有关部门推销自己的看法：

赶快告诉有艾滋病病毒的人与他们的家属；

建立一个爱心医院，收留艾滋病人。

他认为：基层政府没有管住非法采血，以至于艾滋病的出现，基层官员是有责任的，如今，应该做些弥补。

没有人接受他的建议。

对于前者，桂说，“他们可能怕患者找政府的麻烦，我知道有一个干部，一家三口都有艾滋病毒，他们在和政府纠缠。”

桂遇到的冷漠，也让我从另外一个层面感受到了。

8 月 18 日，我来到上蔡县防疫站。在站长计飞舟的办公室前，听到他和一个人说，“美国还轰炸中国大使馆”。敲敲门，我通报来意。他挥挥手，示意等等。

从县委宣传部办公室魏主任口中，我还得知：记者刚到防疫站，他们就向县委宣传部通了气。

事态平息后的采访中，计飞舟说了两点意见：保密；县政府措施得力，艾滋病感染人数在逐年下降。

在宣传部，卫生局王副局长回了我的传呼。他说，“我在开民主生活会，没空。”

此时已是中午 12 点多钟。

找到卫生局办公室主任后，他说，“我什么也不知道”。一再要求下，他告知了“一把手”张局长的电话。

电话那端，听者略一沉吟，“你打错了”。

手机断了。

从县委到县政府，我们想找的人，一个都没找到。

此前一天，在文楼村，村委会副主任刘志发跟我握了握手，一言不发，转身就走了。

一个村民在一边大声说，“县里打过招呼，不准接待记者。”

桂希恩说，“我听说，上蔡县怕影响投资环境，怕农民出去打工没人要，怕上面追究起以前放任非法采血的责任。所以他们保持沉默。”

高耀洁说，“他们想保政绩，捂盖子。”

河南省一位检察官对我发表看法：“捂盖子是对人民的犯罪。”

采访手记 1：我最得意的报道

我最得意的新闻报道是什么？

看着坐在我面前的美国女孩，我的脑子飞速地旋转。

2008 年 10 月 25 日上午，我随美国国务院国际访问者亚太组的记者同行，访问南卡莱罗纳州的中学。校长说，他们连续多年出现在美国《新闻周刊》评选的 2000 名最佳美国中学的榜单上。他们有一个新闻兴趣小组，十来个同学，各种肤色的孩子都有。

新闻兴趣小组一个肤白发黄的漂亮女生，在回答我们的提问之后，反过来问每个来宾一个同样的问题：听说你们是各个国家和地区最为优秀的记者，你们能告诉我，你们每个人最为得意的新闻报道是什么吗？

坐在我前面的同行，开始回答，留给我思考的时间委实不多。回头想从业十年间的采访报道，一篇篇新闻报道在脑海中疾速翻腾。

轮到我了，孩子们的眼睛都盯着我，我说：我最得意的新闻报道，是我在 2000 年的夏天所做的中国河南艾滋病村的调查性报道。

那一年夏天，我在中国新闻社下属的《新闻周刊》做记者，一个同事给了我河南艾滋病的新闻线索，问我愿不愿意去采访，我乘坐一夜火车赶到了郑州，依照别人给的电话号码，寻觅到反艾滋病英雄高耀洁医生的家，她告诉我，河南省上蔡县的艾滋病比较严重。她又给了我一个电话，请我去找当地一个公务员。

当天下午，我和中国新闻社河南分社的两个同事，乘一辆武警部队的车，前往上蔡县。中午到达县城，简单吃了个午饭，就和那个公务员一同赶往发现艾滋病的村庄。高耀洁医生和那个公务员朋友说了好几个乡镇和村庄的名字，我也不知道，就怎么赶到了文楼村。

村庄里的寥落孤寂超乎我的想象，我和两个同事推开了一家人的柴扉，零落破旧，没有生气，邻居说，丈夫得了艾滋病，死了，妻子改嫁他乡了。

我惊呆了，我问：

贫寒的乡村哪来的艾滋病毒？

这里的人们究竟怎样得上了艾滋病？

公务员和村民们说，卖血感染的。事先，高耀洁医生也说过这样的话。

为了证明他们的说法，有人去田地里喊来一个中年男子，他的妻子死了，他说是卖血得的艾滋病，他从房间里找出一个献血证。我的同事，摄影记者慎重，拍下了那张献血证。

慎重还拍摄了一张我怀抱一个孩童的照片，家长说，检测结果表明，孩子因为母婴传播而感染了艾滋病。

当晚，我们住在周口市，和若干知情人交流，内心变得异常压抑。

次日，我们回县城采访官方机构，碰了些钉子，县里的官员竭力回避见记者。武汉的医学专家桂希恩教授对河南艾滋病有自己的结论，北京的专家对记者同样如此。他们对记者的态度比上蔡县的官员好多了，为了呼吁，为了防治，他们跟记者开口了。

稿子很快发了出来。可能是由于中国新闻周刊喜欢概念的毛病在作祟，我将文楼村定义为“中国艾滋病村”。有人说，我是最早公开报道河南艾滋病的记者。事实不是这样的。当地媒体的记者比我更早调查了上蔡县的艾滋病，我去过的文楼村，当地媒体的记者好像也去过，他们调查并在当地媒体上作了公开报道，只是将地名用“某村”作了模糊处理，将艾滋病写作“怪病”。

除了河南艾滋病调查，我还专文报道了高耀洁医生。印象中，那个标题叫作《与艾滋病孤独作战》。

河南艾滋病报道的影响之大，是我没有想到的。中国新闻社是一家面对海外的通讯社，他们根据我和另外一个记者的报道编写了一则短讯。我的同事告诉我，凤凰卫视的主持人拿着那期杂志，向观众谈了河南的艾滋病。海外媒体也注意到了这条新闻，他们去找高耀洁医生，追踪这条新闻。

后来，河南官方对艾滋病的态度发生了转变，“文楼村”成为中国领导人频繁造访并向艾滋病人表达爱意的一个村落，高耀洁医生也因为防治艾滋病获得了国际大奖，成为“中国的德兰修女”。

一位致力于艾滋病防治的名流表扬了我的报道，并将良好结果的出现与我的报道作了一定程度的牵连。但我清醒地知道，将良好结果夸耀为自己的报道的结果，无异于愚妄。客观地说，我们所看到的良好结果源自多重力量的合力，媒体的力量仅仅是其中之一，而媒体的力量亦非来自哪一篇报道，而是国内外诸多媒体诸多报道合力的结果。我的报道仅仅是诸多报道中的一篇，不顾事实地吹嘘自己的报道，是不自量力的，是无耻的。

回头看，无论是写上蔡县艾滋病还是写高耀洁的报道，从技术上看都乏善可陈，粗糙得很。当时的我，做记者不过两年，对什么样的新闻是好的新闻，什么样的调查报道是好的调查报道，缺乏认识。我能写出这样的新闻，完全是因为运气，因为撞上了。彼时的中国新闻社副总编辑、中国新闻周刊总编辑田慧明在表扬我的同时，对技术操作提出了很多批评。

如果是现在做，我一定会去追踪卖血的过程，血浆的来源和流向，我会从多个视角去追踪去观察因为贫穷因为卖血因为管理不当而导致的艾滋病感染事件。

然而，当时的我，并不知道这样做。

既然如此，我为什么审视自己十年的新闻报道，依然会将艾滋病调查作为自己最得意的作品？这是因为它的题材好。我在人们对河南的艾滋病还不太知情的时候，揭开了盖子的一角。这样的新闻突破了地域、种族、文化的差别，天然地具有全球传播性。放在世界上任何一个国家任何一个新闻媒体上，河南艾滋病几乎都是可以刊载的题材。

我对这篇报道感到得意，还因为它承载了我作为一个记者的新闻梦。在那个谈艾色变的世纪之初，我几乎不知道一丁点防艾知识，我只知道艾滋病是危险的不可治愈的，是新闻记者的理想驱散了我的恐惧。我为我曾经年轻的心灵曾经热切地拥抱过新闻理想而感动，哪怕它仅仅存在于很短的一些年月。

拯救艾滋病患的民间力量

中国特色艾滋病的被发现、被传播、被关注、被重视的过程，是一个由文楼村而上蔡县而河南省而中国而世界的过程。一股由医生、记者、学者、基层干部合成的民间力量，是推动这一进程的中坚力量。他们推动了中国艾滋病的防治进程，也付出了沉重的代价。2001 年底，在我们将回顾的目光定格在有中国特色的艾滋病之上的时候，在我们盛赞中央和地方政府为艾滋病付出数倍于先的努力的时候，我想起了他们。

2001 年 12 月 24 日的文楼村，寒风割脸，空气阴冷。村口用以埋葬艾滋病人的荒地旁，一座治疗艾滋病人的医院突兀地立在那里。出入者表情各异，或平和或哀伤或麻木，但两年前的惊恐和绝望已经很难发现。

此前四个多月，卫生部副部长殷大奎率领的中央艾滋病防治工作组的汽车驶进了这个早已震惊世界的村庄。

殷氏的车队撤走几日，由国务院颁布的《中国遏制与防治艾滋病行动计划（2001–2005 年）》，将中国政府对中国特色艾滋病的关注，从文楼村拓展到上蔡县到河南省到整个中国。

以人道对抗屈辱的医生

2001 年 12 月 4 日，我接到高耀洁的一封信，内里装的是一份宣传防治艾滋病的油印小报。自 1996 年注意到艾滋病在河南省的流行，她就以这种方式开始了长达五年的艾滋病防治教育。

高耀洁，74 岁，河南省中医学院附属医院妇科医生、教授。个头矮小，头发蓬松，说话如刀切豆腐的高，给我的第一印象是一个市井老太。

从 1999 年发现文楼的艾滋病开始，她用自己的工资、讲课的红包给文楼的村民送药品，给几个贫困的家庭各捐赠数额不等的钱物，收养了两个艾滋病孤儿。

2000 年在北京召开的一次会议上，文楼村艾滋病的发现者、湖北中医学院退休医生桂希恩和高耀洁，两个为文楼村艾滋病做出重要贡献的医生，为用什么样的方式，把文楼和河南的艾滋病禀报给高层，进而在高层的关注下获得良好的社会救治，展开了激烈的辩论。

高寄希望于媒体，哪怕是境外的媒体。她的想法是，事情大了，影响出来了，高层就会关注。

桂认为高的想法是偏激的，不通过正常的组织程序反映情况，在现有的政治架构下，效果不会好，最后可能连场都没有办法收。

桂最早接触到文楼村艾滋病在 1999 年 11 月。他的一个上蔡的学生给他打电话，告诉他自己所医治的文楼村有一些人得了“怪病”。

这个有着一半美国血统的中国医生，自费来到这个村庄。他检查了村中 155 名卖血者，发现其中 96 人感染艾滋病病毒。

他在感叹上蔡有一天将震惊世界的同时，筹集善款 3 万元资助艾滋病家庭。但并不是所有的村民都欢迎他，他们认为他宣传的结果是外界连打工都不接受他们。

桂没有介意，“我理解他们”。

他也不介意地方官员的冷漠。他去找地方卫生防疫部门和官员，几乎没有人愿意接待他。甚至有极个别地方官员因为他所具有的部分欧美血统而怀疑他的政治动机。

2000 年春天，桂希恩专门去了北京，将自己了解的情况书面反映给国家卫生部。在随后的一次电话采访中，桂希恩告诉我，他在北京得到了积极的回应。

他以此说明高耀洁的做法没有他理智。

事态的发展，表明了他们的说法各有道理，当前的结果，也表明他们各得其所。

桂的意见得到了高层的尊重，其方案也获得了官方的部分接纳。

而高却被少数官员视为不受欢迎的人，在上蔡文楼村的部分村民中，流行着高耀洁别有用心的说法，理由是她的前夫是国民党重要人物的秘书，20世纪40年代末去了台湾。少数官员以此劝说村民不要理会高的“高尚行为”。

高耀洁断定个别官员和她过不去的另一个“证据”是，2001年4月5日，全球健康和人权奖委员会授予她2001年Jonathan Mann健康和人权奖，表彰她为中国艾滋病防治工作做出的杰出贡献。

作为该奖设立以来唯一一个获此殊荣的华人，河南省委一位副书记明确表示，高耀洁获奖，是中国和河南的光荣，要为她出国提供便利，但高耀洁最终没有成行。

但高耀洁认为她的境遇要比王淑平强。

王淑平，女，32岁，原河南省一地级市卫生局临床检验中心负责医生。

2000年8月，我在电话中开始了与王淑平的第一次接触。此时，她在中国科学院院士、著名医学专家曾毅身边工作。她告诉我要去河南采访，文楼是一个很好的典型村庄。王淑平是一个普通的河南地方医生，怎么去了身为中国科学院院士的曾毅的办公室工作呢？

我在高耀洁那里得到了答案：因为长期坚持说河南有艾滋病，使得一些地方官员大为恼火，“屡教不改”的王淑平最后不得不北上京都，2001年在曾的帮助下去美国做了访问学者。

无论是高耀洁，还是桂希恩，或者王淑平，他们都为源于河南的有中国特色的艾滋病的防治，做出了一个医生应该做的一切，虽然路径各异，但殊途同归。只是由于处理方法上的差异，带来的命运不同而已。桂希恩在河南艾滋病受到高层关注后淡然离去，王淑平罕见于媒体，只有高耀洁获得相应的荣誉，在国际上她被视为“中国的德兰修女”。

一位北京的学者评论说，驱动他们为中国特色艾滋病费尽心机的，不是名利，是一个医生的人道主义情怀。

两个“叛逆”的小公务员

1999年和2000年的文楼村，没有村民愿意承认自己是艾滋病人，哪怕善良的桂希恩大夫给了他明确无误的化验单。在中原大地这个信奉孔孟礼仪的古老村庄，村民们将艾滋病理解为一个丑病，一个只有在性乱和吸毒中才会孳生的伤风败俗病，采访对记者来说是一件极为艰难的事。

孔运星和杜华祖的出现，致使文楼村的艾滋病对新闻媒体的传播路径变得通畅。在记者和高耀洁之间，他们就像两个“二传手”：从高耀洁那里获得接待记者名单，领他们找村民采访。孔运星，住在文楼村，但不是文楼村的村民，他是芦岗乡政府干部。外界叫他“孔干事”。

杜华祖，上蔡县检察院的检察官。为一个涉及村官的腐败案件，他曾经数次光顾过文楼村，且与一个文楼村民结下深厚的“检群友谊”。

孔30多岁，杜40多岁，两个年龄和知识都很成熟的干部，是高耀洁最早接触的文楼人。他们是喝过墨水的乡干部，沟通起来比较容易。在村民中也比较有威信，通过他们，高耀洁的工作便利得多。

高耀洁一开始就是从他们这个“桥梁”上，走进村民心中的。

2000年8月，我和一位同行在上蔡县城见到了杜华祖。当天中午，杜华祖在上蔡宾馆接待了我们。上蔡宾馆是上蔡县委的宾馆，是上蔡地方名流和外来贵客居住和吃饭的地方。显然，杜华祖把我们记者当作贵客接待了。其时的杜华祖，刚从一个乡镇挂职归来，还没有安排职务，暂且在上蔡县检察院政研室工作。他说，“领导不信任我，好像是乱说艾滋病的事惹恼了他们。”也许是担心他和我们的接触引发少数领导的不快，杜不愿意陪同我们去文楼村。他给我们介绍了孔运星，并帮助我们和孔联系好。午饭完毕，我们去了文楼村。在村口等候我们的小个子干部就是孔运星。他很为难，他先前帮助桂希恩和高耀洁在村中查看艾滋病，已经引起他的领导的不满了。但他又觉得不能得罪文楼村的恩人高耀洁，更不能放弃请记者呼吁高层关心的机会。

他就在个人私利和村庄大义的两难处境中，陪我们完成了一次艰难的采访。他一边从田间地头寻找采访对象，一边和声称“上面打过招呼不准接受采访”的村干部周旋。孔运星和杜华祖还为探究文楼村艾滋病的根源，提供了详实的背景资料：当年的地下血站，差不多抽遍了所有贫穷的成年村民的血。

第二天，我们在上蔡县卫生防疫站采访，被该站一名职工扣留了证件，站长不闻不问，不得已我们打电话给杜华祖，请他解围。围是解了，杜的麻烦却产生了。就在我离开文楼半个月之后，杜华祖打来电话，县委县政府领导找他谈话了，“我受到领导严厉的批评”。

我很快得知了孔运星的境遇，“他也遭受到前所未有的压力，可能要被停职。”2001 年 4 月，杜华祖来北京出差，给我带来几分宣传地方的正面报道，希望我支持他的工作，“我要靠这个受奖升迁呀”。

其实，他们都是一些普通的，有着世俗考量的小公务员（检察官不是公务员，但实际上是比照公务员管理的），他们原本无意于和地方政府和长官为敌，但同情乡邻的朴素情感，使得他们做了地方的“叛逆”，在情愿和不情愿之间承担了一个小公务员难以承受的压力。

学者的知识分子良知

2001 年 5 月 31 日，全球健康和人权大奖的颁奖典礼上。一个年轻的中国学者在联合国秘书长安南高度评价高耀洁医生的贡献后，代表高耀洁来到领奖台领奖，并宣读了她的演讲文章——《打破艾滋病长城里的沉默》。

这个年轻的中国学者是万延海，一个负责协调北京爱知行动项目的民间人士。1990 年，万从上海医科大学公共卫生学院毕业不到两年，便介入艾滋病的教育和研究。次年，接触男性同性恋者和艾滋病教育课题。嗣后，建立并主持“艾滋病求助热线”。2000 年 8 月，看到我发表在中国《新闻周刊》上的报道，万延海索要高耀洁家的电话号码，并把电话拨到高家。

8 月 27 日，万延海一早就找到高耀洁家，在那里感受到一个人独自想着为一亿人工作的艰难。他帮高耀洁买了电脑和日常工作的机具，捐给她一笔钱，并帮助她建立了银行账号，他认为这对她获得更多的援助是必要的。

万延海对我说，“指望一个人依靠退休金和稿费支持社会工作是不现实的。帮助他人的人们也应该获得帮助。”万延海和高耀洁的见面只有半天时间。就是这半天时间，为高耀洁日后揭露和拯救河南艾滋病赢得了广泛的舆论支持和社会援助。此后，高耀洁和河南艾滋病的斗争，不再是一个人的孤独的战争。这一切，都得益于万延海在国际艾滋病研究和防治工作上的影响力。在万延海的张罗下，高耀洁联系了福特基金会，并经由国外驻华记者把河南艾滋病的影响传播到国际社会。2000 年 10 月 28 日，《纽约时报》关于河南艾滋病的报道受到全世界的关注。这篇文章是西方英文社会首次接触到中国艾滋病的爆炸性消息。

尽管这篇以美国人的眼光看中国艾滋病的报道有些内容和价值判断值得商榷，但它为国际社会关注文楼村、关注中国艾滋病开凿了一条信息通道。截至 2001 年 12 月，联合国儿童基金会、联合国艾滋病规划署、福特基金会等众多国际组织和国际友人来到了河南，参与母婴传播艾滋病病毒的控制等救助艾滋病的工作。有消息说,中国政府已经邀请美国疾病控制中心参与中国艾滋病的防治。

也是那个时候，正在美国印第安纳大学做博士后研究员的毛寿龙先生，通过这篇报道写了社会科学领域关于艾滋病防治的第一篇研究文章——《艾滋病控制的制度分析》。

2000 年 11 月 1 日凌晨，毛在印第安纳大学的一间工作室里，为这篇文章写下了一段充满感情的结语："简短的制度评论结束了，剩下的只有给以深深的祝福，并期待奇迹的发生：衷心希望早日听到河南人民经过努力，有效控制艾滋病传播，乃至彻底根除艾滋病的消息。"2001 年 6 月 25 日，中国卫生部部长张文康出席联合国大会艾滋病问题特别会议时宣称，中国中央政府将艾滋病年防治经费提高了近七倍。已经回国的毛说："我和我朋友万延海深感欣慰。"

辽宁禽流感悬疑

一场突如其来的禽流感，缠住了东北老工业基地辽宁，且越缠越紧。起初辽宁省地图上的一个点，当下已星星点点，缀连成一大片。

2005 年 11 月 11 日，截至《南方周末》发稿时止，3500 余武装警察创设了扑杀家禽的记录。1000 余万只鸡，在 11 月 3 日国家禽流感实验室确诊之后一周内，被扑杀，焚烧，掩埋。

此间，前往调查的我和我的同事刘长杰，非但感佩于辽宁官方浓郁的人本意识、控防力度，亦对疫情的演进充满疑惑。

10月7日到26日发生了什么

10 月 26 日，辽宁省动物卫生监督管理局接到报告：黑山县八道壕镇江台村和秦屯村养殖户的鸡在疾速死亡。当地专家初步诊断为疑似新城疫，也就是俗称的“鸡瘟”。

黑山县，是锦州市辖制的一个养殖大县，57 年前的这一天，解放军在此赢得著名的黑山阻击战。八道壕镇，是黑山县城西北 25 公里外的一个偏僻的乡镇，有“东北养鸡第一镇”之称。

从沈阳往西南驱车 120 公里，辽宁省专家组匆匆赶至江台村。2 万余只死鸡，20 余只死喜鹊，震惊了省专家。

带着问号的疫情层层上报到辽宁高层政要。中共辽宁省委书记李克强和辽宁省长张文岳，发出一个个急迫的批示，召开一个比一个紧急的会议，严令锦州控制疫情蔓延，防止人禽感染。

11月3日，国家禽流感参考实验室确诊病鸡样本为禽流感。农业部部长杜青林率专家紧急赶往疫区。

次日，新华社援引农业部的消息说，“10月26日，辽宁省黑山县八道壕镇江台村养殖户饲养的鸡出现死亡”，黑山发生禽流感疫情。辽宁省防治高致病性禽流感指挥部办公室当日也对外宣称，辽宁省专家26日“开始怀疑是高致病性禽流感混合感染”，疫源可能是候鸟。

可是，《南方周末》记者在疫区采访发现，江台村死鸡的最早时间是10月7日。一个悬而未决的疑问由此而生：10月7日至10月26日，究竟发生了什么？

10月7日，江台村养鸡大户李国富的妻子发觉，鸡舍里的鸡莫名其妙地打蔫。半天工夫，40多只死鸡堆了厚厚一层。

10月9日，李国富夫妇对门的养鸡大户赵立新，惊觉自家的鸡出现了同样的症状，并以更快的速度死去。

很快，李国富得知自家鸡不是第一个死的，百米外的另一个养鸡大户史学军家的鸡，死得更早。

一家，二家，三家……十几只，几十只，百数只，数百只……

越来越多的养鸡户发现，越来越多的鸡以他们过去从没见识过的态势，快速走向死亡。他们给鸡喂服阿莫西林之类的药品，但不见成效。鸡，还在死。

10月11日，鸡贩子在村头现身。李国富家的鸡，只剩下400只。李妻说：“死了2600只了，我们俩只好把剩下的卖了。”

不再指望鸡能活下去的村民，开始卖鸡。市场价每公斤5.2元，他们卖4.6元。赵立新想等等，4000只鸡，才下7个蛋，他实在不忍心。

死鸡数量与活鸡价格的反比例关系，急速跌破了赵立新的底线。末了，夫妇俩识时务地，以每只3元的价格，卖掉了最后的508只成鸡。得到的钱，差不多抵消他们给鸡看病的钱。

李国富说：“他们不算最惨，到最后啊，哪还用称，5毛钱一只，只管数。”

一位退休的兽医说，有个鸡贩子一夜赚了15万元，“他2元买进，10元卖出，买的、卖的都认为合算，购销两旺。”

病鸡为什么治不好？究竟得了什么病？10月12日，一位退休老兽医给黑山县一位核心官员打电话，电话那头答复说："县里确定了，是新城疫。"

然而，针对新城疫的药，就是治不好发病的鸡。于是有人怀疑是禽流感。

10月15日，数十公里外的胡家镇头道村的焦占东，给自家5000只鸡注射了禽流感疫苗。"镇上的兽医说了，江台村的鸡，可能得了禽流感，我怕，就买了疫苗。"

当天，江台村支书王有林去镇政府报告疫情。李国富觉得没必要，"都那么大动静了，还用报告？"

当地媒体报道称，黑山县畜牧局的防疫人员也得知了疫情并调查取样，"经过多次解剖后，初步认定为新城疫"。黑山和邻近县市的部分养殖户并不理会这个说法，纷纷购买禽流感疫苗。据悉，一段日子，禽流感疫苗黑市上的价格，被炒作到每500毫升100元以上。

10月25日，外交部发言人在例行的记者招待会上说，呼和浩特市、安徽天长市相继发生的禽流感疫情业已被扑灭。

10月26日，辽宁电视台的金牌新闻节目《第一时间》，声称江台的鸡死于新城疫。八道壕镇兽医站站长赵永和在节目中说，这是跟以往有点不同的新城疫，有点基因变异。

当天，省专家取走了赵立新家后屋树林中的那只死喜鹊。

第二天清晨，扑杀开始了。

11月1日，辽宁省初步诊断为疑似禽流感，并启动应急预案。据闻，惊悉禽流感的中共黑山县委书记当场哭了。这时候，锦州和黑山官方才想起27日江台村扑杀的病鸡，还零散地扔在水沟和铁道旁。他们同时想起的，还有分管副省长8月22日作出的防控禽流感的会议安排，以及省动物卫生监督管理局此间下发的20多份应对禽流感等疫情的文件和电报。

防疫系统何以如此脆弱？

11月7日，农业部副部长牛盾在黑山县薛屯村，送给一赵姓村民一张防控禽流感的"明白纸"：如果发现家禽出现不明原因死亡，尤其是接种过新城疫疫苗的禽突然发病，在短时间内不吃食、体温迅速升高、无精打采，鸡冠与肉垂水肿、出血并呈紫赫色，禽爪出血，并伴随着大批死亡，就应该怀疑家禽染上高致病性禽流感了。

黑山县有关人士评价说：太好了，但太晚了。难以估量的损失，已无法挽回。

说到自家的损失，眼睛血红的下岗职工郭敏，不停地吸烟，半天才说一句话。2005年春天，他借了包括高利贷在内的40余万的债务，在距离县城不足20公里的乡村，投资53万元购置了自动设备，盖上了鸡舍，养了14000多只鸡。还有半个月，就要下蛋了。风声鹤唳中，他小心呵护着自家的鸡，光疫苗，就花了上万元。

11月5日晚9时10分，30位戴防毒面具着防化服的武装警察降临鸡舍。白天，郭氏夫妇被告知，是日16时起，武警和技术人员将强制扑杀疫区内所有家禽，确保次日零时扑杀完毕。

6日凌晨2时许，郭家的鸡被强制扑杀，焚烧，掩埋。披头散发的郭妻说："初冬的小雨中雷声滚滚，为我的鸡鸣不平。"

一直为他家做防疫的兽药店的店主，惋惜地说："我们都揪心，她家的鸡，没有一只生病的。可是，大局面前，有啥法子呢？"

闻知每只鸡补偿10元，高利贷债主纷纷聚集到郭家，催讨本金。亿万资金的下拨，给了郭家一丝希望，但扑杀三天尚未领到现金的郭，骤觉压力重重。

温家宝总理赶到黑山那天，黑山县城传言有养鸡户不堪重负，上吊自杀。调查虽然否认了传言，却无法否认黑山经济倒退数年的颓势。尽管损失还没来得及测算，黑山县经济支柱的倒塌，已无悬念。

据称，养殖业是黑山县的支柱产业，2800万只家禽中，有鸡1900多万只。禽流感使得以鸡为中心的产业链迅速绷断。当地主要农作物玉米，从每公斤1元降低到0.8元，都无人问津。县城一条街上的数十家兽药店，冷冷清清。禽蛋经纪人葛庆山说，生意没法做了，未来很迷茫。

经济上的损失，在地方官员看来，已非紧要。眼下，他们最为害怕的是，如此大面积的疫情，会不会导致人的感染？卫生系统的一个基层公务员说："专家讲了，这么大的疫情，没有人感染，简直是奇迹。"

六位年迈的老兽医集体接受《南方周末》采访时表示，黑山县的防疫系统太脆弱了，根本不能阻击禽流感。57年前的这个时候，著名的黑山阻击战，以解放军的胜利而告终。老兽医们相信，中共辽宁省委、辽宁省政府最终会赢得禽流感阻击战的胜利，但他们认为防疫系统的教训不能不汲取。

由于锦州和黑山方面婉拒了《南方周末》的采访，记者无法获得防疫系统何以如此不灵敏的官方解释。当地兽医界人士声称，质疑黑山和锦州防疫系统不是毫无来由的无事生非。

一年前退休的黑山县大虎山镇兽医站站长许广太说："对重大疫情不灵敏，上下沟通不畅通，乡镇兽医站有名无实，耽误了防控禽流感的最佳时机。"

黑山县镇安乡一位兽医说，乡镇一级的兽医站都是瘫痪的，没用。据他们说，兽医站是自筹自支的事业单位，工资没人管，县里不拿钱，镇里没钱拿。大虎山镇兽医站一年半没发过工资，还是22个兽医站中最景气的。兽医们平时都不上班，要不，290个在编兽医，怎么没有人报告过禽流感疫情？

依据农业部2005年11月1日发布的防控禽流感应急方案，县动物防疫监督机构、县乡兽医站，以及所有的兽医，都是责任报告单位和责任报告人，发现可疑疫情，应该逐级报告到省政府和农业部。尽管很多兽医请养殖户注射了禽流感疫苗，但最后报告到省里的时间，却是疫情发生后的第20天。

老兽医们对一个以家禽养殖为主业的地方政府不尊重兽医倍感遗憾。他们近百名退休老兽医都是体制内的干部，起早贪黑地干了一辈子，却拿不到一分钱退休金、保险金。

老兽医们愤愤地说："县检验检疫机构形同虚设。他们有16个编制，吃皇粮的却有100多人。我们都会看病，他们呢？几个人有真本事？"

老兽医们对黑山县兽医站，也有看法。"给乡镇兽医站发疫苗，应该免费的，他们却收什么保管费运输费。"他们说，县兽医站对兽药店的管理混乱，为假疫苗贻误防治埋下了祸根。"虽然疫苗由兽医站专管，但黑山县80个兽药铺，几乎每家都有疫苗出售。"

11月8日夜，八道壕镇兽医站站长赵永和被公安机关带走。消息人士说，赵可能会遭遇刑事诉讼程序。据称，赵的"最大问题"不在于误诊，而是为鸡贩子贩卖病鸡提供了检验检疫层面的便利。家禽贩运出黑山，必须经黑山县检验检疫机构的同意，如果没有出产地检验检疫证明，鸡就无法卖出。

是蔓延还是巧合？

11 月 4 日上午，辽宁省防治高致病性禽流感指挥部办公室说，疫情被有效地控制在黑山县境内，他们将确保疫情不蔓延。

不巧的是，疫情不遂人愿。话音甫一落地，毗邻黑山的北宁、阜新、锦州南站新区感染禽流感的噩耗，便次第传来。又一个悬疑就此产生：疫情的四处开花，是因为蔓延，还是巧合？

11 月 9 日晚，《南方周末》记者从黑山驱车经 102 国道，一路上封锁点环环相扣，从北宁市到锦州市，武警临时封锁了所有的疫点。两天前，102 国道还不曾出现这些风景。

此间，北京和辽宁的专家，匆匆自黑山县城移师北宁市。北宁是锦州辖下的一个县级市，养鸡的风气繁盛。像黑山一样，城中所有看上去体面的宾馆全部客满，外地车牌的轿车堆满了停车场。

11 月 6 日，北宁市政府所在地北宁镇的养殖户苏广军，猛然察觉百余只鸡，一天内全部死掉。“我赶紧跑到‘村政府’报告。夜里，3750 只鸡无一幸免地被扑杀了。”

两天后，北宁镇 7 万多只鸡，全军覆没。

接受《南方周末》记者采访的时候，女村长率人来查体温，看见屋檐下有只笼中鸟，她命苏将之摔死。苏妻含着泪，埋了它。

“为什么我们这么小心，还不能幸免？！”苏说，10 月份听说黑山死鸡的时候，养殖户之间都不见面，怕传染，彼此间的接触全仰仗电话联络。尽管每 500 毫升的禽流感疫苗超过 100 元，他们还是“给每个鸡都做了苗”。

同一天，与黑山县八道壕镇秦屯村相距 20 公里左右的北宁市正安镇，扑杀了 10 数万只。一个农民说：“先做苗，后杀鸡，我们的损失太大了。”

与黑山接壤的阜新市大板镇，悲伤中也透出情绪复杂的怨愤。11 月 6 日，大板镇朝阳寺村内的病死鸡禽疫，被定性为疑似禽流感后，14 万只家禽被扑杀。

与此同时，锦州市南站新区大岭村养殖户饲养的鸡也发现禽流感，疫点三公里半径内的五个村，被扑杀 50 万只家禽。截至本报《南方周末》发稿时，大岭村还在扑杀鸽子。

家禽扑杀完毕的北宁市青堆子镇，距离盘锦不足50公里。当地人忧心忡忡：盘锦多沼泽，滩涂，是丹顶鹤都候鸟的栖息地，一旦疫点扩大到盘锦，后果难以预料。

锦州市政府有关负责人对《南方周末》记者表示，禽流感不是洪水，不会蔓延。天上的鸟，携带禽流感病毒的鸟，落在哪里，哪里的鸡就感染。

“是蔓延，不是巧合。”在黑山，一个整日里寝食难安的养殖大户对记者说，他家5000只鸡还在侥幸中嘎嘎地叫，可周围的鸡还在发病，他不得不一次次赊欠疫苗和药品。他说，他有证据，一旦家里的鸡被扑杀，他就让人坐牢。

处于焦急愤怒状态的，还有李国富等26户江台村民，他们的鸡在官方强制扑杀前就死了，镇政府认为不应予以补偿。看别人家按每只10元的标准领取补偿款，他们集体去黑山县政府，一个副县长承诺过几天再说。“几天过去了，也没个说法，我觉得政府有责任，你不说是新城疫，我们咋会不注射禽流感疫苗？”

也有村民不同意他们的说辞，“责任不都是政府的，如果我们不贪小便宜卖病鸡，能蔓延这么快，这么广？”

他们还认定，见利忘义的鸡贩子罪责“比天大”。早在10月27日，那个对蔓延负有责任的江台村的鸡贩子，已逃离他乡。据称，鸡贩子把病鸡贩到了沟帮子镇。“沟帮子熏鸡”是东北三省驰名百年的知名品牌，人们担心池塘失火，殃及池鱼。

虽然当下还不是认定责任的时候，隶属于锦州的义县，却有1名村支书被撤职，两名兽医被开除公职。另有一个贩卖假疫苗的人，在农业部公布锦州市场上出现假禽流感疫苗后，被刑事拘留。《南方周末》尚未求证的另一个消息说，中共八道壕镇党委的一个副书记，也“进去了”。

七嘴八舌的坊间人士说，如果“蔓延还是巧合”的悬疑最后被认定为前者，“进去的人”会更多。

黑山再次证明了森的正确

辽宁黑山禽流感疫情再一次佐证了经济学家阿马迪亚·森的正确：消除饥荒和贫穷部分取决于信息的可得性，屏蔽信息往往会增进饥饿和贫穷。从辽宁黑山县城到省会沈阳不足150公里，而疫情报告到辽宁省府，却耗时20天。从沈阳到北京的高速公路不过7个小时的车程，黑山发生禽流感的信息发布却花了一个星期。这个极端不幸的案例无声地宣示，改变中国经济的非均衡发展，不仅需要一条条增进人流和物流的高速公路，还需要铺设一条条通畅的信息高速公路。

改变非均衡的经济态势，促进国土均衡开发，是中国主政者规划高速公路时反复强调的一个价值取向。依据国务院一年前审议通过的《国家高速公路网规划》，支脉纵横的高速公路网，将成为东北振兴、西部开发的一条生命线。我们相信，高速公路的延长必定会改善欠发达地区人民的福祉。但是，没有信息高速公路的畅达，混凝土浇筑出的高速公路并不能必然地消除贫困，削弱财富鸿沟。

当下，“地球村”的预言正在变为现实，爆炸的信息把世界上相距遥远的角落，拉近到彼此只有数小时之隔。尽管我们拥有全球最多的手机用户、最为庞大的网民，中国2/3以上的人群依然踯躅在信息鸿沟的谷底。被全球各种声音反复渲染的禽流感讯息，在2005年11月26日之前并未引起辽宁黑山人的足够警觉。当内蒙古、安徽、湖南发生禽流感，外交部发言人回应境外记者提问的时候，当北京上海广州的媒体忧心忡忡地警惕禽流感的时候，辽宁黑山对禽流感的反应似乎并不像“神经兮兮的媒体”那么敏感。

任何不怀偏见的人们，都不该据此指责中国政府跨越信息鸿沟的努力。相反，我们应该称颂政府致力于弥合信息鸿沟的成就。信息产业部、广电总局等国家部委发动的广播电视电话的“村村通”工程，正试图填平城乡的信息鸿沟。在辽宁，“村村通电话”被抬到振兴东北老工业基地、构建和谐社会的政治高度。10月28日，就在辽宁省专家接到黑山禽流感报告的第三天，辽宁将近16000个行政村全部通上了电话。

然而，仅仅架设物质化的信息高速公路，并不能毕其功于一役，没有接受、采集、发布信息的保障机制，再豪华的设备都可能会像诺曼底防线，看去固若金汤实际不堪一击。8月22日，辽宁省分管副省长就作出了防控禽流感的会议安排，动物卫生监督管理局也下发了20多份应对疫情的电文，遗憾的是，上情不能下达，一无所知的养鸡户们，甚少将打蔫后快速死去的鸡，和禽流感联系在一起。八道壕镇江台村的村民，非但将病鸡成批成批地卖掉，还吃掉了一部分死鸡。

尽管四通八达的交通、快捷便利的通讯，缩短了疫区到沈阳到北京的时空距离，下情也不能快速而有效地上达。依照法定的信息报告制度，黑山县府官员和200余兽医，都是责任报告人，发现可疑疫情，应在数小时内逐级上报。然而，始自10月7日的大规模死鸡，在20天内从未惊动辽宁省府和农业部，养殖户们在鸡瘟和禽流感的两难中等待着官方的信息。10月26日，他们顺当地收看了辽宁电视台的新闻节目《第一时间》，看到的却是鸡瘟的报道和结论。

我们在辽宁发现，黑山之外的疫点，不是比邻，就处于102国道沿线，与已知的贩卖病鸡的运输线较为吻合。如果这不是一种巧合，那我们是否可以合理怀疑，阜新、锦州等地的禽流感，被通讯和交通插上了翅膀？反过来的事例，或许可以回答这个疑问。11月4日，官方通讯社发布了黑山禽流感的消息，三天后，巫山县畜牧局在检查站焚烧了一批黑山鸡，堵住了疫区禽类进入重庆的通道。

黑山的禽流感给黑山经济带来了灭顶之灾。我们相信，仰赖中央政府和辽宁省府的转移支付，60余万人的伤痛会慢慢愈合。但它对诺贝尔经济学奖得主阿马迪亚·森研究结论的证明，却不应该被我们忘记。我们在用水泥、钢筋、电视、电话建设东北高速公路的时候，必须记取黑山禽流感疫情的提示：没有足够好的信息公开制度，越为发达的交通和通讯，越会背离我们的初衷。

采访手记 2：灾难性报道中的人性和人情

人

今天我们需要什么样的灾难报道？

大地震发生过后，身为《南方周末》记者的我，在奔往灾区的路上，反复想这个问题。之所以思考这个问题，是因为我的潜意识中，《南方周末》的灾难报道在方向上可能不应该复制过去的模式。

"过去的模式"是个不严谨的说辞，准确地说，是一个存留在脑际的关乎《南方周末》灾难报道的模模糊糊的大体印象。这个印象形成于 1998 年我大学毕业之后的最初几年，勾勒这个印象的元素是几个记者，几篇报道，几句话。印象中，李玉霄、朱强等人的灾难报道写得特别多，一写灾难报道就数尸体。2002 年的一个夏天，他在北京跟我说："我再也不想去数尸体了。"

彼时的灾难报道本质上是揭露性报道，自然灾害的报道方向侧重于灾情的真实再现，揭示战胜灾难的赞歌的另一面，感叹灾民的生何其艰死何其苦，社会灾难的报道方向着眼于反腐败，大致的逻辑思维是灾难等于人祸，人祸等于腐败。记得报道洛阳大火的那则新闻，看来看去，文本中的逻辑就是要证明大火中有腐败。数尸体的目的，也是为了看看有没有瞒报不报等捂盖子的腐败现象。

直到 2003 年的非典疫情、2005 年的禽流感疫情，自命铁肩担道义的媒体报道灾难新闻的基点，依旧是主张公开，反对捂盖子，彰显人命关天的人本思维。记得 2005 年秋天我去辽宁采访禽流感疫情，将官方宣称的禽流感疫情爆发的时间提前了一二十天，彼时谋生于财经媒体的我，为此自我欣赏了很久。

显然，这样的灾难报道逻辑，在大地震中，就报道的整体思路而言，可能已不合时宜。当下，呈现灾难报道的时代背景，已和过去发生了很大的不同。

且不论自然灾难中地方官员没有隐瞒死亡数字的必要，即便基于自私的政绩考虑，觉得有必要的个别官员，一般也不敢瞒报不报。2006 年，我国的刑法第六修正案增设了瞒报谎报安全事故罪，一个理性的官员没有特殊情况，犯不着为了避免党纪政纪处分，触犯最高可能蹲 7 年大狱的罪名。

我们可以简单梳理一下最近五年来官方灾难报道公开化的历史进程：

2003 年 11 月，非典过后，吴仪以卫生部长名义发布的《突发公共卫生事件与传染病疫情监测信息报告管理办法》，其第七条规定：任何单位和个人必须按照规定及时如实报告突发公共卫生事件与传染病疫情信息，不得瞒报、缓报、谎报或者授意他人瞒报、缓报、谎报；

2006 年，刑法第六修正案增设了瞒报谎报安全事故罪；

2007 年 8 月，全国人大常委会通过《突发事件应对法》，对包括自然灾害、事故灾难、公共卫生事件和社会安全事件在内的突发事件的信息公开问题，在第五十三规定：履行统一领导职责或者组织处置突发事件的人民政府，应当按照有关规定统一、准确、及时发布有关突发事件事态发展和应急处置工作的信息，其五十四条还规定：任何单位和个人不得编造、传播有关突发事件事态发展或者应急处置工作的虚假信息；

2008 年 5 月 1 日，大地震之前第 12 天，千呼万唤始出来的《政府信息公开条例》正式实施，"以公开为原则，以不公开为例外"的立法意旨，要求政府对于突发公共事件的应急预案、预警信息及应对情况，不仅要"主动公开"，而且要"重点公开"。

由灾难报道公开化的法制进程，我们可以发现，公开问题，在这次大地震中，本质上不是政府开不开明的问题，而是守不守法的问题。在中华人民共和国新闻史上，重大突发灾害性报道的信息公开，能达到四川大地震这样史无前例的程度，根本原因在于政府法治化的历史车轮已经呼啸而至，政治家个人的开明与否在灾难报道公开化问题上，不再是关键因素。

我相信，《南方周末》曾经的筚路蓝缕的灾难报道，一定推动了灾难报道公开化的历史进程，那些将灾难报道公开化的历史车轮推向前行的人群中，一定有曾经数尸体数得肝肠寸断的新闻记者们的身影。

我还相信，就信息公开而言，史无前例的事，还会接着发生。短期内或许会有反弹，长期看，则是一个不可逆转的、不随个人意志转移的大趋势。

这就是今天的《南方周末》今天的灾难报道所面临的时代背景。

置身于这样的时代背景，面对自然灾难较之社会灾难更易于公开的事实，我认为，《南方周末》报道大地震的方向，不应该是“过去的模式”锁定的揭露真相的反腐败，而应该是人。当然，我所说的是报道方向，并不排斥涉及反腐败的个案报道。

以灾难中的人为报道对象，再现灾难中的人情百态，申述个体命运的呢喃，是灾难报道自身属性的要求。

1541年，我们今天已知的世界上最早的时事新闻报道出现了。一个叫胡安的公证员在一份只有8页的新闻小册子的封面上，写下了一个导读性的标题：关于西印度群岛一座叫做危地马拉的城市再次发生可怕地震的报道。

我不知道地震为什么会成为人类新闻史上最早的时事新闻报道，但我知道，400多年来，地震，以及和地震一样震慑人心的灾难，总是人们颇为在意的新闻品类。人们在意灾难新闻，是因为人们在意灾难，在意灾难背后的生死存亡，在意生死存亡背后所隐藏的人类对死亡的恐惧。它让我们悲天悯人，兔死狐悲，感觉到人的渺小，生命的脆弱，命运的不可捉摸。

尽管灾难新闻如此地直逼人心，但在中外新闻史上，人们对灾难新闻中的人的命运的关注，却非古已有之，始终有之。

我看过一本美国人写的《新闻采访与写作》的大学教材，内中有灾难报道一节，记忆中写作本书的教授狠狠地批评了新闻记者的灾难报道没有人情味，只知道罗列死亡数字和灾难损失。我由此猜测，美国早期的灾难新闻报道可能也不太在乎人的命运。

至于中国的灾难报道，人的命运，很长一段时间以来都是微不足道的。我们可以粗略地考察一下100年来中国灾难报道的价值流变。

20世纪50年代以前，《申报》曾将笔触点击到河南大旱、黄河溃坝，人的命运、灾民的形象，陆续见诸报端。

20世纪50年代以后，人在灾难中的生命呢喃，渐渐让道于大而无当的人定胜天。我的故乡在长江中下游的江堤之下，1954 年长江特大洪水冲垮了江堤，夺走很多人的性命，我年过八旬的奶奶早年跟我忆起那时的惨况，总是唏嘘不已，可当时的新闻报道中却看不到个体生命的挣扎。

没有什么好奇怪的，在戴邦著述的《论社会主义新闻工作》中，我们可以看到当时的新华通讯社中南总分社为 1954 年长江洪水制定的报道原则："一、报道灾难，不要盖过生产。二、着重报道积极同灾难斗争，战胜灾难，夺取丰收。三、报道范围暂时固定在几个可以确保的重点和某些受灾较轻、很快可以恢复生产的地区。四、不作全面综合报道，不讲具体灾情。"

直到 1976 年伟大领袖毛泽东主席辞世，"轻描淡写的灾情＋党和毛主席的关怀＋灾区人民的决心"，一直是中国灾难报道的公式。我们从历史的故纸堆里，看不到灾难中的人，除了毛主席，除了草原小姐妹那样的英雄人物，我们很少看到灾难中挣扎的小人物。

唐山地震时，钱钢写过一首诗《烙饼的大娘》，说：她烙饼的面粉是从山西省送来的，她的油是从山东省送来的，她的锅子是从江苏省送来的，她的铲子是从浙江省送来的。他以此诗表现全国人民的"阶级友爱"。这个想法当然也不错，但是，钱钢说："当年像我这样的作者，一考虑问题，就会习惯地想，噢，我要写一个东西，怎样去歌颂我们的国家——除此而外，没有更多。"

这一切，看起来，好似时代的笑话，虽然刻薄，但是真实。

写到这里，脑子里突然冒出李红平特别喜欢用的"肌理"一词。仔细想想，过去的灾难报道中还真有"肌理"存在，这"肌理"就是渗透其中的新闻伦理：要人民伦理的宏大叙事，不要自由伦理的个体叙事。

今天的《南方周末》，面对今天的灾难报道，即便不是对过去灾难报道的新闻伦理的反动，也应该是对过去灾难报道的新闻伦理的折中。换言之，我们不能说，我们只要自由伦理的个体叙事，不要人民伦理的宏大叙事，我们可以说，我们要人民伦理的宏大叙事，更要自由伦理的个体叙事。

这就是我所理解的《南方周末》灾难报道的方向。

人 性

人类是需要救赎的。

灾难就是人类救赎自己的契机。当灾难以夸张的手法，将人类推到一个由极端化的情境所布置而成的人性的审判席，我们便可以返观自身，通过观察我们在灾难来临时的行动和意识，经由身体和心灵的对话，重新认识我们自己，追问“我们从哪里来又要到哪里去”这个既虚无缥缈又挥之不去的命题。

该命题之于人类，是不可或缺的，对于《南方周末》的灾难报道，也不是可有可无的。一个有志于做百年大报的媒体，面对四川大地震这样罕见的人类灾难，是应该有自己的哲学观的。

为使我的讲述避免书生式的迂和酸，我可以跟大家举 1541 年那个人类已知的最早的时事新闻报道的例子。那则灾难报道的开头，不是报道危地马拉地震的灾情，而是一段类似于编者按之类的话：

> 这是一个令人极为震惊的事件，它很好地说明了我们所有人都应该为我们的罪恶忏悔，这样我们可以随时准备好等待上帝的召唤。

最初看到这则史料的时候，我是震惊的，因为它提醒我，灾难报道是可以让人类返观自身反躬自省的，一家媒体对一起灾难的报道整体上是需要哲学观的。它是我们灾难报道的灵魂。

接下来的问题是，我们的灾难报道需要什么样的哲学观？我们怎样才能将自己的哲学观渗入我们的灾难报道？

就第一个问号，简答之：我们需要展示灾难中的人性，人性的复杂，人性的本能和懦弱，人性的力量和美。

就第二个问号，我想立足于前述《南方周末》灾难报道的宏观方向，微观地讲述我对这个问题的理解，或者说期待。

我期待看到人性之复杂。感谢李海鹏他们的报道，感谢《汶川没有死去，汶川仍然活着》、《孤岛汶川的人性百态》之类的灾难报道，满足了我的期待。它们不仅让我看到灾后汶川、北川等地残酷的一面，也最大程度地暴露了人性中的自私、狭隘、勇敢和懦弱。这让我想起美国卡特里纳飓风灾难发生后李红平跟我说过的一段话，他说美国人竟然会趁灾打劫，他对人类失望的表情，给我留下了深刻的印象。

当我看到李海鹏他们的报道中，洗劫县城最大的超市的场景，涉嫌打劫者被特警抓了一长溜的滑稽，虽然感到震撼，却不觉得奇怪。我们应该承认，灾难报道中表现出的我们的同类的自私、贪婪和暴虐，是人类真实人性中的一部分。

承认这一点虽然残酷却没什么不好。人性善恶的千年辩题从来就没有获得过答案，人类迄今所有治理模式无不来源于人性善恶的理论假定。当下，人类已经很少有机会去观察自己认识自己，除了灾难。而灾难，也只有自然灾难能让我们在猝不及防的时候，在极端的状态下，看到我们的心灵最深处。

我期待看到人性中源自本能的力量。记忆中，罗曼·罗兰的传记作品中的人，总能让我们感受到大江大河那样奔腾不息的生命力。很遗憾，地震发生之后的几日，我没有赶到现场。透过新京报等媒体同行的转述，我对灾难中那些用砖头砸烂自己的腿，而后拿着儿子递过的锯子锯腿求生的人，充满了敬意。我期待我能看到以这样的灾民为主人公的灾难报道，看求生本能驱使下的百折不挠的生命力。

我期待看到人性之美。曾赢得美国新闻教育组织杰出教育家奖的梅尔文·门彻，曾讲过飓风袭击斯宾塞的灾难报道，报道中留下了人性之美的故事：站出来为正义为善良而援助他人的志愿者，为了救助遇难者露营野外的地方官员，自愿前来帮忙的囚徒，还有一位牧师，他自己奋力抢救，而妻子却在近在咫尺的地方孤独地死去。地震中，美国牧师一样的人物，并不鲜见。

我期待我们的报道，既能让我们认识到人类原来可以那么自私，也能让我们感受到小人物也可以那么高尚。地震过后半个多月，我在北川听一个理发师说起她在幼儿园的一个闺密，怎样凭借善良的本能先救别人的孩子，而后抱着自己的孩子倒在地板的夹缝中。我期待这样的报道，因为我们需要温暖的力量支持恢复我们对人类的自信。

我期待看到人性趋利避害的本能，怎样通过一个个彼此间无联络的人们的单个行动，绘制出一个集体无意识的社会情态。唐家山堰塞湖溃坝在即的日子里，我接受了杨瑞春的建议，重点采访了水临城下的绵阳城以及这座城市内外的绵阳人，我们想知道，绵阳怎样在市民的逃难潮中变成了一座“空城”？我们想知道，灾难过后人们对于人与人之间摒弃矛盾和谐相处有没有什么新的认识？我们还想知道，六一儿童节中的各类需要和孩子发生关联的人群，是怎样对待死亡对待幸存者对待喜庆对待节日的？

采访绵阳的那些日子，我会在深夜12点以后去那些灾民安置点，观察他们的生活和情绪，会在黎明前去垃圾清理场所，看清理工怎样防止这座城市误入灾后大疫的歧途，还会在天明过后去菜市场看撤出低处的小贩，如何对待人们对于商贩可能囤积居奇抬高物价的担忧。

基于对人性不可确知的好奇，我还期待着看到灾难、权力、亲情、荣耀、耻辱这些元素之间的排列组合，我想知道这些元素的神奇组合会怎样阐释人性的百味杂陈。

那些从死亡边缘逃生的官场中人，对权力和权力场的心态，会发生什么样的变化？灾后，北川县权力场急需补充几十名科级干部，史无前例的提拔机会和尸骨未寒的生离死别交织在一起，我很想近距离地观察劫后余生的官人们，是怎么看待权力的。

我遇到了一个叫唐祖华的农村青年。他是一个受过多次嘉奖的退役军人，一个村党支部书记。过去，他在农民变军官的边缘一而再地跃跃欲试。现在，一场突如其来的特大灾害，给了他重大立功的机会，沧海横流显出他的英雄本色，使得早已不再奢望为官的他，万分偶然地跃过了从农民到官员的身份鸿沟。我努力地接近他，因为我非常想知道，一个逃过鬼门关的人，是怎样对待权力和荣耀的？

当灾难、权力、亲情、耻辱同时涌现心头，人们会做出怎么样的选择？徐楠告诉我，在北川，有一个乡镇党委书记，老婆死了，儿子在重伤中截肢，他放弃了乡镇党委书记必须守住的震后防区，背上临阵而逃的耻辱的十字架，去医院照顾儿子去了。我特别想知道，他的行为究竟遵循了什么样的思维逻辑？后来，柴会群采访了这个被临时免职的乡镇党委书记，可惜，我迄今没有看到他的稿子。

我期待看到源自人性的灾难报道，是希望坚持自由伦理的个体叙事，能够凸显人性和理性的战争，进而在我们这个亟需心灵重建的国度，找到建设心灵的基石。

灾难中，我们可以看到“大写的人”，也可以看到“小写的人”，可以看到“小写的大人物”，还可以看到“大写的小人物”。更多的，是像我一样，既不能大写也不能小写的寻常人物，我们是地震中的当事人，也是看客。我们可以根据自己的表现推己及人，也可以以别人为镜反躬自省。

我们的镜子有好多面：

深圳万科的董事长王石，那个在电视广告中经常说“我能”的人，先是因为捐赠灾区的言辞遭到人民群众的贬斥，醒悟后紧急道歉的他，后来又因为亿元捐赠赢得人民群众的表扬；

灾民学校的教师范美忠，那个在地动山摇中独自逃生，声称那一刻他连母亲都不会去救的“范跑跑”，跟随世界级的地震，成了世界级的明星；

还有绵阳市委书记谭力，那个在地震后无意一“笑”的人，一笑成名。在新华社记者拍摄的温家宝到绵阳机场迎接胡锦涛的照片中，谭力走在后排，面带笑容。网络世界中，这个笑，是一个事件。

我在乎的不仅仅是这些镜子本身，还有我们这些镜中人的人性和理性。我们的吵吵嚷嚷，集体见证了人性的软弱，洞见了我们的宽容与仇恨。我们有没有正面面对这些可能伤害心灵的故事？我们有没有学会倾听，还原语境，以免断章取义？我们是否懂得尊重本能，宽容人性中与生俱来的自私和软弱？

我渴望看到《南方周末》的报道，能够经由人性的现场临摹，关乎人性的后台评论，在自由主义、个人主义刚刚觉醒的国度中，小心翼翼地丈量自由和责任之间的距离。在鼓吹亮剑精神诗化三国权谋的当下，小心呵护灾难中展现出的柔弱的心灵的力量。让我们在性善性恶的千年辩题中，找回关乎群体的自信，以凌志汽车和橄榄书的视角，感受民族国家不可或缺的向心力。

人情味

客观地说，我们的地震报道无论是气势还是品质，都是中国新闻界关于地震报道的上等品。但是，就传播的社会效果而言，我们百分之百的努力并未换来百分之百的赞誉。这次地震中有两个细节，对比强烈：

一个是央视、四川电视台主持人情不自禁的眼泪，赢得观众毫不吝啬的称赞；

另一个是《检察日报》指责我们戴着有色眼镜，刻意展现“地震来临时人性的灰暗”。他们批评我们“看不到一切光辉和伟大，在那似乎合乎西方新闻观的冷静、中性、原生态描述之中，流露出的是文章立意之怪，角度之异，心理之阴”。

作为《南方周末》的一个成员,很多人跟我谈起这件事。我跟他们解释说,《南方周末》的同仁只是秉承新闻专业主义，对地震做了客观中立的记录，其行为并不受意识形态的支配，但中国青年报等媒体的朋友还是觉得我们过于“冷静”了。

最近，我一直在想这件事。写真善美，还是写假恶丑？对追求新闻专业主义的我们而言，这个问题原本不应该成为一个问题。但是，在中国，习惯于表达真善美的受众心理，还是把它变成了一个问题。坦率地说,《检察日报》的诛心之论的确过于偏激，他们上纲上线的谩骂委实叫人厌烦，但是，他们和其他同行的批评，从另一个侧面提醒我们，我们对新闻专业主义的坚持，可能在一定程度上忽视了新闻传播的社会效果，淡忘了人情味在灾难报道中的意义。

作为西方政党报刊演变成独立报刊的理论成果，新闻专业主义一方面从定位上强调新闻记者的独立性，认为他们是社会的观察者、事实的报道者，而非利益集团的代言人，另一方面从技术上主张情感的“零度介入”，鼓励新闻记者抛弃个人偏见，让事实和意见分离，追求最大程度的客观中立。

我不知道，如果将我们面临的问题学理化，是否可以将之转换成新闻专业主义和新闻伦理的冲突？或者，将之归纳为新闻专业主义和情感介入的冲突？

学理问题不去说它，还是说说我在地震报道中的个体感受。还是举前面提到的唐祖华为例。如何报道他，我有过三次选择：

第一次选择：要不要报道一个可能轰动的新闻？

地动山摇的那一刻，唐组华正在北川县城大礼堂出席优秀青年表彰会，他第一个跑了出去，而后在地上捡到一部摄像机。今天，我们在中央电视台一套、二套、七套、十套、十二套、新闻频道和四川卫视看到的早期录像资料，都是他拍摄的。他在给组织部的个人先进材料中自我陈述道：凭他军人的本色，他可以救出五六个人，但他选择了记录历史。

我问他，放弃拯救生命选择记录历史的抉择是否漠视了生命？

他说，不！

他认为把惨痛的历史记录下来更重要。他的理由是，有了这些珍贵的资料，让活着的人永远铭记历史，更加珍惜生命，让更多的人了解灾区，支持灾区，关心灾区，帮助灾区，让全国人民，甚至全世界人民都来帮助他们，因为地震后他们自己的力量已经微不足道了。

假如唐是一名记者，他会不会被当作“中国的凯文·卡特”？1994 年，南非记者凯文·卡特拍摄了秃鹫冲向饥饿的小女孩，从而获得普利策新闻特写摄影奖。据说，他后来由于巨大的伦理压力自杀了。他所面对的问题也变成：要新闻专业主义，还是要新闻伦理？

唐不是记者，那我可不可以问：生命和记录究竟哪个更重要？

我想，如果我将唐在救人和拍摄之间的抉择写成新闻，这条新闻可能会引起较大的反响，末了，十七集团军为之请功的唐，还是不是抗震救灾中的英雄，就很难说了。唐当然不会像凯文·卡特那样自杀，但他所面临的道德压力，可能会成为他终生的负累。

我决定放弃这个角度的新闻，因为他的理由是一个标准的人民伦理的宏大叙事。在这个具体而微的事件中，我们显然不会接受他的理由，而选择自由伦理的个体叙事，主张生命高于一切。唐不懂叙事伦理，可是，以他的善良，他会选择生命至上的。他之所以拿起摄像机，皆因一个摄像爱好者的本能的冲动。那一刻，他的行为，是未经思考的，是下意识的，并不知道他原本是可以在记录和拯救生命之间做出选择的。他对地震究竟会招致多大的灾难，也是不清楚的。

凭我的观察，我猜测唐给我的理由，是他事后顺着人民伦理的叙事习惯“考虑”出来的。人民伦理的宏大叙事，在讲究政治正确的唐看来，可能是正义的，否则，他就不会在写给组织部的个人先进材料中也这么说，一点都不担心组织部会质疑他“对人民群众的生命不够关心”，进而影响到他的前程。

陈涛说，中国人在政治教化面前，已经不会说话了。我认为唐就是这样。如果我根据他的讲述写出一个可能轰动的新闻，不仅对唐本人不厚道，没有人情味，还会从另外的角度伤害到新闻真实。

第二次选择：写黑色幽默，还是写人性的善良？

当我决定把唐写成一个特稿时，我曾为重点写什么而犹豫不决。唐在地震中扮演了很多角色。作为儿子，他表现出孝子的一面。作为退役老兵，他表现出勇敢，坚强，无所畏惧，敢于担当的一面。作为村党支部书记村长，他表现出忠于职守的一面。作为灾民,他会对少数官员地震中的形象表现出愤青的一面。

当优秀老兵优秀村干部优秀中共党员的角色混同于一身，唐还会表现出乡村政治家政治成熟的一面。譬如说，他组织村妇给解放军洗衣服，而后让电视台的记者拍好，他去跟央视联络，说："灾民们学会感恩了，这时候这个新闻很重要。"他讲政治的角色感，还表现在餐桌上。晚饭时，面对同桌而坐的志愿者，面对我，他会落落大方地，字正腔圆地，代表灾民，用官方常用词汇常用句式，表达一个幸存者的谢意。

着重表现哪一面?

我决定面面俱到，但底色是英雄的一面。唐能够成为地震中的英雄，是因为他为军队和专家做向导，先后去了八次。从北川徒步走向唐家山堰塞湖的路，充满了危险，每一次都可能有去无回。就此而言，他的确有颗勇敢的心。所以，我后来给我的文章取了个标题叫《英雄本色》。我希望我的稿子，能够表现出人性的善良和复杂，而非地震中被异化的冷峻的黑色幽默。

这个选择是从人情味出发的。我相信，一旦我将他写成一个地震中被政治异化的冷峻的黑色幽默，善良的人们可能会觉得我心理阴暗，无论如何，一个退役老兵能在灾难中一次次舍生取义，都算得上英雄壮举。我一定要置英雄的底色于不顾，置他的善良和淳朴于不顾，寻求片面的深刻，难免会给读者留下刻薄的印象。

第三次选择: 写不写山羊和镰刀?

害怕堰塞湖溃坝危及下游数百万之众，抗震救灾指挥部命令考察队徒步进山，拿回供决策者参考的第一手资料。可是，余震，滑坡，泥石流，下雨，使得没有向导的徒步，无异于九死一生。

唐就在这样的背景下出场了。

那天深夜，唐特地带上父亲给他的一把镰刀，领着一支20来人的考察队，徒步前行。地震时，在山上采茶的父亲，背着镰刀，抱住一颗大树，滚到山下，毫发无损。迷信镰刀护身的唐，始终带着镰刀走在向导的路上。

路上，唐发现一只山羊被绳子挂在山崖上。他一刀砍断了绳子。获救的山羊好似认识他，一个劲地跟着他跑。勘探堰塞坝水文地质资料时，那只山羊突然踹了唐的脚。迷信动物有灵感的唐，立即拖着两个专家往后撤。一会儿，刚刚驻足的那一块坍塌了。

陈涛看了我的稿子，建议我，镰刀和山羊最好不要写到文章中去，因为迷信，不靠谱。

我一贯听从陈涛的建议，但我这一回没听他的。我相信，在读者的心中，镰刀和山羊可能会被视为幸免于难的吉祥物。寻常人在灾难面前，总是渴望好运的来临，而镰刀和山羊可能会迎合读者对于好运的心理期待。

我举了这么长的例子，不是炫耀自己事后诸葛亮的“高明”，而是想借此表达我对人情味的反思。

地震中，我还试图与柴会群一起追问北川县长经大忠究竟有没有说“党员干部都留下，让学生们先走”。这样的话语与 20 世纪 90 年代克拉玛依大火中高喊“让领导先走”形成了鲜明的反差，报纸刊登后影响甚远。但是，我们在追问现场目击证人时，很多人说，他们没有听到经县长的这句话。

追踪这句话的真伪，是有价值的。但是，我放弃了，原因同样在于人情味。经大忠县长地震中死了 7 个亲人，自己还始终坚守救灾现场，这一点使他成了官方认可的抗震救灾英雄模范，如果我们非要说他没说这句话，在一些人的价值体系中，我们就是在给英雄抹黑，很多善良的读者也许就会不接受，甚至会对我们的动机加以怀疑。

人情味对我们的报道的左右，并不是无缘无故的。灾难时刻，媒体一下变成了社会动员的机器，社会学家们喜欢研究的集体情感，通过媒体得到了舆论一律的宣泄。同情、悲伤、关爱、坚强，本来属于个人的这些情感，借助媒体的力量，快速聚合成民族情感中的主流元素。四川加油、中国加油的声浪，滚滚而来，一浪盖过一浪。灾难中，普通人对真善美的渴望，对众志成城的期待，在奥运会遭到抵制，“藏独”在西方得到支持，灾难接二连三地袭击中国大地，沙朗·斯通胡说地震是对我们的报应的背景下，愈发迫切。

此时此地，我们还本着新闻专业主义的态度，对地震作严肃的考量，对豆腐渣工程作冷峻的反思，就显得有些不合时宜，我们对国家的责任心，就会在一部分人群中，尽显好心得不到好报的尴尬。

事实上，在乎灾难报道的人情味，本质上是对人性弱点的尊重。借助人性弱点加以传播的新闻，是无法和人性弱点相对抗的。

国家与教堂

GUOJIA YU JIAOTANG

新闻记者总是免不了虚张声势的坏毛病。与历史学家相比，热衷于此时此地的我们，常常肤浅得连我们自己都不好意思。在他们的眼中，不经过漫漫无际的无谓流逝的岁月，人类就不会看到一个真正具有世界历史意义的时刻，一个人类群星辉耀于璀璨星河的时刻。可是，历史学家眼中的规律，常常被我们粗暴地践踏，我们装作无所谓地抬起置之不理的头，自言自语地，自高自大地，就一个个短暂的历史片段，作意味深长的大历史的解读，即使没有任何历史意义的小人物小事件，我们也习惯于见微知著，从青萍之末，揣摩风的方向。我不敢说，2000年代的中国，我们这个世纪的最初十年，是意义寻常的十年，是人类历史上庸常碌碌的十年，但我必须承认，撰写2000年代的中国的念头刚一抬头，我就堕入了刻意拔高当代史的陷阱，犯了动辄指点江山激扬文字粪土当年万户侯的老毛病。像往常那样，就某一个人物某一个年月某一个事件展望中国的未来，已不再是我的兴趣所在。在这本书里，

第贰辑

佛教：人间菩萨

写在前面：

“人间佛教”的微风悄悄吹过江南的大地。

“阿弥陀佛”的佛号高声诵过国家大剧院。

本世纪以来，佛教，佛教论坛，世界佛教论坛，首届世界佛教论坛，第二届世界佛教论坛，这些上个世纪意识形态领域敏感的词语，像小学生造句似的，越造越多，越造越长。世人对待佛教的态度，也从讳莫如深，发展到不肆张扬，进而夸张成大张旗鼓。

不过十年的光景，佛菩萨已经在我们这个执政党不信佛不信神不信上帝的国家，缔造了一座座“人间道场”。北京奥运会之后落成的灵山梵宫，还被主管国家宗教事务的最高行政官员当成了一个例子，用以证明共产党人对宗教信仰自由的尊重是真诚的，这一代共产党人也会给世界留下震撼人心的精品。

没有无缘无故的爱。若非人和人之间的紧张、人和自然之间的紧张，业已造成社会失范的焦虑、文明冲突的焦虑，若无执政党试图“积极引导宗教与社会相适应”的殊胜因缘，曾经被马克思、恩格斯视为“锁链上的花朵”的宗教，就不会在世纪之初的中国赢得良好的开局，观世音菩萨的拈花一笑，也不会那么慈悲，那么欢喜。

灵山梵宫到小巨蛋：不可思议的跨越

诵经，点灯，祈愿。2009年4月1日午后的台北小巨蛋，没有了体育场馆的胜负与喧嚣，只有赞佛念佛的欢喜与清凉。

下午3点，漫天飞舞的菩提叶从天而降，第二届世界佛教论坛在这个台湾地标式的建筑中宣告闭幕。闭幕式上，国民党中央主席吴伯雄，以国际佛光会世界总会副总会长的身份致词，身为四代礼佛之家的佛弟子，他虔诚地告诉跨越海峡两岸的两万余与会者，无锡开幕台北落幕的论坛，于两岸交流别具深意，它可以象征两岸距离的缩短，还可以紧密彼此的心灵。

相同，不同

5天前的早晨，稀稀落落的春雨中，第二届世界佛教论坛，在烟波浩森的太湖之滨，在法相庄严的灵山梵宫，恭迎两岸四地的中国僧侣，诚候世界50余个国家和地区的佛门弟子。

灵山梵宫，掩映在有东方大佛之称的灵山大佛脚下，是无锡市郊最为经典的宗教建筑，国家宗教事务局局长叶小文2008年接受《南方周末》记者专访时说，以灵山梵宫为主体的灵山胜境，“搞成了佛教新的圣地”，是“这一代共产党人给世界留下的震撼人心的精品”。

早晨8时许，第二届佛教论坛在灵山梵宫掀开帷幕，全国政协副主席、中央统战部部长杜青林，中共江苏省委书记、江苏省人大常委会主任梁保华，相继走向布满鲜花的演讲台，表达他们欢迎和祝福的情绪。

三年前，在杭州，在同样明媚的春天，第一届世界佛教论坛宣布开幕。时任全国政协副主席、中央统战部部长的刘延东，时任中共浙江省委书记、浙江省人大常委会主任的习近平，也莅临开幕式致词。

和三年前一样，开幕式上的中央和地方高官都没有表露他们在中共中央的职务。

从开幕式上的政要看上去，前后两届佛教论坛似乎并无不同。但是，注意到开幕式之前的那个下午，经历过两届世界佛教论坛的嘉宾们，毫无疑问地相信，第二届在政治体系中的规格远高于第一届。

是日下午，中共中央政治局常委、全国政协主席贾庆林来到灵山，分别接见了与会代表中的中外代表。贾庆林在接见两岸四地中国佛教界代表时，肯定他们基于爱国爱教的传统，致力于两岸和平等事项的贡献。

三年前，《南方周末》记者采访了第一届世界佛教论坛。较之往昔，这次不仅会见更为正式，分管宗教工作的中央政治局委员、国务院副总理回良玉也陪同会见了与会代表。

非但政治意义上的规格，第二届世界佛教论坛的官方舆论声调也明显高于过去。凤凰卫视董事局主席刘长乐在分论坛上，对比了两届论坛的新闻报道。他认为，第一届佛教论坛的记者不少稿子很少，如今则不同，新闻媒体在报道的广度、深度和力度上，远甚于过去。

的确如此，是次世界佛教论坛，中央电视台直播了开幕式，打破了凤凰卫视“独家垄断”报道佛教论坛的旧格局。

显然，第二届世界佛教论坛将执政党表现于“第一届”的宗教新思维，推向了纵深。探求原委，与会的宗教研究者称，这是因为夹在两届论坛之间的中共十七大，把执政党宗教理论推向一个新的历史高度。胡锦涛在十七大政治报告中说：“促进政党关系、民族关系、宗教关系、阶层关系、海内外同胞关系的和谐，对于增进团结、凝聚力量具有不可替代的作用。”

从十一世班禅大师的频频亮相，到海峡两岸共襄盛举，第二届世界佛教论坛融合了五大关系中的民族关系、宗教关系、海内外同胞关系。从贾庆林会见等等不知凡几的细节中，宗教研究者发现，第二届世界佛教论坛充分彰显了执政党与时俱进的政治勇气和日益成熟的政治智慧。

两岸三地四地和一地

3月30日晚，两岸四地的高僧大德，与从无锡包机前往台湾的第二届世界佛教论坛的嘉宾代表们，集聚于岛内同样具有地标意义的台北圆山大饭店，出席星云法师准备的盛大的欢迎晚宴。这是世界佛教论坛首次在台湾举行，圆山大饭店誓言做出代表台湾素食最高水准的筵席，台湾媒体几天前就开始爆炒欢迎晚宴的菜谱。

是日清晨6点，《南方周末》记者与数十名与会代表，乘论坛组委会车安排的专车，前往南京禄口机场，转场台北，参加剩余的议题和闭幕式。

7个小时之后，包机直航台北的中华航空公司的航班降落台湾桃园机场。先一步返回台北的佛光山开山宗长、国际佛光会世界总会长星云法师，坐在轮椅上，双手合十，满面春风，迎接世界各国和两岸四地的八方来宾。

星云法师是台湾佛教界的领袖人物，是世界佛教论坛的发起人之一。60年前，在江苏出家为僧的星云法师，赴台湾弘法，善于利用青年、音乐、幻灯片的星云法师，慢慢从宜兰的雷音寺，走向世界佛教界鼎鼎大名的佛光山道场。

在第一届世界佛教论坛开幕式上，星云法师前往杭州，用一个佛教小故事，开示世人。那时候，他是一个贵宾，现在，他是四大主办方之一，是台湾岛上的东道主。

星云法师在迎候五大洲代表的桃园机场，接受了媒体访问。在他看来，首度在台举行的世界佛教论坛，不仅改善社会风气，促进人我之间的和谐，而且有益于两岸和平交流。之前几天，他在无锡，面对媒体记者，他说，“来往，你来我往，来往多了，谁来谁往就搞不清楚了，那就统一了。”他还表示，“两岸一家——台湾没有台湾人，你说台湾哪一个不是中国人？”

后面一段话，让他受到了极少数台湾媒体的诘问。《南方周末》记者初到台北的那天晚上，个别媒体就为“台湾人＝中国人”而声讨他。闭幕式那天，极少数人甚至围堵他的寺门。法师命人关闭寺门，任尔东西南北风，他只顾引领义工组织论坛。

“真正高兴地见到你，满心欢喜地欢迎你，欢迎、欢迎、我们欢迎你……”在桃园机场出口处，500余佛光山的义工，女性穿粉红色外套、旗袍，男性着黄色背心，高唱着《欢迎歌》。

当天，自南京禄口机场包机来桃园机场出席第二届世界佛教论坛的飞机共有四架，近千人，据称，每个人都曾接过义工们表达欢迎的巧克力花。中国佛教协会秘书长学诚法师的侍者，听一位来自大陆的高龄法师对大家说：“感觉大家都是一家人，真好啊。”

中华宗教交流协会会长叶小文在晚宴上发表演讲，他从星云法师说给他的一个国王、宫女与汤的故事说开去，进而说，世界是分不开的，两岸是分不开的。

香港宗教联合会会长觉光法师代表香港佛教界致词时说，大家说两岸四地，现在看，不是四地，是一地。在无锡的时候，觉光法师曾提醒国家宗教事务局的一位官员：“是两岸四地，怎么说两岸三地？”

“两岸三地”是一个习惯性的说法。被提醒的国家宗教事务局官员吓了一跳，他们在看望澳门佛教总会理事长健钊法师时，谦逊地当面道歉说，以前讲两岸三地，应是两岸四地，下次一定请澳门佛教总会联合举办论坛。健钊长老不介意地说：“出家人对名字不在意。”

虽然健钊法师不在意，国家宗教事务局局长叶小文等人还是在分论坛上改口称两岸四地。

短短几天后，90高龄的觉光法师，智慧地将两岸四地说成了一地。

在圆山饭店的欢迎晚宴上，75桌素食筵席烘托着靠近前台的主桌，除了两岸四地的代表，台北市市长郝龙斌也坐在主桌上。郝对论坛选择在台北闭幕感到荣幸和骄傲，台湾有八成居民自认是佛教徒或者研究佛理，置身金融海啸的台湾人，绝对能从佛教中得到安定、净化和激励。他认为，这么多佛教领袖在台湾交换佛理与经验，给大家开示与指导，是很有意义的事。

主桌上，国民党主席吴伯雄也应邀在座。主持人介绍晚宴贵宾时，他站起来向代表们致敬，但是，什么也没有说。

不可思议的现实

待到闭幕式，站上小巨蛋的演讲台，吴伯雄打破了先前的“沉默”。他说，一年前，有人问他能否可以跨越海峡两岸，开幕在无锡，闭幕在台北，他回应说当然不能，难度太高了。

现在，原本不能的不可思议的事情却变成了现实。

两天内，逾 50 个国家和地区千余名代表，分别在慈济、法鼓山、佛光山的道场中，讨论了包括两岸四地佛教交流在内的八大议题，还参观了慈济在台北的医院，佛光山在宜兰的佛光大学。在彼此的观摩学习中，岛外的与会者亲身体验了吴伯雄宣称的“台湾经验”，问询感受了台湾“人间佛教”50 年的漫漫风雨路。

4 月 1 日中午，从佛光山两处道场中用完午饭的代表们，移师小巨蛋体育馆。议程进行一半，逾两万的信众双手合掌，齐唱《般若波罗蜜多心经》。在“南无释迦牟尼佛”的声声念诵中，会场的灯光突然转暗，来自五大洲的世界佛教论坛的嘉宾、代表和信众，一起点燃手中的红烛。刹那间，万点灯光闪烁，往日里竞技沸腾的小巨蛋，顿成一个温暖而悲悯的世界。

躬身于温暖而悲悯的世界，《南方周末》记者听闻百般感慨，叹如此殊胜因缘，端赖一年来两岸政治经济情势的变迁。

返观第一届世界佛教论坛期间的政经格局，大陆致力于宗教研究的一位教授说，那时候，岛内台独势力甚嚣尘上，陈水扁当局大搞“公投入宪”，两岸关系趋于紧张，希图海峡两岸共襄盛举是一件不可思议的事。

在吴伯雄看来，正是两岸关系的和平发展，两岸共同释放的善意，成就了台北，成就了第二届世界佛教论坛。如果没有两岸包机直航，没有两岸三通的基本实现，与会者怎么可能只花一个多小时的时间，就从南京抵达台北，论坛怎么可能在短短的一天内，就顺利地从无锡转场台北？这位儒雅的长者说：“这不只是距离的缩短，而是心与心之间的更加紧密。”

待吴伯雄回归座位，觉光法师援引了佛陀论花香的故事，赞美两年筹备方告大成的盛会犹如美丽绽放的鲜花。法师动容地说，鲜花之所以香气四溢，不是根筋叶哪一部分香，而是本次论坛的主办者、承办者、参与者“众缘和合”的香。

除了两岸政界的和平与善意，宗教界的关爱和往来，也是“众缘”中须臾不可或缺的一分子。

三年前，第一届世界佛教论坛闭幕了，大陆筹办者萌生出两岸三地同办世界佛教论坛的念想。觉光法师和星云法师闻听后，欢喜地附和。

仰赖星云法师的勉力推进，台湾的筹备工作进展顺利。据闻，在与台湾佛教界大德高僧沟通时，法鼓山的圣严法师、花莲的证严法师等佛教团体领袖，无不欢喜地表示，两岸佛教同根一脉，自由自在地往来走动，共同弘扬佛法承传文明，是两岸佛教界共同的期许。

期许中，苏州寒山寺于 2007 年秋天，将仿唐对钟“和合钟”中的一座，改名“和平钟”，赠送给台湾佛光山。出席交接仪式的国家宗教局局长叶小文还当场赋诗一首：一弯浅水月同天，两岸乡愁夜难眠。莫道佛光千里远，兄弟和合钟相连。

又一个月，星云法师率近千名台湾民众，前往无锡灵山，举行“两岸和合，吉祥共生”的千人传灯法会，亲身感受大陆的宗教政策、佛教在内地的发展状况，深化台湾民众的文化宗教认同。

你来我往的佛门交往中，第二届世界佛教论坛也有条不紊地推进。2008 年秋天，原拟于此时举行的第二届佛教论坛，由于四川大地震和北京奥运会的缘故被推迟。站在 11 月 23 日的灵山上，中国佛教协会副会长兼秘书长学诚法师，一边忙于两岸三地共同撞钟祈福仪式，一边欢喜地发布第二届世界佛教论坛在无锡开幕在台北闭幕的新闻，第二届世界佛教论坛开始进入倒计时。

四个月后，台北小巨蛋的梵音回应了昔日的钟声，待吴伯雄回到自己的座位，佛光山的两位佛门弟子，用中文和英文宣读了“第二届世界佛教论坛”大会议题宣言。两岸信众分享了由十八项结论导出的一项共识：唯有同心，才能和谐；唯有尊重，才能和平。

这一天，前国民党主席、台湾领导人马英九委托吴伯雄表达他对世界佛教论坛在台湾闭幕的欢迎和祝福。

第二天，中国国民党荣誉主席连战，在台北机场巧遇叶小文。刚从大陆返回的连战，为第二届世界佛教论坛的圆满，向第八次光临台湾的国家宗教局局长表示祝贺。

至此，中国国民党的前主席、现主席、荣誉主席都向第二届世界佛教论坛，表达了他们的善意。

佛在灵山莫远求

灵山胜会

2009年3月28日，江南的早晨，清凉的春雨丝丝拂面，烟波浩森的太湖，法相庄严的大佛，掀开了灵山梵宫的神秘面纱，恭迎出席第二届世界佛教论坛的逾50个国家和地区的僧侣。

早晨7时许，搭载《南方周末》记者一行的大巴，停泊在灵山门口。穿越雨水浸湿的红地毯，肤色各异的与会嘉宾，弛缓有序地走向灵山梵宫，少数喜欢热闹的人士，一路上围着地产大亨潘石屹、饮料大亨宗庆后、孙悟空扮演者六小龄童，合影拍照。

走了一会儿，中央电视台新闻联播中一晃而过的灵山梵宫，撞入眼帘。梵宫正门上方，烫金的"灵山胜会"，褶褶生辉。不远处，一棵棵移栽尚不足月的香樟树，以其粗大古旧映衬梵宫初生之新。

灵山胜会，是佛教中的典故。相传，佛祖当年在古印度王舍城外的灵山说法，四众弟子，十方诸佛，圣众如潮，人佛如海，天感花雨，地应雷音，全球佛弟子身心向往，称之为"灵山胜会"。

这一天早晨的梵宫，确因四众弟子而生动。梵宫两侧，手捧鲜花香炉的居士们，穿着黄海青、搭着红忏衣的学僧们，组成了世俗社会罕见的仪仗队，口呼"南无本师释迦牟尼佛"，迎候中国佛教协会会长一诚法师，台湾佛光山开山宗长星云法师，香港佛教联合总会会长觉光法师，十一世班禅额尔德尼·确吉杰布，澳门佛教理事会理事长健钊法师，以及南亚国家的僧王们。

十分钟后，经过特警严格的安检，《南方周末》记者随与会者步入梵宫。沿廊厅在梵宫中穿行，环顾上下左右，与会者鲜有不瞠目结舌者。

率先留住与会者脚步的，是“世界佛教传法图”中的“初转法轮图”，讲述公元前588年，菩提树下悟道成佛的释迦牟尼，为最早跟随过他的五位侍从说法剃度，建立第一个僧团的故事。

从“初转法轮图”，到表现不分国家种族肤色，共沐甘霖法雨的“当代世界佛教图景”，前后12幅巨型油画，勾勒了延绵2000多年，遍及全球各地的“世界佛教传法线路图”。

除了西方的油画壁画，廊厅中，还有表征中国传统的木雕壁画和刻漆壁画。《净》、《信》、《孝》、《和》巨幅木雕壁画，是梵宫木雕壁画的代表作。它们用金丝楠木，用中国传统文化中象征吉祥的图案和花纹，诠释了清净心，信仰，孝道与和谐，强调“佛在人间”，“要学佛，先学做人”。

《般若波罗密多心经》是刻漆壁画中的经典。这幅巨型书法壁画，其文本来自奉旨翻译的唐玄奘，其篆书来自清代大书法家邓石如刻于扬州大明寺的石碑拓本，其工艺来自纯手工的刻漆贴真金，扬州独有。

故宫博物院顾问刘建华对《南方周末》记者说，融会传统文化元素与新颖时代特征的廊厅，既形而下地攀越了中国佛教文化艺术的巅峰，又形而上地暗示了佛教的价值理念和文化传承。

刘说，以当代中国佛教艺术博物馆的标准兴建的梵宫，还将中国的陶瓷、生漆脱胎等等历千年而不堕的传统工艺推向极致，它们或者形体生动，意态空灵，或者无法复制，独一无二。

廊厅的尽头，就是灵山梵宫的镇宫之宝，100平方米的琉璃壁画《华藏世界》，描绘了如来佛在华藏世界宣扬妙法的一场胜会，用皇家工艺“花丝镶嵌”而出的壁画，璀璨瑰丽。观赏于供满无数鲜花和水果的壁画前，驻足者惟余惊叹。

奇迹般从天而降的灵山梵宫，建设速度惊人的快。据说，早在论坛开幕前三天，一些工人还在擦拭一些油画的底座。

短暂的时日，却能成就惊羡的品质。一位胸牌前写着香港代表的人士说，梵宫胜境你只能自己体会，无法说与别人听，倘未亲见，你说给别人听，人家会以为你胡扯。

8点半，《南方周末》记者进入“圣坛”——以圆形体现佛教平等理念的世界佛教论坛的主会场。地震灾区四川什邡罗汉寺住持素全法师在他的博客中说，当绚丽的帷幕静静地拉开，在敦煌飞天供养图画的背景前，他看到了犹如大唐盛世时期佛教史诗般的画卷，感受到精神信仰的高贵与虔诚。

这位虔诚中透着高贵的僧人说：有幸参加，欢喜无限。

千僧过堂

将近午时12点，上午的大会发言暂告中止，一千多位僧人及嘉宾，依据志愿者的导引，次第有序地走向三楼“五观堂”，体验汉传佛教的“千僧过堂”。

早前一天，中央电视台新闻联播中已将千僧过堂作为本届论坛的一大亮点，广而告之。个别并非佛教徒不明究竟的社会贤达人士，步入五观堂，看上去似乎好奇心难以克制，四处张望。

五观堂中，18排长排座位，气势恢宏。笑呵呵的大肚子弥勒佛菩萨，金身闪亮，背靠巨幅莲花图，笑迎五洲僧侣。中国佛教协会会长一诚法师坐在右手第一排首位，十一世班禅额尔德尼坐在左手第一排首位，其余人等分列弥勒佛左右手的四个区域。“五观”，是佛教用语，指五种观念：思念食物来之不易；想自己的德行有无亏缺；防止产生贪食美味的念头；对饭食只作为疗饥的药；为修道业而受此食。

“千僧过堂”，简单说就是千僧一起吃饭，其不简单之处在于，它是中国汉传佛教寺庙中特有的仪制，是佛门中至关重要的修行方式。僧人“过堂”时，必须食存“五观”，且须遵循严格的程序，以便修行人于平常的一粥一饭中体会佛法的真义。

距离12点还有三分钟，三声云板从寂静中响起，一位引礼法师领众僧合掌同念“供养咒”。

嗣后，身着深蓝布褂、来自苏州寒山寺的学僧们，三人一组，从中间入场。进餐的长桌上，木制餐盘整齐地摆放为一线，每个斋食者面前均有三个小瓷碗、一个木勺、一副竹筷。学僧们训练有素地为斋食者添加白米饭、罗汉菜、青菜汤。

如此反复者三次，但学僧们从未言语，只是用手势会意。哪怕是第一次体验千僧过堂的俗家人，也在事先被告知，安静，是形式上的第一要件。故而，千余人同时用斋的五观堂，除了竹筷轻微触碰瓷碗的细微声响，偌大的厅堂中煞是肃静。

中国佛教协会金陵刻经处副主任吕健福说，借此仪制，主办者不但要向世人欢喜地展示内观自省、感恩惜福、知足常乐、绿色环保的传统佛教文明，更要启发世人的感恩心、慈悲心、平等心、责任心。

12 时一刻，一声引磬敲响，引礼法师领众僧同诵“结斋偈”，用斋结束，僧众有序出堂。

觉悟之路

第二天下午 4 时许，《南方周末》记者匆匆离开余秋雨莅临凤凰卫视录播的分论坛，穿越厅厅互通，镜镜相照，宛若华严圣境的梵宫，赶往“妙音堂”，观看多媒体音乐情景剧《吉祥颂》的演出。

妙音堂是中国最大的室内圆形剧场，千余蒲团安放于舞台中央。寻一个蒲团坐下，仰望穹顶，层层叠叠的莲花瓣波浪般从最顶端的圆镜向外荡漾。

数月前，记者曾听施工单位的负责人说，巨大穹顶，净高超过 40 米，穹顶上 28 层莲花瓣灯层层环抱，每层 48 盏，一共 1344 盏，色彩旋换，光光相互，寓意美妙无穷的华藏世界。

“妙音堂”并非独立的演出场所。开幕式那天早上，与会者即已光临过“妙音堂”。只不过，那天早上的妙音堂名为梵宫“圣坛”。作为中国首座超大型旋转舞台，“妙音堂”开创了以观众为中心的观演模式，2000 名与会嘉宾静坐场中央，周边是可以 270 度开合的立体舞台。

一刻钟过后，头顶突然闪现蓝色的天空和闪烁的星光。旁边的一位法师对《南方周末》记者说，蓝色在佛教里面代表心光，星光象征华藏世界的浩渺无垠。

下午 5 时整，四壁轰然转动，白色幕帘露出，《佛所行赞》经卷的影像也随之在荧幕上缓缓展开。整个观众席开始下沉，露出的荧幕占据了圆周墙壁的大半壁江山，观众席也渐渐下沉了差不多一米。被中央电视台新闻联播誉为本届论坛另一大亮点的《吉祥颂》，正式开演了。

悠远的钟声响起，妙曼的莲花光芒四射，梵语的歌曲全场飘扬，蒙太奇的序曲过后，宫墙、城堡、侍卫、歌伎，在欢庆的王宫中次第出场，穿着古印度服饰的乔达摩·悉达多王子，于载歌载舞的狂欢中独自徘徊，沉思，远处城门外，老人、病人缓缓走过。

剧情从王子感悟生死，体察苦乐，反思无常，层层推进，最终舞台从四周的墙壁转向剧场的中央，升降的剧场中央缓缓长出茂绿成荫的菩提树，鸟儿在飞，在唱，一个小时左右的演出，不紧不慢地讲述了释迦牟尼成道、悟道的过程。

江苏省佛教协会副会长吴国平居士，于前夜预演之后，对在座的僧俗两界的官员说："很多人认为佛教就是烧香拜佛。这个演出想告诉人们：佛是智慧觉者。佛弟子要觉悟人生、众善奉行。这更能促进社会和谐。"

预演时，有官员问，狂欢的舞女肚脐眼是不是太露了？

有人回答，那时的印度就这样。

该官员又问，台下都是出家人，给他们看是不是不好？

有人笑答，高僧们八风吹不动。

末了，一诚法师说，不用改，否则外国的僧人看了可能会有点想法。

那位开明的官员赞成一诚法师的观点，尊重教界的习惯。

预演中，导演问在场的人，"感觉正气不正气？"他们回答说，昂扬向上。有位官员感慨，走了很多国家，没见过这样的演出。

傍晚 5 时 50 分，离开妙音堂，离开那个容纳千人的圣坛肚量，离开那个令人不敢仰息的彼岸世界，每个亲观近聆的有缘之人，很少有人不发出阵阵赞叹的唏嘘。

现代感十足的俗世嘉宾，还特别在意何训田的音乐，朱哲琴的歌声。据说，长达 1 年的时间内，为了打通佛教和现代化的路障，感染现代社会的人们，他们改了一次又一次。

镀金年代

灵山胜会只是第二届世界佛教论坛的前半场，后半场在台北。菩提颂的演出之所以提前，是为了第二天台北之行的顺当。

前往台北的人群中，有一位台湾慈济大学的校长，他叫王本荣。慈济大学是花莲慈济精舍的证严法师创办的大学。王本荣离开无锡灵山返回他们在台北的板桥道场。板桥道场是第二届世界佛教论坛台北分论坛的一处所在。在欢迎仪式上，王本荣感慨地说，佛在灵山不远求。

他说的灵山是无锡灵山，震撼于无锡灵山的远非王本荣一人。春节前后，极个别事先参观尚未装修完毕的灵山梵宫的人士，目睹巨幅琉璃壁画《华藏世界》，甚至于惊呼“奢侈”。

创下世界琉璃艺术之最的《华藏世界》琉璃壁画，以琉璃为主材质，配有大量珍贵的猫眼石、翡翠、岫玉、珊瑚、黄金、水晶，经特殊工艺，熔铸为火焰、群山、海洋、祥云、莲花、动物、植物、佛殿、菩萨等形象，构成美丽庄严的理想图景。图景中，主佛的肌肤，全部用真金手工打造。整幅作品共用了 15 公斤黄金，500 公斤白银，镶嵌了超过 12 万件的珠宝。

当下，部分接受《南方周末》记者采访的中外僧侣说，他们感受到的，不是奢侈之惊，而是圆满之叹。《华藏世界》的中央，毗卢舍那佛——俗称的如来佛，端坐在莲花上，与周边的四方佛一道，五方五佛，好大的圆满格局。

曾经，灵山梵宫所在的半岛上，没有圆满格局，也没有灵山，只有一个断壁残垣、毁损半个多世纪的祥符禅寺。1994 年，原全国政协副主席、中国佛教协会会长赵朴初，感念祥符禅寺所在的马山形似佛祖讲经的印度灵山，遂改称马山为灵山，这就是今日灵山景区灵山胜境灵山梵宫名称的由来。

1995 年，祥符禅寺恢复重建。紧随其后，高度相当于 30 余层大楼的“灵山大佛”，开光迎客。亲任修寺造佛筹委会名誉主任的赵朴初说，中国大地上，按照地域分布的大型佛像，北方有云冈大佛，中原有龙门大佛，西方有乐山大佛，南方有天坛大佛。灵山大佛就是东方大佛，它的建造完成了五方五佛互相呼应护佑华夏的圆满格局。

江苏省佛教协会副会长吴国平居士说，赵朴初反复叮嘱，修寺造佛，政治性、文化性、社会性、群众性、宗教性五性俱全，任何时候都不能忘记如法如律的基本原则。十数年间，如法如律不仅是以灵山大佛为代表的一期工程的建设原则，还贯穿了以九龙灌浴为代表的二期工程，乃至以灵山梵宫为代表的三期工程。

站在总建筑面积达 7 万余平方米的灵山梵宫正门，南向太湖，依次分布着梵宫广场、香水海、银铃白塔、五印坛城等佛教文化景观建筑。

梵宫广场，肃穆庄严，可容万余人。驻足广场，环顾四周，金色梵宫，红色坛城，银色白塔，与巍巍大佛遥遥相望，绿色的禅修林、蓝色的香水海，与九龙灌浴的莲花太子形影不离。

香水海源自佛经。佛说，大千世界有九山八海，最中间的海，就是“香水海”。香水海的水，是西方极乐世界中有八种好处的“八功德水”。梵宫中赵朴初的书法展中，有一首诗写道：“太湖三万六千顷，八功德水绕灵山，如来百福庄严相，无量光明照世间”，这里的香水海，体现的就是诗中描述的无尽禅意。

银铃白塔是典型的南传佛教建筑，一个主塔，八个子塔，塔顶有纯银制作的风铃杆，一阵春风吹过，佛教中象征惊觉、欢喜的风铃声轻轻响起。

五印坛城，一座屹立于圆形平台的六层建筑，四周环水，主持建造的是藏传佛教的能工巧匠，遵循的也是藏传佛教的义理。“五印”代表五方五佛，“坛城”代表佛所在的完美世界。在藏传佛教中，五印坛城神圣不可侵犯。

汉传佛教、藏传佛教、南传佛教的象征性建筑，之所以同时见于灵山，当然不是毫无来由的随心所欲。2006 年春天，第一届世界佛教论坛开幕之时，灵山胜境即被确定为第二届世界佛教论坛的场地，综合各方所愿，和合众缘的灵山三期工程的规划快速出炉，2008 年秋天，以灵山梵宫为主体的三期工程落成揭幕。汉传、藏传、南传佛教建筑交相辉映，尽显“和谐世界，众缘和合”的价值理念。

佛法不离世间法。综观灵山胜境的历史，与执政党宗教政策新思维如影随形。在一个前所未有的镀金年代里，灵山胜境是“积极引导宗教与社会主义社会相适应”的政策导向，开在菩提树上的花。2008 年 3 月，国家宗教局局长叶小文接收《南方周末》记者专访时称，灵山“搞成了佛教新的圣地，搞成了精品”，是“这一代共产党人给世界留下的震撼人心的精品”，可以说明共产党人对宗教信仰自由的尊重是真诚的。

吴国平说，无论是第二届佛教论坛这一灵山胜会的开幕，还是灵山胜境不可思议的经典，都得感恩十七大之后“促进宗教关系的和谐”的殊胜因缘。

班禅大师初长成

合掌，微笑，慈悲，中文，藏文，英文，第二届世界佛教论坛上，十一世班禅大师班禅额尔德尼·确吉杰布，表现于江苏无锡灵山的语言、学识、感恩、风范，让与会的中外僧侣感佩不已。

2009年3月28日，第二届世界佛教论坛开幕当天，正是西藏百万农奴解放50周年纪念日，班禅大师的频频亮相，令世界瞩目。

语　言

“我们下一位演讲者是十一世班禅大师，让我们以热烈的掌声，恭请我们最尊贵的十一世班禅大师演讲。”

上午9时左右，第二届世界佛教论坛开幕式上，主持人宣布班禅大师出场，掌声骤然响起。

主席台上身穿红色袈裟的十一世班禅，跟身旁的前全国人大常委会副委员长许嘉璐打了个招呼，拿起黄色的演讲稿，不急不徐地走向演讲台。他将演讲稿放到演讲台的一角，而后双手合掌，雍容不凡地分别向主席台和听众敬礼致谢。

他脱口而出的英文，显然惊羡了在座的高僧大德。三年前，《南方周末》记者在首届世界佛教论坛的开幕式上，曾聆听过他的演讲。彼时，他用的是藏语。坐落在灵山景区的无锡祥符寺方丈无相大和尚两度聆听过班禅的演讲，他对《南方周末》记者说，班禅的英语发言让他意外让他欣喜。

第二天傍晚5时50分，多媒体情景音乐剧《吉祥颂》演出结束，演员们快速集中到舞台上准备谢幕，国家宗教局局长叶小文请欲起身离去的观众坐下，说，十一世班禅大师要讲几句话。人群安静下来，微笑的班禅说："我祈愿世界和平，佛祖保佑六道众生！"

这句话，他分别用藏语、汉语、英语，各说了一遍。

掌声再度送给年仅19岁的班禅大师，一个每日里勤勉精进的青年。

几天过后，在台湾，全国政协常委、西藏自治区政协副主席珠康活佛，对《南方周末》记者说，班禅大师的演讲，已向世界展示了10数年刻苦学习的业力。与班禅同在西藏扎什伦布寺的一位与会的喇嘛，和珠康活佛共同认为，他从班禅大师的演讲中，看到了一代宗教领袖的成长。

学　识

十一世班禅大师在第二届世界佛教论坛上的发言，让聆听者见证了他的学识，渗透于学识之中的心量。

开幕式上，班禅大师在演讲中，用佛祖的经文和宗喀巴大师的经典，以业果取舍的佛教理论，开示现代社会挥之不去的诸般弊端，从环境恶化到贫富悬殊，从金融危机到冲突战乱，再到恐怖袭击，面临弊端丛生的现实，他教导佛教徒鼓励并引导现代人多行利他之善事。

班禅大师所言并非大而哗之的说教，而是句句不离经典，显示了超越年龄的学识。他引用上师宗喀巴大师的教诲开示人们：世间所有的衰损，其根本在于无明，教诫佛门弟子要远离贪婪，消除仇恨，遵守清规戒律。他还以佛陀的教诲警示佛门弟子：没有戒律，就没有正法久住，就没有佛教的未来。

听众席上，来自四川大地震灾区什邡罗汉寺的素全法师说："在大师句句佛法的智慧言语中，我仿佛看到一轮明月在冉冉升空，启黑暗以光明。"

《吉祥颂》演出在无锡结束之后，班禅大师说了上述那句简短的话。中国佛教协会副会长兼秘书长学诚法师的弟子，援引学诚法师的话，称赞道："班禅大师最后的致辞虽然短，很有力量。受过良好教育的人不一样。不是仅仅说些辛苦、感谢之类的话，而常常想和说的是整个世界。教育环境影响人，心量不一样，格局不一样。"

感 恩

十一世班禅大师是中央政府按照传统仪规确认的转世灵童，他在第二届世界佛教论坛上，不时表现出他对中央政府和祖国的感恩心。

开幕式那天上午，班禅大师在演讲中说，通过现场的同声翻译，不懂英文的无锡祥符禅寺方丈无相大和尚和与会者，都听到班禅感恩的言辞，他由衷感谢中央政府对佛教论坛的“大力支持”和“亲切关怀”。远离现场的人们透过电视直播，还听到他对中国的评价。他说：“论坛在我的祖国——中国举办，充分证明现今中国社会和谐稳定，宗教信仰自由，标志着中国是一个维护、促进世界和平的国家。”

开幕式那天下午，班禅大师和中共江苏省委书记梁保华等江苏政要坐在一起。据江苏官方媒体报道，梁保华在会见班禅一行的时候，讲述了江苏援藏的事宜，班禅对他能和江苏人共度西藏百万农奴解放纪念日的因缘，感到十分高兴。

此前一天，班禅大师在北京人民大会堂出席了纪念西藏百万农奴解放50周年座谈会。

班禅大师向梁保华等人表示，在华西村等江苏场域参观，就像他到祖国其他地方参观一样，让他感受到党的伟大、光荣和正确，让他感受到西藏人民在祖国大家庭里的温暖。为了祖国和人民，他愿意献出自己的一切。

风 范

十一世班禅大师在第二届世界佛教论坛台前幕后的各类场合，或专注或欢笑或淡定，其作为藏传佛教领袖的风范，尽显于外。

开幕式那天的正午时分，离开开幕式现场的班禅大师，与1000余僧侣走上梵宫三楼的五观堂，以汉传佛教寺院的礼仪过堂用斋。现场的记者们拍摄了班禅大师与50余国家和地区的佛教弟子同堂用膳的片断。这是一个不用说话彰显了佛教慈悲包容的场合，班禅的表情专注，淡定。

佛教论坛期间，《南方周末》记者和与会者看到的班禅，总是在该淡定的时候淡定，在常人觉得该笑的时候笑。次日上午，在由白岩松主持的“众善奉行——

佛教思想与企业的和谐发展”的分论坛会场上，未发一言不停记笔记的班禅大师，听到趣味之处，很自然地和与会者一起开怀大笑。

今年 19 岁的班禅大师，是十世班禅额尔德尼·确吉坚赞的转世灵童。14 年前，5 岁的班禅在西藏日喀则扎什伦布寺坐床继位。嗣后，他一直隐于北京怀柔雁栖湖畔修习尚法，出行时侍卫森严，致使外界对他颇感神秘。

佛教论坛上，班禅的表现，淡化了关于他的存乎人心的神秘色彩。

千僧过堂之后的午休时刻，据闻正在研习王羲之字帖的班禅，前往梵宫的另一个厅堂，观看中国佛教协会前会长赵朴初的书法作品。三年前在四川省佛教协会接待过班禅的素全法师，“怀着坎坷的心，冒昧上前”，看着希望合影的素全，班禅笑着说，好。

当天下午 15 点左右，十一世班禅莅临祥符寺。将近 400 名来自苏州寒山寺等江南寺庙的学僧，跟随手捧鲜花的无相大和尚，列队祥符禅寺山门两侧，恭迎班禅大师的莅临。无相法师对《南方周末》记者说，他们是以汉传佛教的最高礼仪接待班禅的。

当戴着眼镜，一如气质高雅的翩翩美少年的班禅走进山门，20 余人的乐队发出鼓乐齐鸣的欢呼，班禅大师在人群的簇拥下进入了祥符禅寺的大雄宝殿，一路上，一些信众受到了班禅大师的摩顶加持。

无相法师向班禅敬赠了一座金佛像，班禅大师则给每个学僧送了一枚像章，一百元红包。

素全说，他从班禅的智慧眼神中看到了大师精进勤奋的修行成就，已经豁然明亮。修行之人，高高山上立，深深海底行。只有通过孤独的修炼和寂寞的学习，才能智慧增长！素全认为，班禅大师的特殊身份，令大师在加倍的孤独和寂寞中成长，那是常人难以忍受的苦，那是一个金出于矿的锻炼过程，大师却自在无碍地走过来！所以，素全在他的博客中说：敬仰无比。

非但素全敬仰班禅，接近班禅的汉传佛教的法师们，还将他当作内地学僧学习的榜样。当世界佛教论坛在无锡的活动宣告结束，准备返回寒山寺的学僧们，去祥符禅寺向无相大和尚辞行。无相法师勉励他们向班禅学习，说：“昨天，同学们也参加了迎接班禅大师的仪式，班禅大师跟你们一般大，古语云：‘彼丈夫，吾亦丈夫也。’班禅大师做到的，我们学生也要努力做到！”

台湾：人间佛教的道场

自 3 月 30 日下午在台北桃园机场遇见佛光会的 500 义工，到 4 月 2 日中午在桃园机场与佛光会义工挥手告别，短短 3 日内，我随 800 余代表，躬逢第二届世界佛教论坛在台北的闭幕式，旁听 8 场分论坛的研讨，目击几大山头的若干道场，所到之处，我既感受到两岸同根血浓于水的亲情，又对台湾人间佛教的道场有了走马观花的体认。

慈济的道场

3 月 31 日早晨，我们在台北的板桥道场，看到了慈济的一角。

慈济是台湾佛教慈济慈善事业基金会的简称。43 年前，青年时代离开富裕家庭皈依佛门的证严法师，秉承佛陀“无缘大慈，同体大悲”的信念，于台湾花莲县创立了慈济。感恩于“善的循环”，日积月累的慈济，已涉足慈善、医疗、国际赈灾等八大志业。

上午 9 时许，数百位慈济人，以他们走遍全球的招牌式装束，夹道欢迎 17 个国家和地区 187 位代表光临他们的板桥道场。一天内，行走在板桥道场的每一个角落，不管是过道，还是厕所，他们总能在你张望寻觅不解的时刻，笑容可掬地靠近你。

第二届世界佛教论坛是两岸三地四个宗教团体主办的，台湾的主办者是星云法师任总会长的国际佛光会，他们和慈济、法鼓山、华梵大学等其他佛教组织共同承办 8 场分论坛。

依照事先的安排，慈济承办“慈善关怀”的分论坛，慈济新闻发言人何日生，昔日岛内家喻户晓的金牌主播，以主持人的身份走上演讲台，敬请慈济大学校长王本荣致欢迎词。随后，两位和何日生、王本荣一样追随证严法师的副总执行长，也在不同的情境下登台，招呼来宾。正是这些曾在世俗各界智慧不凡的俗家弟子，以管理企业的方式，让慈济的慈善事业走出台湾，成为“9·11”那天第一个走向双子星座的宗教救援组织。

对于大陆代表，尤其是学术界代表，数十位演讲者中，他们最为瞩目的还是慈济人。跟随证严法师多年的一位法师，讲述了证严法师在全球践行“人间佛教”的思想和行动。

百闻不如一见。晚饭过后，我随代表们参观慈济在台北的医院。慈悲欢喜的医生护士，佛陀医诊的巨大壁画，义工弹奏的古筝琴声，宽敞明亮的礼佛厅堂，让这所医院有了不同于医院的精气神。

这是慈济在台湾的第六所医院。何日生说，20余年前，证严法师目睹花莲人有病难医的窘境，发愿要为这个台湾最为贫苦的县域，募集8亿台币，建造一所拔苦与乐的医院。那一年，花莲县的财政收入才1个亿台币。几年后，起初怎么也不肯相信一个瘦小的、几乎一无所有的比丘尼可以建一所医院的人们，面对花莲最为现代化的医院，不得不惊讶于大爱无边的力量。

溜达于医院的各个角落，你看不到世俗医院的冰冷。那位从美国归来追随证严法师的院长说，他们能在短短几年里就成为台北一流的医院，与一个不同凡响的理念有关：要让医院看上去不像医院。硬件上，他们设计了台北最大的素食馆，他们要让怡然自得的食客，传播他们爱的思想；软件上，他们有成百上千的义工，每天过来为病人洗脸洗脚唱歌跳舞。无论你多么富有，你有了捐赠慈济的念头，都得先来医院之类的道场，做服侍病人之类的事。在慈济人看来，行善，不能只是捐赠一笔钱。

医院一楼，还有一个偌大的静思书轩，病人和他们的家属，可以在里面看书，喝咖啡。静思书轩是慈济任一道场必备的设计。三年前，慈济在苏州落成的联络处，对外的称谓就是静思书轩，陈设了百余种记述证严法师的言谈或者讲述慈济故事的图书。

和台湾的各大山头一样，他们给世俗人等翻阅的出版物，没有深邃难懂的佛经，而是小学生都可以看懂的大众语文。尤其是佛光山的星云法师，将“高僧只说家常话”演绎得淋漓尽致。

静思书轩中还销售证严法师耕种收获的农产品。证严法师信奉“一日不作，一日不食”，不仅从不接受信众的供养，还将劳动所得捐赠给慈济的事业。

佛光山的宜兰

4月1日早上8点,我随一部分代表,前往星法法师在台湾的第一个道场——宜兰别院，考察这位据称在台湾信众最多的法师的“人间佛教”路。

半个钟头后，车至宜兰县境内。一辆宜兰警方派出的警车，一路在前开道。陪同考察的佛光山的义工说，虽然世界佛教论坛是一场国际性会议，警方并无提供安保的义务，为避免道路拥堵耽误五洲来宾的行程，宜兰警方在他们前往接洽时，行了一个方便。

一个小时后，代表们来到星云法师创办的佛光大学。远离台北闹市隐于山林之间的佛光大学，被誉为“台湾最美的大学”。校园内蜿蜒曲折的景象，颇似星云法师故乡扬州的园林。校园内非常安静，醒目的标语牌是星云法师倡导的校园三好运动：说好话；做好事；存好心。

去会议室看完佛光大学的影像资料，来宾们被领到报恩墙前。一堵高大的墙壁上,贴满烧制考究的瓷砖,每块砖上都写着“恩人”、“报恩人”的名字。向导说,星云法师发愿盖大学,可他没有钱,他就号召捐赠者作为“报恩人”,以他们的“恩人”的名义,捐赠善款。这个在世俗社会的智慧策略,契合了佛家“知恩报恩”的思想。

和星云法师在美国在台湾创办的其他大学一样，佛光大学也是一所文理兼备的综合性大学。因为是佛教论坛，佛教学系就成了代表们一定要参观的院系。佛教学系门口，悬挂着为全球每一位申请读书的学子每年提供10万台币奖助学金的条幅。据说，硕士阶段全英文授课的佛学系，是星云法师在全球弘法的“黄埔军校”。他们还没有门户之见，他们的学生来自五大洲，闭幕式上，他们的学生以各自的民族服装载歌载舞，表达了第二届世界佛教论坛和谐世界的理念。

不仅星云法师的佛光会，台湾佛教界长期注重僧才的培养。在台湾期间，台湾僧人流利的英文，淡定的表情，智慧的佛理，明澈的眼神，常让岛外代表们感佩不已。法果山圣严法师，是大陆方面曾经期待哪怕在第二届世界佛教论坛上出现一分钟也好的大德高僧，他谢世之后，曾有人讨论这代高僧过后是否后继有人的问题，看他的接班人果东法师在第二届世界佛教论坛上的表现，部分代表对台湾佛教界第二代第三代，表现出莫大的信心。

中午时分，我们终于来到宜兰别院。听名字，原以为是大陆常见的园林式的寺庙，走近了，才知道是宜兰县最高的大楼。和慈济的板桥道场一样，其现代化的风貌，已完全不同于传统的佛教道场。

60 年前，星云法师自大陆来到台湾，弘法的第一个所在就是宜兰破败的雷音寺。在雷音寺，他率先给佛教界带来青年歌咏队，率先利用幻灯片等一切现代青年乐于接受的手段，开创了佛教现代化历史上的诸多个第一。感恩雷音寺在他弘法利生道路上的价值，他拆除了雷音寺，盖了宜兰县最高最现代化的大楼，送给宜兰人做教育做社区事业。

初入宜兰别院，用声光电模拟出的鞭炮声噼噼啪啪地响，好似大陆农村娶媳妇。台湾佛教界倡导“佛法生活化”、“菩萨人间化”，星云法师可能是“两化”得最为彻底的法师。无论是欢迎晚宴，还是欢送晚宴，时尚的“佛光青年”们，都以他们的歌舞，震惊了初入台湾的学者代表的眼睛。除了充满时代元素的佛教歌曲，欢迎晚宴上，佛光山的俗家弟子还唱了首邓丽君的《夜来香》。

欢迎晚宴上，台北市长郝龙斌说，台湾八成居民有佛教信仰或者研究佛理。有台湾代表说，这与星云法师等人佛教现代化的努力是分不开的。

佛教信仰在台湾的盛行，使得整个台湾差不多都变成了“人间佛教”的大道场。在人生已入暮年的国民党中央主席吴伯雄看来，“人间佛教”改造了台湾，升华了台湾人。2009 年 4 月 1 日下午，世界佛教论坛闭幕式上，吴伯雄以国际佛光会世界总会副总会长的身份，在台北小巨蛋体育馆，当着两万余台湾佛教信众，与五洲来宾们，分享他从政期间感悟佛教与社会的心得。无论是 20 多年前他当“台北市长”，还是日后出任主管宗教事务的“内政部长”，他都事无巨细地感受到，佛教不仅净化了台湾社会，还对台湾政府助益良多。

助益政府的台湾佛教界，虽然遵循“人间佛教”，却始终坚持政教分离、不参与政治的原则。何日生说，证严法师在与大陆打交道的过程中，从不与政治有丝毫瓜葛。他们只做慈善的事业，不管其他。

佛风吹江南

重元寺满堂佛像的开光，像一阵苍劲的秋风，将江南佛门吹开了一道更大的口子。

2007年11月17日上午9时9分，仰赖于手持盾牌的武装警察，108位海内外高僧，穿越成千上万的信众，为刚刚落成的重元寺全堂佛像开光。

重元寺，静卧于每天制造1个亿GDP的苏州工业园区，停泊在以大闸蟹闻名于世的阳澄湖畔。

佛像开光，是佛像建成后意义重大的佛教仪规，佛家称作法会，凡俗叫做庆典，意味着佛像已经“睁开眼睛”，垂目众生。

重元寺佛像开光这一天，“姑苏城外寒山寺，夜半钟声到客船”的清冷意境，已不复存在。取而代之的是重元寺的冲天焰火，开光法会的庄严喜庆。中国佛教协会会长一诚法师、台湾佛光山开山宗长星云大和尚，以及泰国仁得副僧王等等当代名僧，在这一天的显赫声名，盖过了工业园区的财富名流。尽管法师们通往大雄宝殿的路，一度被秩序混乱的信众所堵塞，这一天的开光法会，仍然被誉为“中国佛教史上规模最大、层次最高的佛门盛事”。

园区速度

开光前半个月，《南方周末》记者初探重元寺。车行重元寺西，向东一看，一幅雾气氤氲的水天佛国图，耸立于阳澄岛沉雁湾，若隐若现。近距离观赏重元寺，看到的是一座明清风格的江南庙宇，层层叠叠，气势恢宏。

跟随重元寺监院走了半个多小时，《南方周末》记者不得不惊叹于重元寺的“大”和“快”。

呈轴线分布的重元寺，占地300余亩，建筑面积逾2万平方米，是江南最大的寺庙群。重元寺南是一座莲花式的人工岛屿，看过“莲界重开”的牌匾，穿过十九孔的接引桥，便步入形似莲花的观音阁。阁楼中，一座33米的世上最高的室内观音圣像，装点了这座历史上以水天佛国为独特风貌的观音道场。

重元寺内，两株古朴苍劲的罗汉松，默然伫立于天王殿前。监院僧人说，它们约略20余米，高度为亚洲第二，它们的树龄逾1300年，世间罕见，移栽时，工人们使用了挖掘机。据称，从动工挖第一锹土到竣工，重元寺的建成不过一年半的光景。监院说：“这是园区速度。”

过去十年来，苏州工业园区以“一天创造1个亿GDP，一天上缴1260万元财政收入，一天引进4000万美元外资”的速度，变身为中国发展速度最快的开发区。监院以此比喻重元寺建设之“快”。他说：“过去，建造一座庙需要一个和尚花费一生的时间，慢慢化缘。”

较之于历史上佛教寺庙的兴建，近年来江南佛教寺庙的崛起，确实可以用“园区速度”来形容。重元寺观音阁上，无相法师、松纯法师等江南名僧，都留下了墨宝。最近十年，他们参与谋划建设的佛寺佛像佛塔，制造了多项第一，不仅为当代佛教留下了弘法利生的人间道场，还为中国佛教建筑史翻开了新的一页。

无相法师是无锡祥符禅寺的现任方丈。祥符禅寺坐落于太湖畔的一个半岛上，初建于唐代，玄奘的大弟子是第一任方丈。1300余年间，祥符禅寺几经轮回，数度衰荣，最终毁弃于日本侵华战争。1994年，一代宗教领袖、原全国政协副主席、中国佛教协会会长赵朴初寻觅旧迹时，这已是寺塔俱毁的断壁残垣。次年，祥符禅寺于原址恢复重建。又两年，88米的释迦牟尼铜铸露天立像依托祥符禅寺，开光迎客。

俗称为“灵山大佛”的这尊露天佛像，虽然依托祥符禅寺，其声名却远大于禅寺。据称，从各个角度看上去都觉得“佛在看我”的这尊佛像，在建筑层面上创造了四个第一：世界上最高大的露天青铜佛像，相当于一幢 30 余层高的大楼；神州第一照壁，上有长约 40 米的灵山盛会图，再现了仙佛风姿；神州第一鼎，高度为 8. 8 米，总重量超过 12 吨，青铜铸造；天下第一掌，高度为 11. 7 米，宽 5. 5 米，仅手指直径就粗达 1 米。

松纯法师，常州天宁寺方丈。灵山大佛兴建之初，曾恭请松纯法师等诸山长老商讨过方案。隐于常州闹市的天宁禅寺，是中国佛教著名的禅宗道场，有“东南第一丛林”之誉。常州市副市长张力航说，史书曾记载，天宁禅寺在宋代建造过一座七层高的“普照王塔”，后因战乱而毁弃。2000 年“9·11 事件”后，松纯大和尚感慨和平之可贵，发愿重建宝塔。

2007 年春季开光的天宁宝塔开创了八项第一：它是全国第一金顶玉身塔，拥有第一塔林、第一经文碑林、第一地宫群、第一五百罗汉浮雕、第一高钟和第一铭文铜瓦，而 153.79 米的高度更使之成为当之无愧的全球最高佛塔。

几个月过后，隆重开光的重元寺对外宣称，它们拥有十个单项的全国第一。苏州工业园区宗教事务处有关人士说，除了观音阁和观音像的高度全国第一，青铜大钟的重量、铜腔皮鼓的长度、大雄宝殿的高度和面积，等等，均为中国第一。

打造这么多项第一，需要多少真金白银?《南方周末》记者多次探询，答案各不相同。确信的是，在寸土寸金的苏州工业园区，刨除 300 亩的土地不算，仅仅是工程造价，重元寺就花费了过亿的人民币。

“对外的说法好像是 2 个亿。”天宁宝塔的设计者、有“托塔天王”之名的上海交通大学陆炳杰教授说，“天宁宝塔耗资肯定不菲，我估计不会少于 1 个亿。这么高的塔，单单是外包装的金丝楠木，就价格惊人，这些木材都是进口的，便宜不了。”

天宁宝塔的耗资并非最多，规模亦非最大。拆建差不多已近尾声的南京大报恩寺，或可突破天宁宝塔的记录。大报恩寺重建项目的策划者说，将近 600 年前，明成祖朱棣为纪念亡母，耗时 19 年，建造了当时世界上最为辉煌的建筑群。

大报恩寺的核心是78米的琉璃塔，昼夜通明的琉璃世界，位列“中世纪世界七大奇观”。

南京大报恩寺的建设，破题6年了，但一直是空喊。去年，《南方周末》记者曾旁听过大报恩寺项目重建的论证会。据称可能耗资10个亿的南京大报恩寺重建项目，由新成立的南京大明文化实业有限公司运作，希望借鉴灵山大佛建造经验的南京市国资集团领衔控股。若无他碍，南京大报恩寺将于三年后重现秦淮河畔。

“江南建造的佛教寺庙远远不止这么几座大庙。”上海市社科院宗教研究所研究员刘元春说，重元寺开光前后，苏州有几座小的佛教寺庙正在紧锣密鼓地建设，因为它们不像重元寺这样惹眼，知道的人比较少。

岂止江南，苏州工业园区成长的十年，也是中国佛教寺庙大兴土木的十年。一座座或大或小的佛教寺庙闪现于青山绿水之间。据称，就在2007年，峨眉山主峰金顶，48米高的普贤菩萨塑像开光，南少林寺也开始去河北援建北少林寺——一位长期关注佛教的研究者说，新的一波造庙热，或可悄然形成。

如法如律

“选择明清时代的江南风格，定位观音道场的昔日重现。”考察过重元寺的苏州市副市长朱永新说：“我们所看到的这一切，都不是随意而为的。”

《南方周末》记者调查中发现，江南佛教寺庙在创造第一创造历史的同时，始终秉承一个原则：如法如律。细而言之，即信守仪规、尊重历史、传承文化。

据称，如法如律的原则可能起于灵山大佛，源自赵朴初。

1994年10月祥符禅寺开光，赵朴初委托一位法师宣读了他的书面贺信，他说，无论是修建祥符寺，还是建造灵山大佛，都必须按照佛教的传统和仪规，做到如法如律，建造风格和造像艺术要继承和发扬佛教文化传统，既庄严又精美，反映当代工艺的高超水平，给后代留下佛教文化艺术巨作，功德无量。

三年后，灵山大佛开光，灵山大佛的建造者、无锡市佛教协会吴国平居士等人，向外界宣称，他们遵循了六大原则：

历史上有渊源，小灵山是玄奘法师命名的，千年古刹祥符禅寺在佛教史上举足轻重，依托祥符禅寺建大佛，合情合理。

信众上有需求，“南朝四百八十寺，多少楼台烟雨中”，表明吴地素有信佛的传统。吴国平说，他母亲不识字，但在他很小的时候，就供奉过小菩萨像。

经济上有条件，无锡经济繁盛。

政策上有批文，修复禅寺有市府批文，建造大佛有省府批文。

文化上有意义，赵朴初说，佛教不仅是信仰，还是文化，灵山大佛的建设为弘扬传统文化再奠了一块基石。

佛教上有肯定，赵朴初亲自担任了修寺造佛的筹委会名誉主任，并因为灵山大佛创造了五方五佛的理论。他说，中国大地上，按照地域分布的大型佛像，北方有云冈大佛，中原有龙门大佛，西方有乐山大佛，南方有天坛大佛，东方有灵山大佛。原先东方没有大佛，建造灵山大佛可以完成五方五佛特立耸峙互相呼应护佑华夏的格局。

据无锡市佛教协会副会长吴国平居士说，以祥符禅寺和灵山大佛为核心的灵山胜境的建设，政治性、政策性、社会性、群众性、宗教性五性俱全，他和法师们在任何时候都不会忘记如法如律的核心原则。靠着对此一原则的坚守，灵山大佛在20世纪90年代初期的滥造佛像热中安然度过。彼时，违规乱建的杭州小和山大佛，树起不久即被宗教管理部门责令拆除，而灵山大佛不仅在整饬乱象的过程中安然无恙，反而创造了一段历史，经过十年的打造，进而被确定为第二届世界佛教论坛的会址。

灵山大佛建成后，赢得了各方赞誉。中国前国家领导人江泽民等游览过祥符禅寺，参观过灵山大佛。灵山修寺造佛的六项原则，慢慢被意欲恢复重建佛教寺庙的人士演绎成五项原则：经典上有依据、历史上有传承、方便上有特色、艺术上有创意、功能上有感应。

事实上，除了灵山大佛可以称得上真正的建造外，祥符禅寺、天宁宝塔、大报恩寺等等近十年破土动工的佛教寺庙，严格意义上说，均属于恢复重建。根据“经典上有依据，历史上有传承”的原则，恢复重建者必须找到历史依据。重元寺始建于1504年前南北朝梁武帝时期。历史上的重元寺命运多舛，毁弃于“文革”，其遗迹早已湮没在几公里外的唯亭草鞋山。2003年，拆除70余座小庙的苏州工业园区决议恢复重建重元寺。

此前十年，恢复重建祥符禅寺的，是镇江焦山定慧寺方丈，年过80的中国佛教协会副会长、江苏省佛教协会主席茗山法师，由他兼任祥符禅寺的首任方丈。借鉴祥符禅寺的经验，重元寺的恢复重建，由中国佛教协会副会长、江苏省佛教协会会长明学大和尚出任筹备组组长。2005年，获得江苏省政府批准恢复重建批文的重元寺，于这年冬天正式奠基。

主持奠基仪式的，就是开光大典上的主持人秋爽。佛学院毕业的秋爽，是寒山寺方丈性空法师的徒弟。2007年3月，被苏州市民族宗教事务局和苏州市佛教协会“讨论决定”的秋爽，兼任重元寺方丈，率僧团正式进驻重元寺。

综观江南佛教建筑的建设思路，大致可以看出“有关方面”对《国务院宗教事务条例》等法规政策的理解。基于对中共中央关于印发《关于我国社会主义时期宗教问题的基本观点和基本政策》的通知的领悟，灵山胜境和其他名山胜地的重要寺观教堂，不仅被定位为宗教场所，而且是具有重大历史文化价值的文化设施，乃至于清洁幽静、环境优美的旅游胜地。他们希望宗教、文化、旅游可以相得益彰。

“旅游是最后的结果之一，而非动机、目的。”陆炳杰说：“我们的出发点是宗教。我们在创造21世纪人文新景点的同时，必须尊重佛教的传统和文化。”

他所说的，还是赵朴初所说的如法如律。

参与杭州西湖边雷峰塔重建的陆炳杰说，天宁宝塔地面高度108米，是全国之最，这个“最”是有佛教仪规作依据的：108是佛教中最吉祥的数字，108声响钟，袪除108种烦恼。天宁宝塔塔基之下还有八明八暗16个地宫，总高度153.97米，这个高度也是有讲究的，它最大可能地将佛教中1、3、5、7、9五个阳数全部用足。

陆炳杰教授说，当初松纯大和尚找到他，他就跟大和尚说，不惜金钱一味求大，除了助长盲目求大的不良风气，毫无益处。大和尚发愿造塔，祈求“天下安宁”，一定要做成传世之作。

来自南京的消息说，如法如律的传世之作，也是南京恢复重建大报恩寺的原则。

人间佛教

佛教人间化，是重元寺开光典礼中最为鲜明的特点。

开光前夜，重元寺在刚刚举办过金鸡百花奖颁奖大典的苏州工业园区，举办了一台90分钟的“净土－梵音－乐人间”佛教音乐晚会。上海天娱公司策划，凤凰卫视当家花旦吴小莉担任主持人，台湾歌坛明星孟庭苇、温兆伦、齐豫，以及超级女声谭维维，以现代人的方式演唱了弘一法师生前写的《清凉歌》，以及“观音菩萨在心中”之类的词和歌。

尽管泛娱乐化的开光大典引来的评论褒贬不一，但是人间佛教的精神却在“盛世重元，佛光普照”的主题中处处可见。

“人间佛教”的理念，诞生于20世纪上半叶，经由赵朴初1980年代之后的弘扬，人间佛教在中国大陆，特别是江南一带已蔚然成风。人间佛教理念强调以出世的精神做入世的事业，上求佛道，下化众生，最终目的是利益国家和社会，实现人间净土。

2004年6月12日，赵朴初舍利葬于灵山大佛脚下，仿照其北京居所建造的“无尽意斋”落成。是日，长三角一带的专家学者汇聚灵山，开了一个主题为“人间佛教与社会关怀”的研讨会，研究佛教在当今社会中的文化功能，佛教如何与社会相适应。

此后不足两年，中国佛教界以“和谐世界，从心开始”为主题，邀请世界佛教僧侣的代表人物，在普陀山掀开首届世界佛教论坛的扉页。松纯法师等江南佛教界的名流，前往浙江，表达信奉人间佛教的僧侣们对世界和平的期待。天宁宝塔的重建，就是江南僧众祈愿世界和平的表征。2001年美国“9·11事件”的发生，让松纯大和尚倍感震惊。他发现，人们在千禧年对和平的期待并没有如约而至，世界还在宗教文化的冲突中动荡。期盼世界和谐的松纯大和尚于是萌发了重建天宁宝塔，祈愿天下安宁的弘愿。

盼望中国和谐的无相法师，不仅让他做会长的灵山慈善基金会成为中国西部支教中举足轻重的基金会，还让他本人成为2006年感动无锡的“十大慈善人物”。《南方周末》记者在那天的慈善晚会上，不仅欣赏了彭丽媛的歌声，还感受了这位大和尚心系和谐、慈济众生的言行。他非但资助了全国政协常委朱永新的新教育实验，还关爱过印尼海啸中的他国难民。

佛教和社会的互动，有一个重要的纽带，就是文化。2007年10月28日，灵山书院揭牌。季羡林出任名誉院长，中国佛教学会秘书长学诚法师等名僧、名学者挂上了特聘导师的头衔。在仪式上，香港大学、北京大学等学府和研究机构和灵山书院签署了合作协议。历练十年的灵山大佛为GDP耀眼的无锡催生了一张文化名片。中共江苏省委常委、无锡市委书记杨卫泽在揭牌仪式上说，灵山书院的成立，将“增强无锡在中华优秀传统文化包括宗教文化研究方面的综合实力，丰富无锡创建‘文化名城’的内涵”。

天宁宝塔已是常州的文化名片。据称，2007年4月30日天宁宝塔开光之前，常州市市长王伟成在香港举办的常州城市产业推介会上，向港澳同胞发出邀约，恭请他们参加天宁宝塔落成开光大典，游览常州。

佛教和社会的关系，还表现为佛教和国家的关系。天宁宝塔是唐宋楼阁式风格，八角13层，金顶玉身，铭文铜瓦，地宫内陈放有舍利子等传世之宝。镇塔之宝天然水晶佛则供奉在天宁宝塔第13层，这尊水晶佛产于16世纪的尼泊尔，曾经供奉在释迦牟尼诞生地的寺院中。2003年，一位旅泰爱国华侨以高价请回，并赠予常州天宁禅寺。常州市一位政府官员说，藏品众多的天宁宝塔，就是一座佛教文化博物馆，孩子们看了，不仅能受到传统文化的教育，亦能受到爱国主义教育。

爱国，是中国佛教界的不二法门。本着人间佛教的积极进取精神，赵朴初曾希望中国佛教协会将祖国统一视为自己的任务。灵山书院揭牌前一天，第二届无锡灵山胜会开幕，出生于江苏的星云法师率近千名台湾民众，前往灵山胜境，举行“两岸和合，吉祥共生”的千人传灯法会，亲身感受大陆的宗教政策、佛教在内地的发展状况，深化台湾民众对中华文化的认同。

重元寺开光典礼上，秋爽与被香港媒体称作“政治和尚”的星云法师再度相逢。苏州市副市长朱永新说，星云与寒山寺前任方丈性空年轻时有同窗之谊，接任性空的秋爽于9月中旬，将寒山寺仿唐对钟“和合钟”的其中一座改名“和平钟”，赠送给台湾佛光山。出席交接仪式的国家宗教局局长叶小文还当场赋诗一首：一弯浅水月同天，两岸乡愁夜难眠。莫道佛光千里远，兄弟和合钟相连。

赵朴初：一代宗教领袖的最后归宿

这位乍看上去谜一样的爱国宗教领袖，为什么想践“年年约”，又为什么要不肯罢休地“报答灵山”？兴许，遗嘱中“死亦无憾”的他，从未期待过一个形而下的俗世灵堂，一个存留人间的最后归宿，他向往的只是一个形而上的精神皈依，一个堪以彰显“人间佛教”的道场。

2004年6月12日上午10时许，87岁的陈邦织女士，看上去有些手足无措。过去的50年里，作为一个宗教领袖的夫人，她和赵朴初一起见过众多国家级外宾。然而，无锡灵山大佛脚下的她，面向缅怀赵朴初的人们，只是微微鞠躬或者作揖。捏在指间的发言稿，颤巍巍地抖动着，好像根本就没有念。末尾，人们才听到这位宗教领袖的遗孀，以残留着维扬方言的准普通话说：“我不会说话，也从未在公开的场合跟这么多的人说过话。说得不好，请大家体谅。”

此前一天，陈邦织在大佛脚下的这个“新家”里，好几回无语凝噎。这是一座青砖灰瓦的京式四合院，门前的金银花还没来得及绽放。内里的家具陈设，一如北京西城南小栓胡同1号，那个他们夫妇居住了40余载的家。摆放着兰花的书房里，搁着一摞《赵朴初韵文集》，正房以及附设于左右的两个耳房，空荡荡的，惟有墙壁上的照片和诗词，行云流水地叙述着赵朴初94年的人生路。

无尽意斋，是赵朴初生前的书斋名。陈邦织实在想不起来，20世纪60年代的赵朴初为什么取了这么个名字。她只知道，无尽意，依佛教的解释，乃圆融无碍之意。佛教中有个无尽意菩萨，观一切事象之因缘果报皆为无尽意，而发心上求无尽意之诸佛功德，下度无尽意之众生。赵的生前好友认为，上求无尽意之诸佛功德，下度无尽意之众生，是人间佛教的精神，赵朴初以无尽意命名他的书斋，显示其“人间佛教”的毕生追求。

陈邦织并不打算住在这个“新家”里，尽管这里藏有赵朴初居士圆寂后的两颗舍利子：一块眉骨，一颗牙。赵是安徽太湖人，陈觉得，赵的舍利和无尽意斋，在他辞世四年后归宿于太湖畔的灵山大佛脚下，皆殊胜因缘所致。

88 米的露天青铜大佛，距无尽意斋不足百米。泛舟太湖，人们发现微笑而慈祥的大佛，似乎在垂注着无尽意斋。

2000 年 5 月 21 日，赵朴初圆寂，留有 20 世纪 90 年代就写好的临终偈。这份我们俗世所谓的遗嘱有八句：生固欣然，死亦无憾，花开花落，流水不断；我兮何有，谁欤安息？明月清风，不劳寻觅。

熟知偈语者诧异，朴老既有“清风明月，不劳寻觅”的遗愿，灵山又为何造他个“无尽意斋”？

陈还是两个字：因缘。

慈悲待人

1997 年秋天，大陆知名策划人王志纲，在一个夜晚，被无锡人策划至太湖畔。次日晨起，推窗远眺，不禁瞠目结舌：在一个伸入太湖腹地的半岛上，一尊法相慈悲庄严的大佛，北依濯濯灵山，南望万顷太湖，左边是青龙山，右边是白虎山，三峰环抱，波光潋滟，气象万千。

据称，王惊叹：不知什么样的高人，策划了这样的大手笔？！

原江苏省宗教局一副局长说：功德圆满第一人，朴老也。

1994 年 4 月 10 日，赵朴初第一次涉足灵山。知晓灵山大佛十年风云者称，与灵山素无渊源的赵朴老，之所以结缘于此，皆慈悲待人的本性使然。

彼时，灵山还叫做马山。相传，秦始皇为寻不死药，所骑神马飞掠太湖时，小栖于此。腾空的瞬间，由于腿力强劲，崖石上烙下深深的四只马蹄的印记。马迹山由此得名，尚简洁者，迳呼马山。

1993 年，国务院对马山请求建国家级度假区的批复，已逾一年。怎么开发这个伸入太湖腹地 15 千米的小岛？主事者最终敲定，恢复缘起唐僧玄奘的祥符寺，并造一座世所罕见的大佛。

“恢复庙宇不难，难的是造大佛。”海南大学一位身兼海南佛学研究会会长的教授提醒：“此事政策性太强，若无赵朴老的肯定，没有政策执掌机构的批准，则可能半途而废。”

考虑到大佛身份的确定需要政教两界、马山方面的报告书，一方面经无锡市府呈报江苏省府，另一方面由无锡市佛教协会行文，请江苏省佛教协会递送中国佛教协会。

报告书还在逐层呈报的途路上，主事者迂回得知，赵朴初要陪一台湾高僧来江苏，高僧去泰州探访年事已高的母亲，赵则留待江苏等候。倘能藉此机缘当面游说赵朴老，该有多好？

1994 年 4 月 8 日，借着秘书的关系，灵山人走进了赵朴初夫妇下榻于南京的西康宾馆——昔日美国驻华大使馆，毛泽东著文别离司徒雷登的地方。陈邦织女士回忆十年前的场景：“我去秘书房间，他们马上把报告递交给我，我不理解无锡为什么要造大佛，没太理会。”

末了，感动于无锡人的诚恳，政策水平甚高的“老统战”陈邦织，耐心地听取了主事者详尽的报告，并要言不烦地转述给年事已高听力不佳的赵朴初。陈邦织说：“朴老听明白后，就同意接见无锡方面的客人，他看看报告书，询问了其中的一些细节。记忆中，朴初没有表态。”

江苏省宗教局一个官员提醒无锡人，如果赵朴初能去实地踏看详符寺遗址并赞同你们的动议，造大佛的事或可有七分把握。但，负责安排赵朴初行程的夫人不同意。陈邦织说：“高层领导的行程，有它的预期性和周密性，是不能随便改变的。况且，当时有三个地方的领导人恳请朴初前往，都没能答应，如果突然去了无锡，不妥当。”

没承想，机缘巧合，赵朴初次日要去安徽广德太极洞。根据计划，一路上，赵还要参观宜兴紫砂、茶场、竹海，太极洞是末站。是年，赵朴初虚年 88 岁，晚上返回南京，必定太过疲累。无锡人于是辗转告诉陈邦织，住宿宜兴，条件太差劲，最好最方便的住所当是无锡太湖边的锦园饭店。许是江苏省宗教局安排具体行程者，感念无锡人的难处和诚心，随缘劝说赵朴初夜宿无锡，待天明顺便去马山看看。

慈悲待人的赵朴初，欣然同意。

第二天，有些冷，清瘦的赵朴初着西装领带，披一袭呢子大衣，拄根拐杖，乘上昨夜为他们夫妇赶做的那乘竹制轿子，在连夜为他铺就的通往马山的小道上，颠簸前行。车过太湖十八湾，赵朴初感叹："上有天堂，下有苏杭，我看太湖波澜壮阔，风光胜天堂。"

车过十八湾，上得"神仙岛"，遇第一座佛笑桥，夫人陈邦织指着桥上的十六尊弥勒佛石像，赵朴初不禁笑曰："佛笑桥，好，好！"据称，大肚弥勒佛是释迦牟尼大雷音寺的知客僧，相当于当下的接待办主任。

乱坟岗似的荒凉，丛生的杂草，赵朴初在主事者的引领下，寻觅到祥符寺废墟上的旧日大殿柱基，以及柱基边发现不久的祥符寺八角古井。就在赵俯身探勘古井的刹那，闪光灯忽地一亮，我们今天看到的赵朴老视察祥符寺旧迹的照片，就拍成了。

赵再度询问起祥符寺的过去，他曾在南京翻看灵山人送递的报告书，好像听他们说起过一段不寻常的历史。

据称，接待赵朴老的是位具文人气质的地方官员，曾数度研读相关典籍。见赵朴老兴致勃勃，当即择其精要，娓娓道来：

唐朝贞观年间，助李世民父子打下江山的右将军杭恽解甲归田，并捐出故乡马山的一处产业，建了一个寺庙。传杭恽相知于玄奘法师，遂邀约玄奘访问马山。见寺后山峦酷似印度佛祖的灵鹫峰，玄奘当即为之取名"小灵山"。杭恽所造之寺庙，也随之得名"小灵山寺"。由于玄奘的大弟子乘基在小灵山寺开法宣教，乘基师徒又是法相宗的祖师，"小灵山寺"便成了法相宗重要祖庭之一。直到宋代祥符年间，理学成为潮流，佛教的禅宗亦发达起来，"小灵山寺"这才与时俱进，更名"祥符禅寺"。

据当时在场的人说，赵一边翻阅《马迹山志》，一边口占俗谚：天下名山僧占多，世上好语佛说尽。过了一会，他赞叹起太湖的山水，"北方很难寻到这样的好处所，复庙造佛，搞好了，实在是无量功德。"

曾经，有看过马山51平方公里地形者倡议，依据山势可重修阿房宫，再现中原文化南移的社会历史现象。至于开赌场，设红灯区之类，亦有人提议。朴老以蔼然的肢体语言，批评道：邪妄之见。

那天下雨，山上凉意阵阵袭人，赵朴初看完寺庙旧址，被领到几步之遥的月亮湾茶社。朴老突然提出：拿纸来。

既是“书法僧”又是“诗僧”的朴老，即兴赋《忆江南》一首：

龙头渚，
景色胜天堂。
七十二峰争供奉，
小灵山里建禅场，
大佛法中王。

中午，无锡市委书记宴请赵朴老夫妇，说到祥符寺后造大佛，该官员试探着说：“朴老，你支持吧？”赵朴初答了四个字：“当然！当然！”

智慧处世

赵朴老信奉言出必践。灵山大佛建造三年许，如唐僧取经般屡遭劫难。紧要时，灵山人总能感受到赵朴老智慧的力量。遥想当年数度困厄数度崛起，主事者渐渐明白：为什么接近赵朴老的人，都赞他智慧处世，圆融无碍。

1994 年冬天的一天，主事者接到电话，称省府同意造大佛的批准文件暂缓下发，理由是北京方面传来消息：“建大佛要慎重，要统筹考虑。”据悉，20 世纪 90 年代初叶，中国各地竞建大佛呈蔓延态势，无锡人据此认为，“慎重考虑”亦不无道理。他们觉得，若能及时拿到中国佛教协会的正式批文，局面或可挽回。

飞机在几个小时内把无锡人送至北京，他们迫切希望与赵朴初谋面。然而，医生不许朴老病中会客。

“盛世盛事，随喜功德。”医生开禁后的赵朴初，语重心长地寄语造大佛的领军人物：乱建庙宇滥造大佛的背景，你们不可不察，有关部门希望慎重行事的决定，是可以理解的。

随后，赵朴初指示中国佛教协会即刻草拟同意造大佛的批文，他叮嘱，大佛要么不建，要建就建成融宗教、艺术、科技于一体的极品，堪称中国之最，世界一流。

不日，江苏省府准许造大佛的批文，合法地到了无锡。

1996年4月，赵朴初第二次助益于灵山。是月底，一家媒体刊发了一篇报导，主题是违反政策造就的“小和山大佛”被拆除。报道称，1995年2月19日，杭州西湖区小和山森林公园，不顾杭州市宗教主管部门的反对，坚决举办了隆重的大佛落成典礼，还擅自聘请一假和尚对外接待游客，致使该公园成一非法烧香点。4月27日，杭州市的有司们，拆除了这尊耗资200余万元的弥勒佛像，一旁业已建好的寺庙也改作他用。

无锡人强烈认同这则报道的启示价值，感到冤枉的是，该报道以点及面，灵山大佛也作为例证之一被囊括其中，认为造灵山大佛劳民伤财。

消息传到北京，赵朴初马上写信给相关人士，就建造大佛的缘起和意义，作一个完整的阐释。嗣后，国家宗教局正式批复灵山建造大佛，内文称：中国佛教协会赵朴初会长对灵山大佛也一直十分关心。

1997年4月3日下午一点半，中国佛教界的高僧大德，在大佛脚下的八角须弥座上，做了一个洒净仪式，作为灵山大佛圆顶仪式的序曲。当第1560块披着红稠的天灵盖铸件，刹那间熨贴在佛首，一个佛面庄严慈祥的大佛光临于世间。“从各个方向看，都觉得大佛‘在看我’”，是赵朴初先前的期待，彼时，淅沥春雨绵绵散落，云雾缭绕的大佛，似在天际。一个往昔的目击者说，赵朴老的愿望再等6个月就要实现了。

他的意思是，待到1997年10月15日灵山大佛开光，赵朴初与灵山大佛的殊胜因缘就圆满了。

此间，业已经过80次劫难的“唐僧”，却未能顺利无碍，翻落到“通天河”。主事者在取得“真经”后感慨不已：“朴老再一次以他的圆融和智慧，将大佛推到功德圆满的境地。”

开光前一天，赵朴初和夫人双双来到灵山。此时，领导人本着执政党对宗教政策的宽阔胸怀，已同意灵山大佛开光。

同时抵达的还有凤凰卫视的老板刘长乐，他的当家花旦之一曾子墨已做好直播开光盛典前的一切准备。

五方五佛

灵山大佛的开光，不仅意味着一个空前盛大的佛教道场的缔造，还宣示着赵朴初一生中最为重要的“五方五佛”之说的诞生。我追问过陈邦织女士，今日已成中国佛教界定论的“五方五佛”理论，是赵朴初智慧处事的灵机一动，还是这个以居士身行菩萨道的宗教领袖笃信的念想?

我没有获得肯定的答复。或许，对引领历史的创造者来说，这样的提问本身即是多余。

1994 年 12 月 24 日，赵朴初邀一位原中顾委常委，一道出席于钓鱼台国宾馆举行的大佛工程签约仪式，“五方五佛”在赵朴初的即兴演说中首次出现。“就中国而言，东西南北中，唯有东方缺少一尊大佛。”赵说：“北方有云岗大佛，中原有龙门大佛，西方有乐山大佛，南方有香港天坛大佛，如今，无锡的灵山就是东方大佛，这一下，五方五佛都齐整了，够了，以后露天大佛就不用再造了。”

身为中国佛教协会的领导人，赵的这番说辞，指导性地规范了正常合理的寺庙建设，同时又制约了当时堪称狂热的造佛造庙的热潮。五方五佛说的诞生，使得灵山大佛的建造，在中国社会科学院学者的论文中，成了“中国佛教界百年来最大的一件盛事”。

佛教界权威人士指出，赵朴初所谓的五方五佛不同于佛教密宗教义中的“五方五佛”，而是中国大地上具代表性的依地域分布的大型佛像，于东方造灵山大佛，从而完成了五方五佛特立耸峙交相呼应同佑华夏的格局。云冈、龙门、乐山三尊石刻大佛，是中国佛教史上的颠峰之作，香港的天坛大佛和灵山大佛，不但完整地继承了中国传统的佛像艺术，还融入了有时代特征的现代科技文明。

灵山大佛的建造，在佛教史和建筑史上，有很多指标是创造历史的。佛体是用 1560 块青铜铸件焊接起来的，若把他们不歪不扭地联结起来，单是焊缝的长度，就有 30 公里。青铜铸件壁厚平均 10 毫米，最薄处 8 毫米，这在铸造史上是创记录的。另外，青铜袈裟里边，是一副钢骨铁架，主钢架的接点计 2300 个，内中的 3/4 接点各不相同。就设计之精密而言，也是世所罕见。

承建大佛的，是航天部一下属企业。该企业前身是李鸿章开办的江南制造局。他们对赵朴初道出的“五方无佛”，惊讶不已。据闻，赵朴初在日后灵山遭遇的历次危机中，之所以一一说服有关领导人，多仰赖于他的“五方五佛”之说。

赵对灵山大佛的贡献,不止于贡献了一个重要理论,还有广为人知的“五定”。从五方五佛的理论出发，将灵山大佛确认为“东方大佛”，实际上就是对灵山大佛的定位。此为“一定”。剩余“四定”分别是定点、定名、定型、定向。

定点。赵朴初视察过祥符寺的旧址，熟悉那里的山峦走势，他认为，中国佛像多坐南朝北，灵山大佛大可反其道而行之，如灵山大佛耸立于祥符寺后的半山上，则三面环山，面对太湖，风景极佳。有人据风水学说，揣度赵朴初的定点思路，乃神来之笔。你看，北部小灵山像个金交椅，东部青龙山，西部白虎山，像两个扶手，面对的三万八千顷的太湖，则像一根玉带，从腰间绕过，依风水而言，堪为顶级。此说不可考。可考的是，赵选择坐北朝南的方位，实有和坐南朝北的香港天坛大佛，遥遥相对，祈中国早日统一之意。

定名。造大佛之前，大佛的名字有好几个：无锡大佛、江南大佛、太湖大佛、东南大佛——主事者曾就教于赵朴初，他沉吟片刻，声称，佛菩萨是信众立起来，多数老百姓怎么称呼就叫什么名字，无须我个人定夺。闻说多数人称之为灵山大佛，赵开心地说这个名字好。信手取一宣纸，写下“灵山大佛”四个字，大佛从此有了自己的名字。

定型。据佛教仪规，大佛还要确定“法相”，也就是定造型。佛祖释迦牟尼化身众多，灵山大佛究竟取何种法相？赵朴初赞同立像之议，但郑重说明，法相要请诸山长老和佛教专家来确定：“他们比我内行，可以多做几个小样，请他们比较。”末了，大佛的面相确定：微笑，低眉垂视，右手无畏印表拔苦，左手与愿印表与乐，胸口的“卍”表万德具足，法轮常转，佛光普照，国泰民安，风调雨顺，世界和平，人民安乐。看定型后的大佛，赵朴初觉得，从哪个角度看，都觉得大佛“在看我”。

定向。一曾执掌江苏省宗教局事物的官员称，赵朴初一再强调，佛教既是一种信仰，又是一种文化，据此，灵山大佛所在的祥符寺必须以江南一大丛林为方向，提升佛教文化的内涵，成为中国佛教研习中心和国际佛教文化交流中心。2004年春夏之交，祥符禅寺在赵朴初“无尽意斋”落成时，搞了个人间佛教和社会关怀的学术活动，佛教界和学术界联袂研讨时，有人说：朴老定下的这个方向，算是开始了。

报答灵山未肯休

1997 年 11 月 13 日，赵朴初第三次，也是最后一次来到灵山。专程为大佛开光而来的他，不可能在十数万人的拥堵中长时间置冷风于不顾，去 15 日的大典上演说。主事者带着医生于 14 日陪同赵朴初观瞻开光前夜的灵山大佛。

据称，1997 年的赵朴初，有三大心愿：出席香港回归庆典；赴日本参加由他发起的中日韩佛教年会；在灵山大佛的开光时礼佛。尽管三者时间上并不冲突，但医疗专家小组研究后，只给他实现一个心愿的机会。

他选择灵山礼佛。

察看灵山大照壁图文时，赵突然吟了三年前写就的两句诗词：小灵山里建禅场，大佛法中王。

今日，陈邦织女士站在“此岸”看“彼岸”，再以“彼岸”为“此岸”，眺望更早的“彼岸”，感慨万千。她说，大佛开光前一天，朴初说起此前三年第一次来灵山的情境，走的是羊肠小道，看的是断壁残垣，野草荒山。对比三年后的轩昂庙宇，庄严法相，赵朴初出人意料地绕到大佛足下莲花座处，沉默良久，不肯离去，转而对随行者说：“给我照个相吧。”

遥想迎面的祥符禅寺，三年前于一片断壁残垣处，仅见一棵千年银杏树，两块断残碑，三本线装古籍。赵朴初念出八个字：如法如律，庄严圆满。他跟身旁的法师说：“我去过印度的灵鹫山，荒芜得很。现今，灵鹫飞到此处，一派祥瑞。”

稍稍小憩于祥符寺方丈室，赵信笔写下一偈：

昔来叹坏空，
今来喜成住。
欲招唐宋贤，
来此吃茶去。

据一位文人出身的无锡官员解释，朴老留在灵山的诗词计 16 首。若懂得此偈，必先理解当天写就的另一首《小灵山》：宋人侈说惠山泉，陆羽《茶经》到处传，妙处寻常交臂失，苏黄不识小灵山。无锡惠山有茶圣陆羽命名的天下第二泉，苏轼因之有诗“欲携天上小团月，来试人间第二泉”。朴老为苏东坡和黄庭坚诸古人叹惋，未曾有缘得识小灵山。故而，心萌邀约往昔圣贤来灵山吃茶之念。

是夜，赵朴初在下榻处，会见了前来观礼的斯里兰卡、尼泊尔、新加坡等东南亚国家的高僧大德。不能于次日亲望演说的赵朴老，告诉客人们，他有一个阐述五方五佛之说的书面讲演。

“在灵山建造迄今世界最高的露天青铜佛像，是最理想的选择。”替他宣读书面讲演的大和尚，借助自己的口，论赵朴初对五方五佛的解释：“虽然这五尊佛像的名称，与密宗金刚界曼陀罗的五方佛不完全一致，但佛佛道齐，事相上的差别，不碍理性上的平等、一致——我建议要注意从信仰体系的高度，深入理解五方五佛——保持这种信仰体系的格局。”

赵讲演的末尾，展示了赵朴初毕生推动的“人间佛教”的理念：“我们要自觉地意识到佛教作为社会良心保证的重大责任，把握使节因缘，契理契机地弘扬佛法，解决现实人生因信仰失落、精神空虚而造成的诸般烦恼，促进社会主义精神文明建设——以庄严国土、利乐有情的实际行动报效国家和人民。”

又两天，赵朴初泛舟太湖，远观大佛，题词中有两句：灵山今始显山灵，浑疑身在画中行。那天下午，船主素闻赵朴初的诗和书法，冒昧地请留下墨宝，赵高兴地为他写了四句诗：昔人骑鹤上扬州，独自腰缠十万贯。我今乘龙游太湖，喜得群贤来作伴。

坦率地说，这首诗算不上绝妙，但我们看到了赵对众生平等，慈悲待人的理解。

赵的圆融通达，在接下来的 19 日，再度被我们领略。今天去灵山蔬食馆进食者，很少有人注意到赵在当日题写的匾额，与别的佛教道场有什么不同。据说，见他挥毫写下“蔬食馆”，旁边人提醒他错把“素”写成了“蔬”。赵面露笑容，说他乃有意为之：“灵山不同于其他寺庙，它还有文化和旅游的一面，旅游是弘法的一个方便法门，游客是众生。”

那一天，是赵朴初生前最后一次上灵山，他晚上禁不住写了首《再上灵山礼佛》，内有一句：再来愿海波澜起。

六日后，赵朴初别离太湖，转道上海虹桥机场，回到北京南小栓 1 号，那个曾住过国民党降将的四合院。

既然赵朴初生前有遗言："明月清风，不劳寻觅"，为何在他辞世四年后，祥符禅寺还供奉着他的舍利，新造了他的无尽意斋？

2004 年 6 月 12 日下午，有心人在太湖版无尽意斋中，读到他别离灵山大佛时写就的两首诗词：

其一：秋去冬来青未了，佳卉新蔬俱可饱。
未来日日忆江南，今来更觉江南好。

其二：不负名城十日留，太湖人作太湖游。
可能敌践年年约，报答灵山未肯休。

仔细品咂，一北京资深传媒人士若有所思地自问自答：这位乍看上去谜一样的爱国宗教领袖，为什么想践"年年约"，又为什么要不肯罢休地"报答灵山"？兴许，遗嘱中"死亦无憾"的他，从未期待过一个形而下的俗世灵堂，一个存留人间的最后归宿，他向往的只是一个形而上的精神皈依，一个堪以彰显"人间佛教"的道场。

采访手记 3：高僧对新闻人的开示

2009 年春天，躬身于第二届世界佛教论坛，我似乎获得了智慧的开示。从台北返回大陆，我开始将自己对记者、愤青与佛陀的理解，写成随笔，从新闻学的基本原则，到大众传播的方法论，再到新闻传播所需要的爱世界的能力，我发现，佛法不离世间法，世间事真的是事不同理同。

高僧只说家常话

星云法师一张口，就是一位大白话和尚，而不是我们想象中的高僧，句句透着玄机。2009 年 3 月 30 日，星云法师在第二届世界佛教论坛的开幕式上，没用讲稿，即兴讲了几分钟，围绕“和谐世界，众缘和合”的主题，他建议世界各国，乃至于中国国内，大乘也好，小乘也罢，应该各放其芳，而不应互争长短。

他没有太多的说教，而是讲了一个小故事，他伸出一只手，张开五指，展开他的故事：

大拇指说：“我正统，我最大，你们大家听我的。”

食指说了：“人用我指方向，我这样一指往东，你就往东；向西，你就向西。你们应该听我的。”

中指不服气，它说：“我是正中，我是最长的，你们大家应该听我领导。”

无名指说了：“你看人家无论什么吉事、喜庆，送的礼品里金戒指、钻石，会戴在我无名指的手上。我这个无名指才是有名，只有我珠光宝气。”

大家说了以后，只剩下小指不开口。“你怎么不说话呢？”

它说：“我最小，我怎么能和你们比呢？不过，当合掌对大德法师、父母尊长、诸佛菩萨，是我最靠近他们。”

所以，五指争胜：谁大？谁小？不必计较。

回到演讲的主题，星云法师说：一个拳头，实际是空色。放开它就是空。空即是色，色即是空。空色就是我们大会的主题啊！“和谐世界，众缘和合”，五个手指握在一起就是和，放开了，各自努力。所以，我们世界和平需要我们大家团结合作，需要我们大家分工合作，祝愿大家，有缘者照这个大会的主题精进努力。祝福大家！

星云法师说完之后，听众中，除了掌声，还有赞叹声，与拿着稿子从“阳春三月”开始念起的法师相比，他真正征服了听众。

想想自己，我常常觉得我所采写的新闻，我正撰写的评论，是那么的复杂，似乎没有专业术语，就讲不清楚。有时候，甚至为了表现我对某个专业领域素有研究，我还会故意卖弄自己的专业素养，向读者炫耀自己的博学和高深。

星云法师使我明白，炫耀是拙劣的，过于专业的表达，是对传播效果的漠视。我们是做新闻的，吃的是舆论饭，如果我们不能将我们对新闻事件的理解和认识，以最为通俗的语言，告诉我们的读者，我们又如何制造舆论，影响舆论，凭什么还混舆论这口饭？

KISS原则

说话和写字，除非自言自语自说自话，否则都得像星云法师一样懂得大白话的价值。老外也是如此，我举两个中文译名中都有“米尔斯”的人的例子：

一个是美国芝加哥大学著名的国际关系学者米尔斯·海默。他说，他的书之所以畅销，是因为他特别在乎KISS原则：“Keep it simple，stupid！”

另一个是美国哥伦比亚著名的左派作家米尔斯。曾经访问卡斯特罗并为古巴辩解的他，在一封写给出版家的信中，批评这些绅士们并不懂得什么叫“出版”，在他看来，“出版”的真正意思是“面向公众”。既然写一个东西是为了要给公众看，而不是给学术同行看，就要避免学究气的术语和套话，就要尊重人之常情。印象中，他讲过一句特别有意思的话：“写作的讲究，不只是个人风格的美学问题，更是一个严肃的政治问题：你打不打算让受教育的一般人看得懂、愿意看、进而思考你所提出的问题？”

作为一个记者，一个评论员，我需要反思他们说过的话。如果我们写的文章，别人不太懂，很可能是因为我们并不清楚自己想说的是什么。

也许，有人会说，他们清楚地知道，他们所撰写的报道和评论，究竟要说什么，可是，事情本身太专业了，比如说，涉及错综复杂的法律关系，没有长篇累牍的法律条文，写得不像专业法律文件，就理不清内在的逻辑。那么，佛法呢？佛法是以佛经为基础的，而我们今天所能看到的佛经，又是千百年前的高僧从梵文中翻译的，如果星云法师动辄引用《金刚经》、《心经》，我们还能从他那里感悟到佛法的真谛么？

如果行为真的是受理论指导的，那么，我相信，星云法师的演讲行为中，一定隐含着这样一个理论假定：听众是没有读过佛经的。但是，他不曾假定听众是不懂佛法的，因为，佛法不离世间法，人间万事，担柴送水，无一非道。一花一世界，再微小的尘埃中，也有佛祖的微笑。只要我们能从日常的柴米油盐中，觅见佛法的精义，我们就能抛弃专业的伪装，让阳春白雪的佛经，走进下里巴人的生活。

对比之下，我们所从事的大众传播，无论是专业性，还是难度，都远远比不上弘扬佛法的传播，我们为何作茧自缚，故弄玄虚，抛弃家常话，故意拿腔拿调，把简单的事情复杂化呢？

佛陀，愤青与爱

我在2009年3月底4月初的心情，颇为纠结。躬逢第二届世界佛教论坛，从无锡跑到台北，从灵山跑到佛光山，事先想象的欢喜，很快被事中的疲惫所冲散，事后想想，罪过皆在于“心灵环保”。

第二届世界佛教论坛，通俗地说，就是一次世界和尚代表大会，或因中国政府的重视，法师、僧王、大和尚，世界佛教界的代表们，着各色袈裟，飘然而至。感念于周遭世情，期待于心灵环保，能予读者无上的清凉，某杂志社的编辑小姐，在无锡开幕式的当天晚上，给我短信、电话，希望我替他们采访与会的高僧大德，撰写心灵环保的随笔，抗议物质对心灵的污染。

早在编辑小姐之前，她的上司——一个曾有一面之缘的朋友，已于数日前发出了同样的邀约。碍于情面，我以荣幸的口吻答应了。

事实上，我很烦很不情愿。我讨厌礼佛的无锡台北之行变成功利的采访写作之旅，但是，我所供职的机构赋予我的使命，不是研讨佛法，而是采访报道。编辑小姐所在的某杂志社，也是我所供职机构的一分子，理论上说，我给他们写字，也是分内的事。

一点点的情，一点点的理，就这样拉扯着我，郁闷地奔走在采写心灵环保的途路上。本来祈望佛法的不可思议打开自己尘封的心灵之窗，孰料，窗户还没拉开，就被重重地关上。使命在身，我看开幕式闭幕式上一朵朵莲花的图案，想到的不是一叶一菩提，一花一世界，而是怎样将他们幻化成某个符号、某个象征物，写入我的报道和随笔。

论坛期间，采访娃哈哈的宗庆后、佛光山的星云法师，我思虑的不是他们的讲辞，而是习惯性地，以一个新闻记者的思维，将他们看成僧俗世界的两个符号——一个大陆企业的创始人、一个台湾名寺的开山宗长，一个物质、一个心灵。靠近他们的时候，我总在想，我应该怎样符号化地表达我对心灵环保的垂注?

初到台北的那天晚上，在圆山饭店，一看见到香港佛教联合会会长觉光长老，我便开始犹豫：大和尚年过90，忙活一天了，我现在跑过去，采访他，是否打扰了他的休息?心下还没找到答案，我已不由自主地站在他面前，根据编辑小姐拟定的心灵环保的采访提纲，笑容可掬地抛出了我的问题。

这就是我么?返回大陆，我常常问自己：那个微笑着答应不想答应的事，写不想写的文章的人，真的是我自己么?

没错，就是我自己。

我彻底地发现，我再也不是当年那个愤青了，我不再根据自己的偏好决定自己的行为，我已经了远离了愤怒，不，准确地说，我远离了愤怒的表达方式，我开始习惯于微笑，哪怕装，也要装得莲花朵朵，笑容可掬。

看上去，我已接受了佛陀伟大慈悲欢喜的开示。事实上，当我刻意地，功利地剥离愤青的面容，我已背离了佛陀爱的教育。圆融无碍的佛陀境界，被我演绎成圆滑世故，看似通达的心，渐渐混淆了是非。当喜不喜欢不再像愤青那样简单分明，我爱世界的能力，正在点点滴滴地丧失，我对自己的爱，也愈发扭曲，就像采写心灵环保的我，早已在屈己从人的功利与情理的世俗考量中，污染了原本还算洁净的心。

亲近佛法，图的是清凉世界，盼的是心灵的自我环保，如果我一天天地销蚀佛陀教导的爱世界爱自己的能力，那我还不如回到过去，做个跟人大声说“不”的愤青。

国家与教堂

GUOJIA YU JIAOTANG

新闻记者总是免不了虚张声势的坏毛病。与历史学家相比，热衷于此时此地的我们，常常肤浅得连我们自己都不好意思。在他们的眼中，不经过漫漫无际的无谓流逝的岁月，人类就不会看到一个真正具有世界历史意义的时刻，一个人类群星辉耀于璀璨星河的时刻。可是，历史学家眼中的规律，常常被我们粗暴地践踏，我们装作无所谓地抬起置之不理的头，自言自语地，自高自大地，就一个个短暂的历史片段，作意味深长的大历史的解读，即使没有任何历史意义的小人物小事件，我们也习惯于见微知著，从青萍之末，揣摩风的方向。我不敢说，2000年代的中国，我们这个世纪的最初十年，是意义寻常的十年，是人类历史上庸常碌碌的十年，但我必须承认，撰写2000年代的中国的念头刚一抬头，我就堕入了刻意拔高当代史的陷阱，犯了动辄指点江山激扬文字粪土当年万户侯的老毛病。像往常那样，就某一个人物某一个年月某一个事件展望中国的未来，已不再是我的兴趣所在。在这本书里，

第叁辑

高官：媒体与权力对话

写在前面：

每一片叶子都是不同的，何况我们这个时代的高官呢？

可惜，芸芸众生还是很难有机会看清A高官与B高官，除了职务、履历与分工的不同之外，究竟还有什么不同。他们如何看待自己的故乡，怎样思考自己的人生，为什么能够忙里偷闲弄得自己著作等身？

21世纪最初十年，我小心翼翼地尝试着市场化媒体的高官专访。我很幸运，在一个进步主义痕迹深重的时代，在一个个特殊的时刻，成思危、许嘉璐、李金华和叶小文相继接受了我的专访。当翻过世纪门槛的时代难以用自由或者保守概述的时候，有人说，这是一个进步时代，高官们能够站到媒介和权势之间，坦然面对非官方的市场化媒体，与媒体背后的千万读者分享他们的从政心得，坦陈他们对时局的看法，本身就是时代进步的标志。

我所关心的远非标志层面的符号意义。当我走进他们，我真正在乎的拼命追问的，还是民主党派领袖参政背后的中国政党制度，没有文化的经济是怎样搭建空中楼阁的，中国的审计体制究竟要选择什么样的道路，无神论的执政党怎样破解宗教和社会主义的难题。

我认为，这才是21世纪中国最初十年的真问题。

政治舞台上最后的成思危

成思危，中国政党制度中的传奇人物，一个叫人难以忘却的参政党领袖，在北京的春天里，退休了。

2008 年 3 月 14 日下午四点，在北京市朝阳区吉祥里，中国民主建国会总部大楼成思危位于三楼的新办公室里，我准时握上他的手，开始他卸任前的最后一次媒体专访。

参政，影响决策

章敬平：作为一个民主党派的领导人，一个学者，您是如何将学术研究成果和参政议政结合起来的？

成思危：治学和从政都是为了报国。作为学者，治学是参政的基础。发表意见也好，推进人大立法、监督工作也好，我都要以治学为基础。我的工作涉及经济立法比较多，没有学术研究，是做不好的。

比如说公司法修订的时候，有人说，上市公司既然有了监事会，是不是就不要独立董事了？根据这样的想法，公司法修改草案上写着“上市公司可以设独立董事”，换句话说，就是可以设也可以不设。我坚决不同意。根据我的研究，监事会代表大股东和职工利益，而独立董事代表公众投资者利益。如果你不要独立董事，那么，当大股东的利益和职工的利益一致的时候，它就可能损害公众投资者利益。

所以，无论是在人大常委会分组审议会上，还是在委员长会议上，我都主张把“可以”两个字拿掉，最后大家采纳了我的意见。相当于将“可以”变成了“应当”，将任意性规则变成了强行性规则。

章敬平：您领导下的民建中央在参政议政中，是以什么样的方式影响中央决策的？

成思危：民主党派都有不同的联系对象。民建和经济界人士联系密切，七成以上是经济界人士。我们参政议政的方式与此相关。大体上说，民建中央参政议政有两个重点：一个重点是研究发挥市场在资源配置上的基础性作用，结合中国国情，大胆借鉴风险投资等等国外先进的东西；另一个重点是建议完善社会主义制度，保障公平和公正，特别是保障弱势群体的合法利益。

围绕这两个重点，我们通过提案、写报告、领题目、在协商会上发言、给中央领导写信等等方式参政议政，影响中央决策。

章敬平：提案我们容易理解，其他方式我们则很少听说，您能否举几个例子？

成思危：给中央领导写信，是常见的参政议政的方式。比如，我 2006 年到西藏、青藏考察，回来后写了一个报告，我签上名，以民建中央的名义，递交给中共中央,就青藏环境保护等问题提出一些建议。中央领导同志批示给发改委，他们专门研究之后，反馈给中央领导，中央领导又批示反馈给我，告诉我建议落实的情况。

相比之下，领题目则不太常见。所谓领题目，就是中央提出问题，我们针对问题再提出提案。比如说，几年前的春节座谈会上，胡锦涛总书记提出外汇增长比较快的问题，跟我说：“思危同志，你们是不是可以研究一下，到底是怎么回事？”针对这个问题我们专门做了研究。

章敬平：民进中央在参政议政中，对中央政府的重大决策产生了哪些影响？

成思危：影响中央决策的事，在参政议政中比较多。比如说，2006 年，我们提出统一内外资企业所得税，被全国政协列为一号提案，相关法律目前已经正式实施了。

十年间，影响最显著的提案就是建议发展风险投资事业的提案。1998 年，在九届政协一次会议上，这个提案被大会列为一号提案。由于适应整个形势的要求，中央领导同志高度重视，十几个部委联合落实这个提案，掀起了中国风险投资的热潮。如今，我国风险投资事业已拥有 360 家风险投资机构，管理资金超过 660 亿元，成为仅次于美国的世界第二大获得风投资本的国家。

章敬平： 推出一个希望对中央决策产生影响的提案或者报告，一般需要多长时间？

成思危： 不管以什么样的方式参政议政，不管是提案还是报告，都要建立在实地调查和学术研究的基础上，不能光喊几句空话。每个建议的提出都不简单，像廉租房问题，我们在给中央写报告之前，跟建设部开了三次会。我本人三次都出席了，建设部部长汪光焘出席了两次。2005 年，廉租房提案提出后，汪光焘和我们交换意见。我们感到还需要做很多调查研究，就专门开了一次研讨会，还派人到德国考察廉租房问题，然后和建设部做第二次交流，形成意见后，我给温总理专门写了一个报告。第三次和建设部交流，是讨论温总理的批示，怎么落实。前前后后，有一年多的时间。

慷慨陈词，鞠躬尽瘁

章敬平： 听说，您在参政议政的时候比较注重倾听普通老百姓的心声，您是怎样听到底层声音的？

成思危： 我天天都上网。不一定只看网友对我的评论，我可以了解网上人群的动向，并从网友的一些评论中得到启示。

我还看人民来信。不少人给我写信，反映社情民意。有的企业退休的同志给我来信说，同样大学毕业，企业退休和机关退休待遇就差很远，他们说，我们不是活不下去，就是咽不下这口气，凭什么同班同学毕业企业退休待遇就比机关低一些？

另外，我每到一个地方都开座谈会。我当了 11 年的民建中央主席，开了几百次座谈会，因为我觉得民建会员反映情况可能会真实一些。

章敬平：参政议政中，您曾经写过一句话：慷慨陈词，岂能皆如人意；鞠躬尽瘁，但求无愧于心。这是您自己的原创吗？我们应该怎么理解它？

成思危："岂能尽如人意，但求无愧我心"，不是我的原创，这是徐悲鸿曾经用过的，我不知道是不是他的原创，但"慷慨陈词"和"鞠躬尽瘁"，是我加上去的，我改变创新这句话，用它来鼓励自己。无论是著书演说，还是建言献策，或者在全国人大常委会履行职责，都以这句话鞭策自己。

我讲话，往往和潮流不一样。熊市的时候，我让大家以坚定的工作恢复股市的本色；股市太热的时候，我又讲注意泡沫。大家强调效率的时候我讲公平，大家过分讲公平的时候我又强调效率。不哗众取宠，不迎合潮流，在一定程度上要有勇气，我只能"但求无愧我心"。不要想你讲话人家都满意，总有不满意的。

比较而言，我更喜欢林则徐的"苟利国家生死以，岂因祸福避趋之"，层次更高。

章敬平：您说过，参政议政过程中，应该"识大体，顾大局，有作为"，结合上面那句话，我们应该怎么理解这九个字？

成思危：讲话，要讲真话讲实话，但也要看场合，看对象，你比如说内部讲话你就可以讲得更尖锐一些，你在公开场合讲话，表达同样的观点，用的语言可能不一样。这就叫顾全大局。但是你的主要观点不能变化，不迎合，不哗众取宠，这是一个学者基本的道德。

章敬平：回顾您的参政议政路，您认为您的父亲、著名报人成舍我，有没有影响到您参政议政的风格？

成思危：父亲一生自强不息，刚直不屈，爱国不渝，情深不移，对我的影响是不容置疑的。比如，我一直强调多说真话实话，少说空话套话，不说大话假话，这个我觉得是一个学者从政的基本概念。当然，空话套话一点儿不说可能不现实，但是说了没用；多说真话实话，我确实是本着这样的原则做的。

父亲在我 12 岁的时候，写了"自强不息"四个字送给我。我对自强不息的解释，就是顺境时不懈怠，逆境时不沉沦。这才是真正的自强不息。"文革"期间，我受了委屈，身处逆境，但我不愿意沉沦，学了好几门外语。烧锅炉的时候，我学了锅炉学，我不愿沉沦，相信总有一天还会有用。但是顺境的时候不懈怠，我认为更难，像我这时候，说实话，我不学习，照样当官。我做了十年副委员长，从来没去北戴河度假。晚上，周末周日还要写东西。这就是不懈怠，这也是自强不息。

退下是高兴的事情

章敬平：过两天，您就要卸下繁重的政务，离开参政议政的政治舞台，此时此刻，您愉快么？

成思危：后天就要离开了。后天就要选出新的副委员长。官员是暂时的，学者是永恒的。所以从学界出来再回到学界，对我来说没有任何伤害。我现在退出来回到学术，对我来说是很自然的事情，在某种程度上是很高兴的事情。

章敬平：我是否可以用“如释重负”这个词，来描绘你此时此刻的心情？

成思危：人生有两个阶段，一个阶段要做你必须做的事，坚守你的责任，比如你当了人大副委员长，你就不能不管工作纯粹搞学术。退下来，就可以转入另一个阶段，做我喜欢做的事情。搞学术研究是我的爱好，我愿意重新回到学术上。所以，我有一种从做我必须要做的事，转向做我喜欢做的事的喜悦。从这一点上说，可以说是如释重负，把我从责任解脱出来。但是对社会，我还有一种使命感和责任感，只是不同于职务给我的压力。

章敬平：告别政治舞台后，您计划如何返回学术界？

成思危：我还有两个学术基地。一个是中国科学院，我是它的虚拟经济和数据科学研究中心的主任，还是管理学院院长。另一个是我的母校华东理工大学，我是它的名誉校长。它成立了一个系统工程研究中心，我也到那边去指导工作。

章敬平：16 岁那年，您提着一个包，辗转离开香港，来到大陆，回头想想，究竟是什么力量鼓舞你做出这样的选择？

成思危：你们没有生活在那个时代，那个时代是中国一个大转折的时代，当时很多年轻人，不单我，都对新中国充满希望，都心怀理想，离开家庭，来到内地，这是当时的潮流。我当时在香港上了比较进步的学校，受到左翼作家巴金等人的影响，就参加了青年团，抱着一种报国的思想回来了。这也是一种年轻的冲动。

章敬平：返观您的参政议政路，您认为，您是一个政治家还是一介报国的书生？

成思危：回顾我这一生，有三个转折点。一个转折点是16岁从香港一个人回到了内地，走上报国之路。第二个转折点是1981年到美国改行学经济管理，拓宽了我的专业领域，从科技救国转向管理救国。第三个就是1995年参加民建走上从政的道路。所以，简单地说，就这么三个转折点。

应该说，我是一个学者型的政治家。我既然从政，我就不能脱离政治，我要到国外演讲，我就要维护国家利益。在国内也是这样，国内立法的时候，也要考虑到政治因素。我是一个政治家，但我要做一个学者型的政治家，要用学术研究来支持我的政治。

金融改革的得与失

章敬平：您在参政议政中多次论及金融改革，为我国的金融改革做出了重大贡献。作为一个审慎的乐观主义者，您如何评价改革开放以来我国金融改革的得与失？

成思危：应该说，改革开放以来，中国的金融改革取得了不少成绩，我专门有篇文章讲这个问题的，但是，我们的金融和市场经济发达国家的金融相比还不够成熟，虽然说我们的银行上市成功了，但上市成功并不是改革的完成，我们在金融创新等等方面，跟人家差得很远。我们银行的人均利润和成本利润比，比人家低得多。

现在，给中国戴高帽子的人比较多，但是我们应该清醒地认识到，我们还处在工业化的中期，根本不能说我们是金融大国。我们可以从两个角度看这个问题：

第一，你从国家的发展过程看，它首先是搞初级产品，然后是搞制成品，然后是资本，然后是知识。我们现在处在输出初级产品和制成品这个层次上，输出资本很少，输出知识就更少了。跟人家比起来，我们很多方面都还不行，我们还没有伦敦这样的世界性金融中心。谈不上金融大国。

第二，你从国内资本发展来看，资本发展的第一步是产业资本主导，第二步是商业资本主导，第三步是金融资本主导。我们现在处在产业资本主导这个阶段，金融资本还没有对我们国家起到主导作用。举一个很简单的例子，如果说我们金融资本很强的话，我们就不会拿那么多的外汇储备去买人家的债券了。买人家债券是什么意思？就是我们自己的金融资本家没有这个能力运用我们外汇储备来赚钱，所以最后把钱借给外国了，让外国的金融资本家去赚钱，然后把债券的利率给我们。

章敬平：就国际金融市场的竞争而言，假设我们用小学生、中学生、大学生、研究生比喻我们的竞争能力，您认为我们应该处于哪个阶段？

成思危：总体上说，我觉得可能也就是中学生的水平，虽然我们有一些很优秀的人才，但还是凤毛麟角。

警惕重蹈日本的覆辙

章敬平：您认为我国会不会像部分日本金融界人士所担心的那样，重蹈日本泡沫经济的覆辙？

成思危：这个问题值得我们警惕，但是中国和日本的情况有所不同：

第一点，社会制度不同，中国在中国共产党的领导下，有统一的领导，没有党派之争，没有反对党，虽然说我们的某个金融政策可能不完备，但它比较容易贯彻，贯彻过程中或许有人打擦边球，但毕竟没有人公开反对，而日本就不同了；

第二点，中国现在还处在发展过程中，主要还是实体经济在发展，尽管金融也在发展，但是金融资本还没有起到主导作用，所以从这个情况来看，金融资本的垮台、金融上遇到的问题，会对国家有比较大的影响，但影响的程度不会像日本那么大。

第三点，正因为我们虚拟经济不够成熟，所以我们现在有些问题实际上是由于缺乏经验造成的，这些问题比较容易改正，它和日本那种金融已经比较固定了、不好改的情况还是不太一样。所以，我觉得从这三个方面分析就是说：我们有必要统一的领导，我们金融资本还没有对国家起到主导作用，以及我们现在出现的一些问题很多都是由于经验不足，相对来看可能比较容易改正。

从这三点来看，中国可能不会像日本那样严重衰退，但我们要有忧患意识，居安思危。

章敬平：我们应该怎样将居安思危的意识化为行动？或者说，我们需要采取什么样的预防措施？

成思危：我认为要从这三个方面来进一步防止重蹈日本覆辙：

第一，严格地执行政策。你像我们现在要控制热钱的流入，这个就非常重要，因为现在热钱流入造成了我们流动性过剩，造成了一系列通货膨胀问题。但是要控制热钱流入必须要有严厉的措施。所以我们必须要更进一步加强政府的权威来控制热钱的流入。

第二，提高我们自己的金融竞争力。我们现在竞争力比较薄弱，我们要沿着虚拟经济和实体经济的关系，把握好他们之间的相互联系。

第三，如果我们有不足之处，甚至决策错误的地方，要敢于承认，及时纠正。最怕的就是为了保住政绩，捂住问题，这是最可怕的。

章敬平：您刚才说了中国如何避免重蹈日本覆辙的思路，这些观点您在参加议政的过程中提出过吗？

成思危：我没有针对这个问题来提，但是相关的观点我提出了。关于东亚金融危机，我曾在参政议政中报告过其对中国的启示。但那个时候的问题跟现在不一样。如今，我们要处理好四个关系：法治和人治的关系，公平和效率的关系，集权和分权的关系，政府和市场的关系。

章敬平：日本的汇率改革与日本泡沫危机有一定的关系，就中国而言，您认为人民币完全自由兑换在什么时候推进比较合适？

成思危：我提出三步走：第一步就是盯住美元，进一步盯住一篮子，第三步就是人民币完全自由兑换。现在，实际上在走第二步。蒙代尔跟我谈过，说2008年最好了，有那么多外国人来，自由兑换正是好时机。我说这取决于两条：第一条是世界总的形势，美元、欧元、日元主要币种之间的走势；第二个取决于我们监管的能力，如果管不住就放开，一般要出事的，我主张要循序渐进，逐步放开。现在我们应该说经常账户下1996年就放开了，资本账户下现在有一半基本算放开了。要逐步逐步走，我们已经加入WTO，国际经济全球化、国际金融一体化的步伐也在加速，所以我认为不会太长，有人说30年，这个太悲观了。我个人的估计应该是5年到10年。

资本利得税要收

章敬平：2008年“两会”期间，您领导的民建中央提交了“完善资本市场税收政策”的提案，提出征收资本利得税，据说您个人也是主张征收资本利得税的，为什么？

成思危：民建会员大多数是经济界人士，我们都比较关注资本市场。我们在中信集团公司有一个民建支部，他们在一次证券市场的研讨会上，建议证券市场的税费和税应该有一个通盘的考虑。现在，国家收印花税，证券公司收手续费，证交所收管理费，但是，多数国家收取的资本利得税，我国没有考虑。

我曾经说过，资本利得税要收。为什么？为了整个社会的公平！你想，一年收入两万四的人就得交个人所得税，你说炒房炒股赚几十万、上百万的人一点税都不交，这合理么？

如果要收资本利得税，必须坚持两条原则：第一条原则就是保护中小投资者，也就是起征点要高，比如说月收入五万以上；另外一个就是要鼓励长期持有，如果你持股一年以上再卖，可以减收，甚至不收。

章敬平：从您的原则来分析，资本利得税的建议是否与最近几年来股市和房市总体上高歌猛进的局面有关?

成思危：流动性过剩造成了股市和房市的飙升。在流动性过剩的前提下，应该采取措施，而且这个措施应该是长期的。我觉得资本利得税的问题值得研究。资本利得税的目的应该是防止炒房、炒股的暴利，防止过渡投机。

劳动合同法是善法

章敬平：你关注经济立法，关注公平和效率，2008年两会，这样的话题在劳动合同法这个缺口爆发了，成为热点问题，您认为劳动合同法是恶法还是善法?

成思危：肯定是一部善法。劳动合同法的立法原意是好的，因为它是要保障劳动者的权益，劳动者的权益应该用法律的形式固定下来。不然的话，各地就可能有很多差别。随着中国经济的发展，劳动收入应该是提高的，劳动者的福利应该是不断改善的，这个是世界各国的共识。

由于劳动合同法的推出，一些企业的成本增高，生存不下去，有的甚至远走高飞，转移到劳动力更加便宜的国家，这是正常现象。我国经济发展到今天，产业升级是大势所趋。企业只有提高它的劳动生产力，职工工资才能不断增加，否则，拿什么付工资?

所以现在有个理论，一次分配要讲公平，二次分配也要讲公平，这个概念我觉得不对。二次分配要讲公平，一次分配则要讲效率，政府可以做的，只是规定最低工资制度等等事宜，至于企业给工人多少工资，要根据企业的利润计算。

我们还主张三次分配，先富起来的，自愿拿出一部分财富帮助弱势群体改善医疗、生活、教育。

这样的分配体制才真正能够彻底。以前过分强调效率不强调公平的时候，我大声疾呼注意公平，但是现在，我觉得要注意提高效率，如果我们整个社会劳动生产力不能提高，你拿什么去改善生活。

黄金十年的说法不大负责任

章敬平：这两天，A股跌破4000点的说法，搞得股市人心惶惶，您怎么看?

成思危：我一再讲，股市泡沫正在形成。我看当时趋势涨得很快，我就提出这个问题了，我当时就说了，要涨上去也会掉下来，泡沫厉害，涨到6000点掉到4000点。但在当时，我这么讲，很多人不同意。现在大家冷静了。

章敬平：有人说中国的股市在未来几年能够涨到8000点，甚至一万点，会这样么？

成思危：我说万点可期，黄金十年这些都是不大负责任的说法。但是从长远来看，它早晚有可能涨上去，因为它总是波浪式前进，但是两三年之内不可能。因为熊市和牛市总是交替的，根据中国的情况来看，大概一个周期也就三四年，十年黄金牛市的说法，已被事实否定了。

章敬平：2008年2月份的CPI上涨了8.6个百分点。面对这么高的数字，你觉得中央政府应该采取什么样的措施？

成思危：温总理的政府工作报告里讲通货膨胀，采取哪些措施都已经讲了。我个人的看法，有两点：

第一，中央政府的措施要得到严格执行，不允许阳奉阴违，不允许打擦边球。

第二，从政府来看，在执行过程中，发现有缺陷，要及时改正。现在我们很多政府部门，还不大习惯于说自己的不足。其实这是不对的，任何政策都不可能十全十美，你发现问题要及时改。

我是以学者的身份说话的

章敬平：过去十年，您不仅是一位学者，还是全国人大常委会的副委员长，您就股市等公共问题发言的时候，是怎样处理学者和国家领导人的身份关系的？

成思危：其实，我每次发言的时候都强调了，我是以学者的身份讲话的，但是人们还是不大理解。实际上，从人大的角度看，我首先是人大代表，人大和政府不同，人大是立法，政府是行政，人大是集体决策，每个人只有一票，我也只有一票，所以每个人大代表应该都有权发表自己的意见，而且这个意见可以被采纳，可以不被采纳，并不是说都被采纳。

我在人大发表的意见，估计有30%左右没有被采纳，因为大家不赞成，没投你票，你就采纳不了。人们把人大副委员长这个身份和政府副总理等同起来，实际上这个是不同的。这在国外是很清楚的，我们却一直弄不清。你看国外的议员有意见就说了，政府做不做是另外一回事。所以不要把我的想法误认为是政府的想法，这个是最重要的。

别了，成思危

成思危，中国政党制度中的传奇人物，一个叫人难以忘却的参政党领袖，在北京的春天里，退休了。

3 月 14 日下午 4 点，在北京市朝阳区吉祥里，中国民主建国会总部大楼，在成思危位于三楼的新办公室里，我准时握上他的手，开始他卸任前的最后一次媒体专访。

他的幕僚说，他的办公室原来在四楼，两个多月前，他在民建九大上退位，而后执意将自己的办公室让给继任者，还表示不要办公室，彻底回家。经不住旧日同事的劝慰，他搬进了三楼那间小办公室。

依照中国政党制度的规则，他在结束 11 年民建中央主席使命之后，还要告别全国人大常委会的政治舞台，从担任 10 年的副委员长的高位上卸任。

“后天，后天我就离开了，新的副委员长就要出现了。”他跟我说，这是自然的事，某种程度上是件高兴的事。就职务对应的责任而言，他愿意我用“如释重负”这个词描述他彼时彼刻的心情。我留意了他说话时的表情，淡定，从容，就像说别人的事。

他相信自然规律，在民建九大闭幕式上，他开口就说，人事有代谢，往来成古今。长江前浪推后浪，一辈新人换旧人。这是不可违抗的历史规律。

他尊重组织意图。他在多个场合说过，荣辱进退由组织决定，是非功过由群众评说。返顾他的个人历史，他的荣辱进退的确是组织决定的。从化工部副部长到民建会员，从民建中央主席到全国人大副委员长，每一步都打上了组织的烙印。

将他个人历史的画卷往前翻，我们会发现，他的荣辱进退不仅仅是组织的决定，还是他个人的选择。16 岁那年，他背着“反共”的父亲，听从共青团地下组织的命令，独自离开香港，越过罗湖，“投共”到大陆，是他自己的选择。“文革”中他和一群来自香港的理想青年受尽屈辱，很多人离开大陆，而他却选择留下。46 岁那年，弃化工学管理是他自己的选择，学成后没有留在美国也是他自己的选择。

个人选择并非一时兴起的无迹可寻，他自己说，他一生中的很多选择，都与知识分子的报国情怀息息相关。我问他为什么会隐瞒父母来到内地，他把自己比喻成巴金《家》中勇敢热情的觉慧，并用我的年轻和他的年轻解释说：你们年轻，不懂得那个大转折的时代。他说，那时候，在香港，不少年轻人像他一样，受左翼进步作家的影响，揣着报国情怀，拥抱了新中国。

一时的冲动或许容易理解，难的是虽九死而犹未悔。他出身于一个颇为显赫的家庭。他的父亲，一代著名报人成舍我，是中国新闻史上不可回避的开拓者，在和汪精卫的冲突中，说过一句报人没齿难忘的话：“我可以当一辈子新闻记者，你能当一辈子行政院长么？”他的母亲萧宗让，留学法国，攻读法国文学，性情温婉。他的四个姐妹都在各自的领域功成名就，他的大姐定居法国，曾三次竞选过法国总统。他本来就可以过上世俗意义上的体面生活，无需当革命党人改变命运，更不需要遭受生离死别的苦楚。离开香港后，他终生没有见过自己的母亲，与父亲的相见还是 28 年之后的事。

在一个理想主义变得奇货可居的年代，听他说少年时的理想冲动，看他额头上的老年斑，我似乎感受到理想主义情怀的触手可及，体味到自强不息的精神力量。12 岁生日那天，父亲送给他“自强不息”四个字。他说，他对这几个字的理解是顺境时不懈怠，逆境时不沉沦。

逆境时不沉沦，难。他说，他做到了。“文革”的屈辱岁月中，他烧锅炉时学习锅炉学，无事可做时，自学了几门外语。

顺境时不懈怠，更难。他说，他也做到了。两年前，我曾联系过他的专访，那一次的采访提纲问题多多，他的幕僚后来跟我说，他太忙了，哪有时间和你讨论那么多问题。一个民主党派出身的国家领导人真的有那么忙么？后来我得知，除了政务，他在治学上投入的时间，不仅在政治家中罕见，在学者中也不多见。他兼任了中国科学院等科研机构和大学的学术职务，带了一拨博士研究生，他说他每天午夜方寝，凌晨6时许起床，节假日和晚间都在学习。他说："我从不懈怠，做了十年的副委员长，从未去北戴河度过假。"

他信奉治学乃从政之本。看得出，他对自己作为一个学者的成就是满意的，对自己作为一个政治家的成就也是满意的。两会召开前几天，民建中央在全国政协礼堂，浓重地纪念"风险投资"一号提案10周年，10年前，成思危领导民建中央提交了建议发展风险投资事业的提案，这是他一生中最为得意的一笔。我谈到媒体送给他的"中国风险投资之父"的冠冕，他说过誉了，他不赞成这个称呼，他只愿意说他是中国风险投资的积极推动者。

回望自己以参政党领袖身份活跃在政治舞台上的11年，他说不虚此生。2007年12月20日，在北京国际会议中心，民建中央九大的闭幕式，七大就提出任期制的成思危，在新老交接的历史关头，做了一个演讲。回忆当时的情景，他对我说，从政的11年，是他人生最辉煌的11年，这11年里，他没有偷懒，他践行了建设国家的诺言，做出了自己的贡献，所以，有了这11年就不虚此生了，没什么遗憾了。

在远离政治舞台的最后日子里，我请他评价自己的一生，究竟是一个政治家，还是一介书生？

他停顿片刻，说，是一个学者型政治家。

我问这个问题，是因为他与我们印象中的政治家不一样。他有参政党领袖成熟的一面，比如说"识大体，顾大局"，但也有学者执拗的一面。他偶尔在股市中冷不丁地说一句，沪深股指就会跳一下。民间社会质疑他没有处理好国家领导人和学者的身份关系。但他依然故我地说。有一会，一个权势部门在他发言后不久即公开宣称，成思危的言论仅仅代表他个人。他似乎也不忌讳。

他喜欢打太极拳，不过，言语中没有太极拳的影子。尽管他评价自己是学者型政治家，我还是愿意将他看作一个学者。

像大多数学者一样，他总是显得那么随便，没有庙堂上"大人"们常见的威仪。采访的时候，他依然还是我们这个国家的在职领导人，但是，没有秘书在场，没有下级官员陪同，他就像一个教授在等几个讨教的同仁。我希望专访他的电子邮件发给他后，他当即回复说可以，并定下时间地点。我过去的经验中，采访党政要人，按照常规模式，起码也需要一份盖好单位公章的采访函件。他什么也没要。采访开始的时候，我担心过于规矩的面访，会让他产生场面上的仪式感，说出场面上的套话来，就不规则地挪了个椅子坐在他斜侧，他丝毫没有介意。即便坐在沙发上的同事彼此间随意的交流，也没有引发他的不快。

学者们往往讲究片面的深刻。他似乎也是。他在回复我的电子邮件中说，我的采访提纲问得太宽泛了，他什么都可以回答，但他希望问题能够集中些。这样的回复，让我想起导师给研究生指导论文。

采访结束后，我们的摄影师给他拍照。拍照总是需要背景的。他站在国旗边拍了一张，站在两幅字前拍了两张，一幅字是：随遇而安，知足常乐，另一幅字是：多研究，少开口，多学习，少应酬，多办事，少出头，多协商，少独谋。

整理采访笔记时，我发现，我们的采访并未依据最初的提纲照本宣科，“超纲”的问题他也回答了。以他的胸怀，这一点我并不觉得惊讶。我惊讶的是，他在大词串联的国家叙事中，夹杂了“年轻，孩子，冲动”这样的民间语文，没有春秋笔法的微言大义，也没有“臣光曰”的正襟危坐，有的是一个学者的严谨表述，一个古稀老人的生活感悟。

许嘉璐：没有文化的经济无异于空中楼阁

2007年2月26日，农历正月初八，上午9点，我在新春的气味中，赶到北京霄云路，走近长假之后刚刚上班的民进中央机关大楼，专访全国人大副委员长、民进中央主席许嘉璐。此前的腊月二十八，他的秘书给我发送电子邮件说，许嘉璐已经接收了我的采访提纲，请我节后第一个工作日，去他那喝茶聊天。

他以喝茶聊天的方式，发表了中国正在形成的有别于西方的现代化的观念，表达了他的“没有文化的经济无异于空中楼阁”的担忧。

关注文化体制改革，乃职责所在

章敬平：您是著名的语言学家，始终关注中国的文化建设。放眼未来，您认为中国的文化建设和经济建设如何和谐共振？

许嘉璐：没有文化的经济无异于空中楼阁。一位留美的中国学者跟我说过，没有文化的经济，再发达也是建在沙滩上的高楼大厦，一旦局面有临时的变动，就会像脚底下的沙子一样流走。我觉得这个比喻比较贴切。真正强大的民族与国家，既有经济、科技的实力，也要有文化的实力。

我们可以将“经济、科技层面的实力”视作“硬实力”，将“文化层面的实力”看作“软实力”。在一个开放的世界中，中国应当提高我们的“软实力”。这种实力不仅能为更多本国人、本民族的人所掌握，同时也能在中国与外国的交往中，为世界的和谐做出贡献。

章敬平：2006年春夏之交，您率领民进中央考察团赴浙江等地专题调研文化体制改革和文化产业，先后对杭州国家动漫产业基地、浙江横店影视产业实验区等17家文化单位进行实地考察。请问：今年两会，民进中央是否打算对文化体制改革发表意见？您本人如何看待文化体制改革？

许嘉璐：我本人是一个文化事业的参与者、受益者，我们民进中央，是以文化教育出版界高中级知识分子为主的参政党，关注文化事业，看清文化的走向，对党中央和国务院提出意见和建议，是我和民进的十万多会员的职责所在。

改革开放20多年了，我们初步建立了社会主义市场经济体制，经济发达了，文化却没有跟上，原有文化体制与现有经济基础之间的矛盾更突出了。党中央、国务院提出了文化体制改革，是更好地解放文化生产力的需要，也是文化安全的需要，人民生活的需要。

民进中央在今年的“两会”上建议：深化文化体制改革，一方面需要推进文化宏观管理体制的改革，另一方面要积极稳妥地推进文化企、事业单位微观运行机制的改革。我想说四点：首先，要积极推进文化宏观管理体制改革，这是文化体制改革的关键。要搭建政策法律平台，把政府对文化的管理纳入法制化和规范化轨道。第二，要稳步推进文化企、事业单位微观运行机制改革，这是文化体制改革的中心环节。改革成本可以分层次承担，建立有效的横向协调机制。第三，要加快形成新的文化产业和文化市场格局，这是深化文化体制改革的重要内容。第四，要加快培养与合理使用文化人才，这是深化文化体制改革的重要目标。

章敬平：您提到文化体制改革对人才的要求，在这方面，民进中央有什么建议？

许嘉璐：我们的同志，全国政协民进组，准备提交一个提案，继MBA、MPA之后，我们建议教育行政管理部门培养MCA，也就是master of culture administration，翻译过来就是文化事业与文化产业管理硕士，创设国际上没有的MCA的先例，将具有文化专门技能、几年文化事业从业经验，且有志于文化管理的往届、本届毕业生，选拔培养为具有MCA学位的中高级人才。

过去，文化事业和文化产业方面的管理人员，通常都是以“业而优则仕”

的方式选拔出来的。某一方面的专业技能有了突出表现，就会被层层提拔上来担任管理人员。这种做法有成功的先例，也有更多不成功的范例。一些专业有成就的文化人士不情愿地被调任到管理岗位上，或是专业人才的浪费，或是因为不懂管理而不能胜任，滞缓了事业的发展，也造成相应的损失。

文化管理硕士的提案，短期内实现的可能性不大。但我们需要呼吁，引起大家的重视。

章敬平：文化体制改革，牵涉到知识产权。近两年来，中国知识产权方面的官司和国际贸易中的知识产权冲突越来越多，您说过“保护知识产权就是保护民族创新力，就是保护社会的生产力，就是保护知识产权所有者的人权，也是保护我们国家主权”，那么您如何评价目前我国知识产权保护的现状？

许嘉璐：盗版是国际现象，说 70% 的盗版来自中国，这是丑化和妖魔化了中国。如此打击盗版，这么有力度的，只有我国，所以我们受到表彰。

保护知识产权得有“度”，你把老百姓的钱都花光了怎么行，这个“度”需要法律秩序去调节。我们应该加强对外国人知识产权的保护，当然也包括对中国人的。文化遗产要登记。登记后就是中国所有了。迪斯尼想拍《西游记》就必须得到中国人的同意，好莱坞拍花木兰，也是如此。可惜，这些都是老祖宗的，我们现在还拿不出什么东西来。

章敬平：动漫不仅是一种文化，也是一个大产业。您如何评价动漫文化和动漫产业？我们应该如何应对其发展中的机遇和挑战？

许嘉璐：动漫是从日本过来的，受到孩子们的欢迎。动漫也是文化形式的一种，它也是一时的现象，但仍旧受到人们的喜欢。目前，动漫产业的发展势头不错，中国的动漫产业还要看官方的引导，要保护动漫的知识产权。

章敬平：有人说文化体制改革有助于精英文化与大众文化的融合。您在一次演讲中提到两者的融合，并批评学术研究中晦涩难懂的不良学风，那么您认为晦涩难懂的学风产生的原因是什么？您如何看待精英文化？

许嘉璐：晦涩难懂不是精英文化，是垃圾文化，晦涩难懂是因为肚里没货。

这里的晦涩难懂和后现代主义、结构主义的晦涩难懂不是一回事，后者的晦涩难懂是因为思绪的复杂，它在表达的时候，自身充满了种种的矛盾。大学问家能把极深的东西普及，爱因斯坦也曾对狭义相对论做过通俗讲演。真正的精英是社会良心的代表，是社会意愿和社会风气的代表。如果写出的东西艰涩到连自己的导师、老婆和学生都看不懂，只在狭小的圈子里互相宣传，这不是社会的意愿，也不是社会的风气，这是排除在精英文化之外的。

精英文化也就是雅文化。雅文化和俗文化向来是不能隔绝的。我们的雅文化植根于俗文化，我们的四大名著，除《红楼梦》之外，都是从市井说书人那里开始的。

现在的问题是雅文化衰落，同时又孤芳自赏，我们的俗文化大部分是舶来品，不是根植于本土，很难提升，所以俗文化和雅文化断绝了。

文化是要创造的，一定要有新的艺术扩展起来。所以，我们在文化体制改革当中，除了解放生产力，盘活我们的文化资源，搞好我们的配置，还有一个就是创造一个环境，鼓励我们文化的创造性，鼓励精英文化和俗文化的互动。既要俗文化的人抬头看天，向雅文化学习，又要雅文化的人低头看地，向俗文化学习，看看老百姓的需求。

章敬平：2006年韩国电视剧《大长今》在中国各大电视台热播，有人认为这是韩国文化对中国的殖民，有人认为这是中国发展文化产业的启示，您如何看待这种争议？您认为中国的文化体制改革应该从何入手才能扩大中国文化在世界上的影响力？

许嘉璐：《大长今》在中国的风行，反映了中国民众对自己文化的回归和怀念。因为《大长今》穿的是中国的衣服，整个人与人之间的关系全都是中华文化。

从操作层面上来看《大长今》有它的政治支持，我们对传统文化的政治支持是不够的，同时它是市场运作的，运用现代化的手法，比我们高明。韩国属于汉族文化圈，深受儒家文化的影响。人家是做了文化的战略分析后，有意进入我国的。

我们应该学习韩国的市场运作。中国的一些大片成不了经典。我们应该沉寂下来，创造渗透着中华文化传统的产品，不仅仅奉献给中国人民，也让世界人民来享受。现在，美国是最大的文化产品出口国。中央已经决定对文化体制进行改革。试点的浙江与广东，主体完了，然后就剩下精雕细刻了。可是观念的改革和艺术的提升、文化根底的积淀不是短时间内能完成的。

中国正在形成有别于西方的现代化

章敬平：最近这几年，关于中国现代化的道路选择问题存在很多争议，中国的现代化究竟是中国式、西方式抑或是两种方式的折中式？有人反对“中国式的现代化”，也不赞成“西方式的现代化”，主张将文化传统和政治制度分开，左手持中国式的文化传统，右手拿西方式的政治制度，并行不悖行走在社会主义道路上。您同意这一观点吗？为什么？

许嘉璐：这是一个假命题。政治和文化是不可分的。政治制度本身就是文化的一部分。美国的政治制度就是美国文化的一部分。他们的历史学家、社会学家谈文化的时候都要谈到政治制度。

这个问题产生的原因是什么？我想，还是民族的反思，反思我们如何建设现代化的中国。

西方人所说的现代起于17世纪末18世纪初工业革命开始的时候，一直到上个世纪的中叶，这是他们所谓的现代社会。上个世纪中叶，在传统的现代工业的基础上又生出了信息技术，信息技术一出生就比工业化发展的速度快出许多倍。我们老一辈，像钱学森，当年留学美国的时候，坐轮船啊，要坐一两个月，现在从美国到中国乘波音飞机十几个小时就到了。人们只注意到波音飞机越来越发达，离开信息技术，波音飞机是没法飞的。信息技术把现代工业都升级了。于是，在西方，首先是艺术家、美学家，然后是哲学家、历史学家，就开始宣布进入后现代。工业化完成之后的社会，有人说是知识经济时代，有人说是信息化时代。在哲学上和社会学上，都称之为后现代。

西方的现代社会，核心是工业化生产，是从蒸汽机推动杠杆来织布开始的。这种机器，我在爱丁堡的博物馆里看见过。

西方所谓的现代化，就是整个社会为了适应工业化生产而形成的一套社会架构、运行机制、思想观念、文学艺术，等等。

我们今天所要的现代化，不是西方的现代化。我们说的现代化，只是借用了西方已有的现代化的名词而已。

章敬平：为什么说我们的现代化区别于西方？

许嘉璐：我们所要的现代化，不仅是西方社会已经实现了的工业化，我们还要超越蒸汽机推动杠杆织布的时代，我们要跨越式发展，不仅要电气化，还要把计算机也用上。朱镕基当总理的时候，全国把纺织企业的锭砸了，为的是一步跨入最现代的纺织业。为了适应现代化，我们的法律制度、经济制度、社会管理制度，连同我们的文化，包括人们的观念，都要跟着慢慢地发生改变。但是你中国是一个社会主义国家，社会主义的本质是解放生产力，社会主义的特征区别于资本主义，一个公有、一个均富，一个公有为主体，最根本的就这几条。这样你的文化从最根本的文化的中层和底层也必须适应生产力和生产关系，因此我们正在形成的现代化，区别于西方的现代化。

我们所要的现代化，肯定不是以工业生产为核心的现代化。第二次世界大战之后，西方学者开始反思，发达的科技和工业生产为什么没有带来幸福。你有机会看看《雾都孤儿》，背景是19世纪30年代的英国，那个时候的伦敦，比同时代的北京的生活不知差了多少倍，公爵、伯爵们穿着的大麻布的衣服，在咱们看来都是乞丐穿的。2007年过年，我看了《未来战士》，20世纪90年代拍的，那里面的美国生活多好啊，相隔才多少年啊。

可是，科技和工业生产给人类带来了什么？西方启蒙思想家教导我们自由，世界自由了吗？发展中国家的老百姓自由了吗？平等吗？博爱吗？我常说，当今世界上的生产力，供65亿人过上小康生活，有富余。可是埃塞俄比亚的孩子还是能饿死。科技提高了社会的生活水平的同时带来了大屠杀。两次世界大战，全是科学技术最发达的德国挑起的。还有自然环境污染，今天中国这个问题突出，“文化大革命”的时候是日本突出啊，东京街头就摆着氧吧。

这是我们想要的现代化么？不是！

章敬平：您认为我们的现代化道路该怎么走？

许嘉璐：我们应该考察人类的历史、中国的历史，在这样一个横纵的交叉点，找到我们自己的定位。你说学习西方制度，可是哪个国家才是西方？中国的西边都叫西方，说起来一个欧洲一个美国。法国议会的政治制度不同于意大利不同于法国，德国又不同于法国，比利时是德国与法国的拼合物。瑞士又不同，中立国，有德语区、法语区，什么都公决。我们向谁学习？有些人认为学习西方的政治制度，就是学习美国，以美国代替西方。2006年法国学者苏尔曼写了本书，他说美国文化不是欧洲文化，欧洲应该跟他划清界限。

我们传统文化的衣食住行、风俗礼仪、思想观念，一直到哲学，都是农业社会的历史形成的，不同于西方政治制度产生的历史背景。所以，我们不是拿人家的制度，而是基于我们自己的历史的传承，趟出自己的路来。根据13亿人的生活理念、生活现状，让他们过上富裕的生活，需要文明、富强、民主。这个时候，我们老祖宗的东西是不够用的。那就要把世界上一切好的东西拿来，可是我们不可能隔岸相望，拿着望远镜，哪个好我们专拿哪个。我们要先把门打开，都进来，然后大浪淘沙。淘沙的这条大河是什么？是中华文化之河。慢慢淘，中华民族有这个本事，这个淘剩下的我吸收，吸收了就不是原来那样。吸收了就“化”了。

章敬平：您认为，经济全球化的中国应该如何保持文化上的包容性与独立性？

许嘉璐：如何保持文化的包容性和独立化，不是主观上去，你让它包容它就去包容，你让它独立，它就独立。社会大自然有它自己的规律，人类社会学也有规律，你不应该去惹它。而是应该顺其规律，进而引导和促进。很简单，文化分三层，当两种文化接触的时候，要有输出一方和接收一方，首先变化的是表层——衣食住行，然后由表层就可以慢慢渗透到中层的风俗礼仪。久而久之影响到底层的道德伦理，但这个过程不是一个年代，甚至也不是100年就能完成的。这是有遗传的，实际上是代代相传的。可是衣食住行，可以一夜之间就能变过来。咱们说底层，伦理观，打骂父母行吗？我们中国大地上，社会有一种评估体系，而生活在这个社会里的人心里面也有一杆秤。这杆秤就是千百年流传下来的道德伦理。

中国文化有万年的沉淀，博大精深，它本身的特征第一有特色，第二包容性，它的特色之一就是包容性，因为它有包容性所以博大精深，我相信今后的中华文化仍会保持它的独立性和包容性。

包容的同时没丢了中国特色。2007年春节，我特别高兴。司机回老家乡下了，回来说，村里人都很高兴，农业税免了，孩子上学也不花钱了，还有各种补贴。老百姓的生活提高自然让我高兴，但是这不是春节的特征，它是平时提高的。我高兴的是，大家的高兴都在春节期间发泄，而不是在情人节，不是在圣诞节，我高兴的是这个。

当年我看春晚，看《常回家看看》，我流泪了。这是什么东西，中华民族的伦理，人与人之间的情。我小时候过年，夜里12点，哥哥姐姐说给爸和娘拜年，然后找个雨垫，把我父母按倒太岁椅上，哥哥姐姐开始磕头，都很高兴。但是，这个礼仪在变。2007年过年，我儿子从国外回来，女儿从香港回来，这本身是中华文化，但它又是现代化的中华文化，要在从前，都守在我身边，现在好，各奔东西，孙子来电话"过年好"，孙子在国外，说过年好，就是东方文化。千百年来所沉淀下来的风俗礼仪，不会全丢，但是形式变了。

所以我总说，孩子们追求时尚，我不完全赞成，但我不反对。他们都是文化融合的试验品。到一定年龄，有的被他抛弃了，有的化为他的生活方式，这没什么不好，所以我说的包容性和独立性有它的规律。你想扭也扭不了的，文化的东西是不能靠行政命令的，而是要因势利导。

中国正迎来一个百家争鸣的时代

章敬平：近来海外掀起了一股建立"孔子学院"的热潮，而儒学也进一步成为国际学术研讨的热门，国内学者也积极倡导复兴儒学，您如何看待儒学复兴这样一种现象？

许嘉璐："复兴"这个词不是太贴切，用什么词我也没想好，我在人民大学有一次讲演，我说这样一个意思。中国的儒学、中国的传统文化救不了中国。但是，我们需要把当年随着脏水泼出去的娃娃抱回来。脏水我们不回收，也回收不了，娃娃是什么，是千百年、上万年积累下来的带有普世性的一些东西。过去我们太冷落儒学了，今天回过头，审视、反思，发现从孔子那个时代，一直到宋明，儒学中有很多宝贝。

中国的传统文化是农耕社会形成的文化。传统文化经过农耕社会上万年的历史形成，一方面有普世性，一方面有时代性。时代性的内容会随着历史的变迁而慢慢淘汰，但普世性的东西不会消失，比如农业社会最注重并追求人与自然、人与人之间的和谐，这些具有普世性的思想文化绵延不绝，流传至今。

我主张现在加强对儒学的研究，现在我们所处的环境使大家比较浮躁，这是经济全球化造成的。再者，我们的传统学问断层太久，不仅仅是儒家，还有法家、墨家都疏远太久。传统的学说是宝贝，虽然里面也有糟粕，但你必须读懂它，你才能去除糟粕。

早稻田大学的校长说，很高兴看到中国国学的复兴，我告诉他，这种情况并没有出现，目前仅在极少数的学刊上和学者中复兴了，我们对国学毁坏得太久。我希望我们的学生不断努力，也许 100 年以后，中国特色的社会主义现代文化才会形成。

章敬平：随着儒学复兴，又有人提出了“政治儒学”，新儒家政治的代表人物蒋庆先生去香港凤凰卫视做过演讲，他将“神圣天道的合法性”、“历史文化的合法性”以及“人心民意的合法性”归为“王道政治的三重合法性”。“政治儒学”是主张性恶的儒学，是着重于用制度来批判人性和政治的儒学，宣称抵抗人性之恶，需援以外在的政治法律典章制度。您是如何看待新儒家以及政治儒学的政治主张的？

许嘉璐：我没有看过蒋先生的文章，也没有听过他的演讲。至于说神圣天道的合法性、历史文化的合法性、人心民意的合法性，这里的“合法性”，是西方政治学的用语，而不是儒家。就新儒家而言，它是多元的，是百家当中的一家。我们应该承认人家的研究成果是经过深思熟虑的。新儒家的两位代表人物为什么出现在国外？第一，国学底子好；第二，对外国有了解。

今天我们是人民的政权，我们要走向民主，代替王道，谈王道政治不见得就合适。政治儒学是看到儒家的好东西，为当前和今后的政权担心。政治儒学的术语能否建立也很难说，因为儒学是无所不包的，单说是政治儒学，也不会持久下去，但这里包括性“恶”、性“善”的这样一个问题，这是自古以来就有的。

争论了几千年的性善性恶论，到现在没有结论。争鸣是一件好事。中国历史上出现过百家争鸣。现在的中国，正迎来一个“百家争鸣”的局面。就目前这种状况，“鸣”得还不够。

为民着想，就不会顾及

章敬平：我们交流了这么久，您给我的感觉是一个地道的教授，儒雅的博士生导师。但您实际上还是一个政治家，一位国家领导人。您同时拥有学者及政治家这样两个身份，那么您是如何平衡这样两个角色的呢？

许嘉璐：我想，应该是本色吧。我就是有什么说什么的人。作为教授，属于社会精英的一类，社会精英是社会良心的体现，只要我看到于国计民生，特别是于老百姓不利的事情我就要说，有利的事情我就要建议。但是在不同场合对不同对象，说什么、怎么说以及说到什么分寸是要考虑的，有个“度”的问题，它是很复杂的，应该从可行性出发。

一个人能够体现社会的良心、社会的意愿、社会的需求，我不太相信双重性格，双重性格的人都做作，一定有一面是假的，人只有一面，多重身份是可以，宗旨、风格不变，具体的方式方法视情况而定，这是为了取得最佳效果，这个例子太多了。关于免农业税我早就提出了，当时的领导说有困难，过几年我又提出，这个问题可以研究，过了半年就出台了。我提出的是都免掉，但中央对这笔钱还有别的用途，一下免掉有困难，所以提出 5 年之内，2006 年 3 月是 3 年之内免掉。我提 1 年，回答我是 5 年时，我不再提，因为我没掌握国家财政开销的情况。看时间、地点对象、取得好的效果，这种效果是老百姓享用，真正为民出发，你就会考虑到可行性。

与许嘉璐喝茶

2007年2月26日，农历正月初八，上午9点，我在新春的气味中，赶到北京霄云路，走进长假之后刚刚上班的民进中央机关大楼。

许嘉璐的秘书将我领进一楼的茶室，一个屋内摆满了茶叶的小型会客室。正中央是一樽木雕的陆羽像，旁边静卧着一本《茶经》，古色古香的茶几上，摆放着绿茶、红茶、乌龙茶、普洱茶。好几个茶叶罐上都贴着“许嘉璐主席赠茶”字样。司茶的姑娘说，茶舍的茶都是主席和副主席们送的。

想起腊月二十八，许嘉璐秘书给我发送的电子邮件，说，许嘉璐已经接收了我的采访提纲，请我春节后上班第一天去喝茶聊天。

一小时过后，品茗吃糖的我，起身如厕。走廊上，遇到正点而来的许嘉璐，一个年过古稀的参政党领袖。我拱手向他拜年，衣着随意的他，欢喜地拱手，说过年好。

待我回来，他正和民进中央机关的职员们聊天，问这个节是怎么过的，问那个年过得可否开心，说儿子和女儿过完年，一个回了英国，一个回了香港，他夫人开始抱怨冷清了。随行的同事很是奇怪，觉得他和部属们何以如此亲近，竟然连家事和自己的日常起居，都和大家说。当我们小心翼翼地问他，作为全国人大副委员长，一位国家领导人，与他政治地位差距殊大的普通职员和他说话，怎么一点拘谨和紧张的表情都没有？他用手指指茶舍里的年轻职员，笑着说，他们背后都管我叫“许爷爷”。

民进中央宣传部副部长高保华刚准备说话，许嘉璐替她惋惜地说，你没有口福啊，老太太过年的时候，亲手做了20多个猪蹄膀，送给他身边的工作人员，你却没有拿到。他说，猪蹄膀是按照他老家江苏淮安的传统手艺，炮制而成的。

见我已在他旁边坐好，许嘉璐拿起秘书递给他的采访提纲说，“我们别搞得太像采访，随便聊聊，喝喝茶。”

说到中国现代化的问题，他从现代、现代化、现代社会、现代主义四个概念说起，以现代化的历史进程为起点，条分缕析，娓娓道来。我的采访提纲有好多个问题，他担心他把话题延伸得太远，耽误我们在既定的时间内谈完既定的问题，所以，就接了个自以为恰到好处的话茬，将话题收回来。他哈哈一笑，说我不用害怕他跑题，他不会胡扯，不会跑题的。显然，他看明了我的心思。

接下来两个多小时的采访，使我慢慢明白了他的心思。他从理论到历史到现实的分析，事实上为回答后面的问题作好了铺垫。他在三小时四十分钟的时间内，回答了一两个他不愿意回答的问题之外的所有问题。

我觉得，我们不是在采访他，而是在听课。那天的情形，和一个博士生导师给两个博士上课的情形，极其相似。旁边陪同的民进中央机关的职员，如同旁听生。只有泡茶倒茶的姑娘，相对忙碌些。他喜欢打比方，喜欢旁征博引。他说到蒙学说到读经的时候，即兴背诵了一段《左传》。说到东西方文化比较的时候，他说到中医，说到他的孙子在英国闹流感时的经历。说到现代化路径选择的时候，他说到《雾都孤儿》和《未来战士》。他说他过年的时候，就看了《未来战士》，他劝我们看看，还劝我看两遍。

说到农民，他伸手摸了摸自己的肩膀，说他肩膀上有一块“死肉”，是下放农村的时候，挑重担压出来的。他说他闭着眼睛，能够回忆起中国北方农村的所有农活，从育种、插秧，到收割，碾碎了喂牲口，从养牛到养羊，没有一样是他不会干的。在他看来，这些经历，对他理解古代文学，理解孔孟老庄诸子百家，助益多多。

他的表情极其丰富，他的性情，也在采访中得以窥见一斑。许嘉璐对农民有着极深厚的感情。免除农业税，最早就是他代表民进中央跟中共中央提出来的。他说，知识分子要自觉担当社会精英的社会责任。做教授，就要有真才实学，不能误人子弟。有机会从政，要建言献策，为国分忧、为民解难。为了百姓利益，他会注意建言献策的内容、时机和分寸，会从可行性出发。但他从不太相信双重性格。人可以有双重身份，但不可以有双重性格。他感叹，到了今天，他才明白何谓浩然之气。

下午 1 点半的时候，还没吃午饭的他，终于回答完了我们的问题。下午还有别的公务安排，他在秘书的提醒下，随和快意地结束了我们的采访。用他的话说，就是结束了聊天，喝了一回茶。

李金华：审计长的光荣与梦想

25年来，社会影响力与日俱增的中国政府审计，不仅赢得了总理和人民的赞誉，也赢得了世界的认可。中国审计开始逐步走向世界，并在国际审计主流圈中占有一席之地。业已是亚洲审计组织主席和环境审计委员会主席的国家审计署，自2008年起，开始负责对联合国10个机构、组织、基金和项目的审计。

没有人怀疑，这一切，都与李金华息息相关。

再过几天，这位陪伴我们走过十年的审计长，即将离开他现在的工作岗位，结束23年的个人审计生涯，开始另一段旅程。2008年2月25日，在北京西城区北露园1号，国家审计署党组会议室，在李金华亲笔题写“荷颂清风”的国画前，接受了我代表《南方周末》所做的独家专访。

25年的光荣与梦想

章敬平：25年的中国政府审计史也是中国30年改革开放史的重要组成部分。以30年改革开放史为宏观背景，回顾国家审计署25年的风雨历程，您认为中国政府审计有哪些经验可以留给历史和后来者？

李金华：回过头来看25年政府审计的历史，我认为，立足我们的国情，走有中国特色的审计之路，是一条最重要的基本经验。上世纪80年代初期，审计署刚成立的时候，我们学习借鉴了国外一些好的经验和做法，但我们没有简单地照抄照搬任何一个国家的审计体制，始终坚持走自己的路。再者，我们始终坚持了“依法审计、服务大局、围绕中心、突出重点、求真务实”的审计工作方针。实践证明，二十字方针符合中国实际，符合审计发展规律，是行之有效的。

除了基本经验之外，还有其他经验。

比如说，紧抓整改和公告，提高审计工作的效益。我想，审计的效益包括两个方面，一个是经济效益，一个是社会效益。经济效益是直接的，比方说一些基本建设项目，我们审计以后，核减的资金达到其预算的10%左右，有的项目预算甚至削减50%左右。再一个是把挪用的资金追回来。再比如说，处理好目前的审计力量无法满足审计需求的矛盾，抓住重点，用有限的投入搏得巨大的收益。

此外，还有“人、法、技”基础建设。这当中的“人”，就是队伍，你没严格的纪律是不行的。你不能审谁吃谁。

章敬平：您刚刚说到“技”。俗话说，魔高一尺，道高一丈。审计署在“技”这个层面，有什么可圈可点之处，是怎样取得“魔”“道”之战的胜利的？

李金华：说到“技”，这里还有一个小故事。朱镕基同志担任总理以后，我们跟他提到审计机关要加强“人、法、器”建设。总理就讲，我建议改个字儿，这个“器”改成“技”。“器”呢，是工具。这个“技”呢，它不只是个工具的问题，还涉及到人的技术水平。

为了“技”的提高，审计署开发应用了计算机技术。全球范围内比，不算顶级也算中等水平。审计啊，不像大家想象的就是查账。现在好多单位已经没有传统的账本了，所以我们现在很多审计人员出去审计，基本上是无纸审计，去了就是带个电脑，然后建立很小的一个局域网，在那儿把它的资料转换过来。

一些大案要案，如果不通过计算机审计，根本不可能发现。我们有一次审计南方的一个银行，就发现有很多小企业，你担保我，我担保你，互相贷款，贷了大概11个亿。我们很奇怪，就查它们的注册登记。审计人员把这些小企业的所有资料，全部通过电脑收集起来对比，发现企业的业主名字、地点、经营范围、注册资本，都是不一样的，但是企业留下的电话号码是一个。这肯定是一个人干的。我们将此情况提交给公安部门，最后发现是兄弟两人，伪造各种工商登记和资料，骗取了银行贷款11个亿，而且大部分都流到国外去了。这个问题，如果单纯依靠手工审计是很难发现的，没有计算机肯定不行。

章敬平：做了十年审计长，您觉得还有什么遗憾么？以全球化的视野考察中国政府审计 25 年的历史变迁，您认为未来的中国审计还有哪些有待提高和完善的空间？

李金华：我们和世界发达国家还有一定的差距。我们有成就，但需要提高和完善的空间还很大。

一个呢，就是绩效审计，很多发达国家已经把一半或者更多的精力放在绩效审计上，我们才刚刚开始，而且在全国发展不平衡。绩效审计如何与问责制结合起来，这项工作还没有开始。现在我们好多浪费问题不算责任问题，你只要不挪用不贪污，好像就觉得没问题。

第二个呢，就是离审计的规范化建设还有不小差距。我们审计的准则还不健全。审计署的做法、地方的做法、各省的做法，总体一致，但在很多具体做法上不一样，到了县一级更是五花八门了。不能用一把尺子量，有的地方掌握得很宽，有的地方掌握得严，所以，在这里是问题，在那里可能就不是问题。下一个五年，我们准备把这个准则体系建立起来。

第三个方面呢，就是审计体制还有一定的缺陷。在一些地方，审计的独立性有时候会受到一定的影响和干预。

第四个呢，就是审计队伍的素质还有待提高。全国八万审计干部，60% 以上在县这一级，有的还不错，有的还有很大差距。

再一个，就是审计的科学化水平和发达国家相比，也还有很大差距。计算机开发应用，在省以上相对还好，到了市县一级，投入啊人才啊，都还不足。

章敬平：在中国公众的印象中，审计署是公开的，您本人是阳光的。普通百姓可以从新闻媒体中，从 CCTV 的镜头中，看到您的泪水，听到您的心声，您给关注中国政府改革关心中国命运的人们，带来了勇气和希望。在一个主张谨言慎行的国家，您在电视上的每一次露面，都让我们感到惊喜。请问，是什么样的力量鼓舞您通过媒体跟公众对话的？

李金华：这些年，社会公众对政府有一些这样那样的不太满意的地方。根源在哪？我认为其中一个重要方面在于透明度不高。这是我这些年体会得很深刻的一个问题。现在比过去好多了,但是总的来说百姓对政府工作的了解还是嫌少。我有一个观点，不透明的不一定是有问题的，但有问题的必定是不透明的。哪怕政府部门没有舞弊行为，但不公开，老百姓也怀疑你政府舞弊。如果政府与百姓之间的这个窗户、这面墙是很透明的，即使有些事你干错了大家也能理解。这些年，我主张多跟媒体接触。你跟老百姓说他有选择权有发言权有监督权有各种权利，但是他不知道情况，怎么行使这些权利？

上次我到美国，美国审计长专门请我介绍，我们如何与媒体配合的做法。我们都是主动地准确地向媒体提供信息，同时主动地与媒体商量，怎么让这些信息得到好的反响，对社会稳定起到促进作用。新闻监督和政府的监督、审计监督，最终都是为了提高政府权威，改进政府工作，促进社会稳定，而不是把社会搞乱。

章敬平：最近十年，审计署究竟走了一条怎样的政务公开路，它是怎样推动中国政府向阳光政府迈进的？

李金华：我说过，阳光是最好的防腐剂。这些年，我们不断地推进公开。我把审计情况如实地报告政府，同时建议政府如实地把情况向人大常委会报告。开始向人大常委会报告的时候，对外公开的方式，是发新闻稿。新闻稿开始很简单，两页纸。1998 年，我担任审计长。第二年，我们就建议新闻稿和报告差别不要太大，总理接受了我们的意见，新闻稿基本上和报告没有太大差别。这以后，向人大报告后直接对外公开，不存在新闻稿的问题。

从本世纪初，就开始实行审计结果公告制。除了涉及国家机密的、受法律保护的个人隐私的内容，我的每个具体报告都对外公布。现在大家都习惯了，我们的公告已经是很厚的一本了。国外同行来了就向我们要公告。说明中国政府是光明的嘛，是不是？

政务公开，我们审计机关要带头。现在，我们自己的预算对外公开，将来决算也对外公开。再一个就是审计的计划，也要公开。将来审计准则、审计标准这些都要对外公开，让大家监督你。我这些年一直认为，财政的核心问题就是要对外公开。你公开了，人家才能指指点点，你不公开，有的说了人家都听不明白，怎么去给你提意见啊。

章敬平：公告的动议最初是怎么出现的？被公告的部门会有什么样的反应？会不会给您带来压力？

李金华：温总理有个观点：审计不仅要揭露问题，而且要重在促进问题的整改，要给老百姓一个负责任的交代。所以每年向人大报告以后，总理要专门听审计署汇报整改结果。整改到什么程度，钱收回来没有，问题解决了没有，包括我们的审计建议最后落实了没有，他都要问。

以后，人大常委会也提出来，政府要把六月份报告的那些问题，年底给他们报告一次整改情况，究竟整改了没有，你不能屡查屡犯啊。而且这两次报告都要对外公开。

现在，两次公告已经形成制度了。世界上，唯独中国的审计部门不但要查问题，还督促你整改问题。别的国家审计机关对整改没整改是不管的，报告给议会，就完成任务了。

由于我们把审计监督、舆论监督和社会公共监督结合起来，所以每次报告一出来，网上评论如潮，对违法违规的各种行为是种压力。说句老实话，很多部门很多单位，原来是不希望你审计出问题，审计出问题以后不希望你向人大报告，向人大报告后不希望你向公众公告。

这是一把双刃剑。实行公告后，要是我们的审计质量出了问题，审计机关是要公开检讨的，要承担责任的。所以，对我们是一个很大的压力，但也有个好处，有助于提高审计质量。审计人员必须对每句话都得负责。

章敬平：审计署之于反腐败的意义，不仅赢得了总理的称誉，也赢得了成千上万的民心。请问审计长，25 年来，审计都揭露和查处了多少大案要案？审计机关是通过哪些制度设计，做好国家财政“守门人”，推动中国政府向廉洁高效政府迈进的？

李金华：25 年的统计数字，我没有。最近这五年，审计系统向纪检监察部门、司法机关移送的案件有 8300 多起，涉及人员 12000 多人。这里不全是大案要案。一开始，我们内部也对这个问题有不同看法，说审计部门为什么要去查案。

后来我说，审计机关不是专门查案反腐败的，不过，一个公民发现了贪污腐败和经济犯罪，他都有权利和义务举报，我们审计机关为什么不呢？

这些年，审计有这么大影响，与审计揭露了一大批重大违法违规问题和一大批重大经济犯罪线索是分不开的。对那些大量侵吞国家资财的经济犯罪案件，审计人员查不出来是对人民的犯罪。我们要求审计人员不能放过任何蛛丝马迹。如果你放过这些线索，让重大问题在你手边滑掉了，就是对犯罪的保护。

为此，我们建立了不少制度，其中一个是审计信息制度。发现重大问题，及时向国务院报告。最近五年，总理对我们的各种信息报告的批示有390多项。

另外一个呢，就是建立信访制度。我们好多案件的线索是通过信访取得的。最近我们就遇到这样一个事儿，一些地方的农民找我们，说征地补偿费没有按规定发给他们，后来一查，就是这么回事儿。

章敬平：和查处大案要案相比较而言，中国老百姓对审计署针对一些带有普遍性、倾向性、宏观性的问题提出对策和建议的行为，则不够了解。因为“冷僻”，往往不能立竿见影。既然如此，您是基于什么样的考虑，而要求审计机关盯住这一点下功夫的？

李金华：我觉得审计不仅仅是揭露问题啊，纠正问题，还需要抓住带有倾向性、宏观性的问题，有针对性地提出审计的对策和建议。前几年我们对大庆油田进行了一次审计调查，对大庆的持久发展提出了我们的建议。总理很重视啊，总理讲，他带着我们的审计报告到大庆去开的现场会。

审计不能够就问题谈问题，审计要有建设性和前瞻性。这些年，审计署对事关国家经济大局的问题，比如，会计领域打假、细化部门预算、规范转移支付、防范金融风险、高校的债务问题、税收的双轨制问题、县乡债务问题等等，陆续提出了建议。虽然审计建议不能立竿见影，但历史会做出结论。十年前我们就提出要规范转移支付，最近，你们看，总书记在十七大的报告当中就提出这个问题了。

有些建议呢，我们不知道提了多少年了，只要我们的建议总体是对的，我们年年都讲，最后总会被接纳的。

章敬平：看看审计署最近十年的所作所为，您如何评价审计署的业绩？

李金华：必须首先强调的是，25年审计工作的业绩，实际上是我国改革开放，特别是加强民主法制建设这个大环境下的一种业绩。在我们这么大的一个国家当中，如果没有改革开放创造的这个良好的大环境，没有经济的高速发展，没有国家民主法制建设的完善，审计很难取得这种成就。

在这个大前提下，怎么评价审计？能打多少分？我说最多70分。为什么讲最多70分，就是说还有很大的发展空间，与很多国家比，还有很大的差距。所以我一直认为，中国的审计，仍然处在一个初级阶段。

中国应该走什么样的审计路

章敬平：鉴于对西方审计体制的研究，民间社会曾有学者建议中国审计体制改革由行政型向立法型过渡。和学者一样，您对西方审计体制有过深入的研究。与学者不同的是，您还是中国审计的最高官员。您认为，中国应该走一条什么样的审计道路？

李金华：中国应该走一条什么样的审计之路的问题，主要是指中国审计的体制问题。应该说，世界上绝大多数国家，政府审计机关都是独立于政府的。隶属于政府的，目前世界上最多有两三个国家。有一些原来隶属政府的现在改过来了，比方瑞典、泰国。这是一个事实。我们不回避这个问题。

那么，中国的审计体制为什么没有独立于政府，而且还取得这么大的成效？过去，每一个来访的外国审计长都问：你们中国的审计制度是不是独立的？最近几年，没人问了。最近，我当选为联合国的审计委员，全票通过，没有人提出中国审计的体制问题。这说明一点：他们认可中国现有体制下的审计发挥了很大的作用。

章敬平：回想80年代初，我们为什么会选择行政型审计体制？

李金华：据我了解，1982年，中央在讨论成立审计机关时是有争论的，一种觉得该隶属于人大，一种认为当隶属于政府。但那时候，我们的人民代表大会制度刚刚恢复，而政府是个大政府。历史的条件，让我们选择了隶属于政府的审计体制，审计署对总理负责。

章敬平：1994年的《审计法》，为什么会规定“双重报告”，您既要对总理报告，又要受总理委托向人大常委会报告？

李金华：我没有参与这个法案的讨论。但据我所知，开始的时候，没这一条。人大最后通过的时候，加上了。这一条加得很好，是对中国审计体制的一种完善，事实上说明，审计工作不仅对政府负责，为政府服务，它也对人大负责，为人大服务。

章敬平：十年来，您访问过很多国家的审计机关，也接待过很多来访的外国审计长，您认为中国审计和西方国家的审计，有什么不同？

李金华：现在世界上大部分国家都不是社会主义国家。而我们是社会会主义国家，我们还处于计划经济向市场经济转轨的特殊历史时期。我们不得不从实际出发，确定审计部门的工作。比方说，我们在相当长的一段时间里，以传统审计的财务收支审计为主，解决的是真实性和合规性的问题。90年代中期，我们把“打假账”作为工作重点。当时，我们审计1200多个企业吧，六成企业的账目是不真实的，所以镕基同志后来提出“不作假账”。西方发展到今天，基本不存在这个问题，或者说不是普遍问题。

再一个，就是“绩效审计”。西方现在好多国家搞绩效审计。我们在上世纪末本世纪初就提出来，要搞绩效审计。但是我们的效益审计，和财务收支审计是结合在一起的。西方不是这样，西方有些国家是分开的，搞财务的就是搞财务，搞绩效的就是搞绩效，实际上我们感觉还是分不开的。到一个单位去，既有财务收支上的一些违法违规问题，但同时又有效益上的损失浪费问题。所以我们就把财务收支审计和绩效审计结合起来。有一些项目我们还把财务收支审计、绩效审计、环境审计结合到一起。比方说我们审计“青藏铁路”，就不仅审计它的资金使用情况，而且审计它的环境保护效果。

我们与西方国家的审计的不同，关键在“结合”上。我们把审计和揭露经济犯罪和揭露贪污腐败结合在一起。这一点，西方有些国家觉得奇怪，你不是司法机关啊？

我们和司法等其他部门有密切的配合。我们发现线索，有的直接移交，有的通过领导批示移交。非常快，效率高。

我们的财务收支审计和经济责任审计是结合起来的。不仅审计一个部门，而且审计领导人。经济责任审计，目前世界上大概只有中国在做，其他国家也可能会有，但是不多。

我们的审计监督和舆论监督是结合起来的。我坦率地跟你讲，审计监督和舆论监督结合得比较好的，中国是其中的一家。我到国外去，有的审计长跟我讲，他们最头疼的就是记者，不愿意和记者打交道。

此外，我们的中央审计和地方审计是结合的。我们还把审计和审计调查结合起来。

章敬平：对比中外审计体制的差异，您如何评价两者的优劣？

李金华：现在这个制度，有我们独特的历史背景，在目前的历史条件下，也有国外没有的独特优势。

一个呢，我们有行政决定权。我们可以依法决定没收你的非法所得，对你罚款，然后把有关人员移交给其他部门，要求追究他的责任。我最近去以色列，他们的审计长就很羡慕我们有这个权力，他们没有啊。

第二个呢，我的很多问题是通过行政手段解决的。我可以向总理报告，提出建议。所以整改得就很快。这也是外国没有的，也是我们的优势啊。

再一个呢，就是我们的审计和政府部门联系很密切。比方说纪检监察、司法、公安等等，我们可以取得他们的支持。在当前情况下，这对我们开展工作是非常有利的。

当然，中国的审计体制也有它不足的一面，比如，有些地方审计的独立性还有缺陷。

章敬平：面对我们制度的优劣，十年来，您是如何扬长避短的？

李金华：现有体制下，关键在于审计机关怎么去最大限度去发挥你资源的优势。怎么充分积极地去依靠党委，依靠政府，依靠人大，包括依靠你媒体。考虑怎样把几方面的积极因素发挥出来。任何一个体制都是有利有弊的，你找不到一个十全十美的体制。中国这个体制呢，有它有利的一面，也有缺陷的一面，这个应该承认。用发展的眼光看，中国审计体制有它改革和发展的空间。我相信，到一定时候，这个体制会发生一些相应的变化。但是，大的体制变化是要修改《宪法》的，要等到历史条件成熟的时候。

章敬平：您特别注重审计法制建设，您在本届任期内，为《审计法》的修改倾注了殊多心血，推动了《审计法》修正案的出台。对于修改后的《审计法》，有人认为还不够好，譬如说，地方审计机关的双重领导体制就没有改变。对此，您如何评价？您如何评价修改后的《审计法》？

李金华：修订《审计法》的时候，很多人寄希望说，是不是能在体制上有所突破啊，是不是能够垂直啊，我跟你说，这是个宪法问题，你要变就必须修改《宪法》。

我们这次修订，在不突破《宪法》框架的前提下，增加了一些内容，把经济责任审计，也就是离任审计，写进去了，把对国家控股的金融机构和国有企业的审计问题写进去了。再一个，在手段上，对公款私存的查询啊，会计资料、资产的封存啊，搞了一些制约性的规定。我认为这是好的，权力要发展，制约也必须得跟上。光有权力没有制约那就糟了。

“我的责任”

章敬平：您在审计署担任审计长的十年，是中国审计历史上备受瞩目的十年。现在，审计面临的压力越来越大，各方面的要求越来越高，期望值也越来越高。您认为，您的继任者，您今后的同事，应该怎样应对越来越高的压力和期望值？如果请您送给他们一句话，您会怎么说？

李金华：结合我 20 多年的工作体会，我要说：审计机关要做的事很多很多，作为一个领导者，关键是要在法定的范围里，选择我们能做，而且经过努力可以做好的事情，认真去做，做到最好。

现在我们全国审计机关有 8 万人，而你要有 80 万人，也一样没有闲着的时候，哪个行业不需要审计呢。我们有很多审计干部老是讲，我任务重啊，完不成啊。这些年，我一直跟各级审计局长讲，要懂得选择。你没有把握，就不要盲目去做。我们审计项目的确定是非常慎重的。选什么，做什么，为什么选这个，有的开始选的时候我们就确定了最后应该是一个什么结果。为什么审计报告这些年在社会上能引起一些影响，就是因为我们审计项目选择选得好啊，是不是。作为一个领导者，你不能心血来潮，不能跟着风走。所以这些年审计署也没有提什么大的口号，而且我也不主张讲什么“审计风暴”，重要的是你一件件地做，做好每一件事，等到积少成多了，必然会起到作用。

章敬平：工作是人做的，审计署的业绩和影响力，与您浓郁的个人风格不无关系。回顾您的审计生涯，您有哪些强烈的感受？一个审计人员应该有什么样的精神气质？您想对那些被您的气质感染的年轻人，说些什么？对那些关注审计热爱您的老百姓说些什么？

李金华：我们这一代人生在旧社会，长在红旗下。我从小家里很穷，是人民助学金资助上的小学、中学和大学。对中国革命历程，对党的情感，很深厚。但我们又经历了大跃进、反右、“文化大革命”，对教训的感受同样深刻。

我下过农村，去过工厂，对农民对工人对社会很了解。我在工厂的时候，全厂职工拼死拼活，干一年，最多有二三百万的利润。1985 年，我到了审计机关，一看，有些部门，一出问题就是几百万几千万，心里很不平衡。当时，我就有了一种无形的压力，用四个字来说，就是“我的责任”。

我经常讲，不要觉得现在我们国家形势很好了，一切都好了，要看到相当一部分老百姓的生活还是困难的。十年前，我曾跟德国的审计长讲，我们的上海赶上你的柏林要不了多长时间，但中国的农村赶上你德国的农村，恐怕得一两百年。所以看到这些违法犯罪啊浪费公款啊，感到心里很不是滋味。

我担任副审计长的时候，坚持四个字——“尽言尽责”。尽言，就是该说的话一定要说；尽责，你要按照组织的分工完成你的任务。

担任正职的时候，感到责任重大。我曾经在全署大会上讲，我没有权力给你们增加工资，也没有那么多位置给你们升官，但我可以和大家一起去努力创造一个良好的审计环境。所谓良好的审计环境，就是让审计在社会上有地位，有影响，工作有荣誉感，这么多年我也是努力这么做的。我觉得要把对国家的责任、对人民的责任和对我们这个队伍的责任，统一起来。回想起来，我看我这个目标是基本上做到了，不能说做得很好，但起码是做到了。

章敬平：在您的母校中央财经大学，在南京审计学院，您是很多年轻人心目中的楷模。您认为一个审计人员应该有什么样的精神气质？您想对那些被您的气质感染的年轻人，说些什么？

李金华：审计人员应该具备什么样的气质？我想了想，恐怕还是四个字。

一个是“勇气”。要敢于在一个得罪人的岗位上去实事求是地反映问题。审计确实是得罪人的，得罪的绝大部分都是好人，而且得罪的往往是领导。我们的权力是老百姓授予的。谁授你权，你应该对谁负责任。

第二个是“求实”。就是要说真话。你宁可不说，要说，就一定要说真话。此外，要注意听取被审计单位的意见，被审计单位有些意见是有道理的，正确的意见要采纳，不能说，我定了就不能变。

对年轻人呢，我在中央财经大学也讲过了，你们对未来充满希望和激情，这个我也赞成。但我觉得更要从眼前做起,脚踏实地一点一滴地做起。不能浮躁，不能急于求成。

章敬平：仰赖于中国民众的信任和尊重，您曾被我们的读者投票推选为《南方周末》2004 年的年度人物，也被网友和电视观众推选为中央电视台的年度经济人物。对那些关心审计，热爱您的老百姓，您想说点儿什么？

李金华：对老百姓说点儿什么……说点什么呢……中国审计的发展历程，是我国深化改革开放，加强民主法制建设的一个缩影。尽管我们还存在各种各样的问题，但我们要有信心和耐心。反腐败不是一蹴而就的。也许还得干几十年。比方说建立公共财政体制，还要相当长的时间才能解决。很多事情不是主观想象的，需要付出代价。我们要有耐心，不能操之过急。很多事不是一个政策一个措施就能解决的。

从审计这个角度讲，希望大家不要寄予太高的期望，太急切的期望。有人问我，审计了这么多年，为什么暴露出的问题没完没了，屡审屡犯？我说，我们正处于由计划经济向市场经济转轨这么一个特殊时期。相对计划经济时期，不规范、腐败、经济犯罪问题，在转轨过程中很快就出现了。我认为这是不可逾越的历史阶段。在这个阶段，审计遇到的问题就特别多，就没完没了，屡审屡犯。我们要从改革和完善制度上去解决。这需要时间。

章敬平：从故乡到北京，您在审计署干了 23 年，现在您要卸任了，如果请您跟故乡的父老乡亲说几句话，您想说些什么？

李金华：我对家乡的感情是很深的。我的世界观，包括我的性格，都和故乡的成长环境有很大的关系。对老家，一些能做的事情，我也一直努力在做。毕竟是家乡的山山水水养育了我。所以我一直跟家乡那边的官员说，不能对不起老百姓。我不当审计长了，但也要这样要求自己。

章敬平：有媒体说，您今年夏天就要赴联合国审计委员会任职，您能跟我们谈谈这方面的情况么？

李金华：这个情况媒体不太了解。2007 年 11 月，我当选联合国审计委员会委员。但是呢，我是以中国审计长的身份去竞选这个职务的。我一旦离开这个岗位，就不再履行这个职责。

章敬平：十年审计长，您个人觉得这十年压力最大的时候是什么时候？

李金华：压力最大的时候，就是每年出审计报告的时候。应该说大部分部门是比较配合审计部门的工作的，但每个部门都不希望一些不好的信息向公众公开。我们既要向老百姓交代，对人大有个交代，同时也要实事求是地处理好各方面的关系。所以这个时候是压力比较大的。

章敬平：您给您自己打多少分呢？

李金华：对我与对审计工作一样，也是 70 分。（笑）

英雄与时势

五年来，国务院组成部门中最有口碑的部门，可能就是审计署了。尽管李金华不等于审计署，审计署也不等于国家审计机关，但在民间社会，人们总是简单化地将审计机关的政绩等同于审计署的政绩，将审计署的政绩等同于李金华的政绩。人们毫不吝啬地将他们的褒奖，毫无保留地给了这位即将卸任的审计长。

李金华的声名卓著，得益于时势。2008 年 2 月 25 日清早，在北京市西城区北露园 1 号，国家审计署党组会议室，谈到这些年审计机关的业绩何以非凡，李金华首先归功于改革开放的时代背景。在他看来，离开了改革开放的大环境，没有经济的高速发展，没有法治的日趋完善，审计署和他个人是很难取得什么成就的。

面对面坐着，他说这句话的时候，我能感受到迎面而来的那股诚恳和冷静。65 岁的他，穿着夹克上衣，拉链拉到喉结处，休闲中透着严谨。我同意他的说法，就历史大势而言，李金华 23 年的个人审计史，是 25 年中国审计史的一部分，而 25 年中国审计史也是 30 年改革开放史的一部分。以大历史的眼光观察之，没有一个人的成就，可以逾越历史的手掌心。李金华也不例外。

审计之所以能在民间社会激起如潮的掌声，关键在于审计在反腐败的大潮中扮演了一个披荆斩棘的角色。在一个为尊者讳的国度，审计署一而再地摸国家部委这些“老虎”的屁股，暴露他们的违法违规问题。李金华在总结审计机关的历史经验时，也说，审计的影响与审计揭露一大批重大违法、违规问题，提供一大批重大经济犯罪线索是分不开的。如果没有30年前那场伟大的历史变革，没有计划经济迈向市场经济的锚启帆扬，没有随之而来的双轨制和权力寻租，腐败又从何而生？如果腐败不存在，审计又如何在反腐败中贡献自己的价值？

有人说，审计的影响来自于两任总理的明智决断。审计长是对总理负责的。没有两任总理的首肯，“审计风暴”是刮不起来的。这样的解释当然不无道理，但在一个宽阔的历史视线中，就显得过于单一。我以为，深层的原因还在于审计敲响了法治政府的黄钟大吕，合上了法治政府的历史节拍。公开的，阳光的，廉洁的，高效的，负责任的，五年来，渴望向民众兑现“法治政府承诺”的总理，一直勤勉地为我们的政府添加这样的形容词。当遏制浪费、推崇公正、要求整改的审计，与法治政府的追求不谋而合的时候，它就像一块基石，被我们的政府我们的总理，小心翼翼地铺设在法治政府的大厦下。

客观情势诚然有利于审计横空出世光彩照人，但是，用狭隘的历史决定论否定英雄人物的主观能动性，忽略李金华个人之于政府审计的创造性价值，则是蛮横的，不公正的。

采访结束的时候，我们的摄影记者在会议室一角摆了一张椅子，希望给他拍一张有造型的照片。他没有走到墙角。他在一幅国画面前站住了。2006年，一个苏州画家为亚洲审计组织第十届会议，画了一塘盛开的荷花，称颂审计人通达天地的正气，他自己则在画的左上角题写了“荷颂清风”四个字，隐喻审计人的清廉公正高风亮节。采访开始的时候，他说：“这是我以审计长身份最后一次接受媒体的采访。”面对这样一次特殊的采访，他选择在这幅画下接受记者的拍摄，他想说的话已不言而喻。

这个场景，加上我们掌握的其他素材，让我相信，他之所以能在审计的舞台上长袖善舞，贡献一个官员的个体性的独特价值，很大程度上因为他是一个现实的梦想家。换句话说，他是一个具有理想主义情怀的现实主义者。生于旧社会，长在红旗下，他在属于那一代人的理想主义环境中，塑造了一个中共高级官员对国家对社会对民众的责任感。采访中，他好几次提到“责任”、“我的责任”这样的字眼。

一个不敢担当责任的人，一个没有理想情怀的人，是难以像他那样做事的。还记得2004年，当央视将年度经济人物的奖项颁发给他的时候，我们这些媒体人都在猜测，他会不会现身于颁奖现场。终于，作为国务院组成人员的他，在人们的期待声中，走向了媒体为他布置的鲜花和舞台。事后，我听说，就连他身边的工作人员也不主张他去现场领奖。但是，他冲垮了人们心目中陈旧的规则，凭借他对媒体价值的独特理解，义无反顾地走到舞台中央，在中国政务公开之路上撒下一朵灿烂的小花。

通过媒体和公众对话，看重公开公正公平，借用“看门狗”在电视中描述审计存在的理由——如此等等，无不强烈地提示我们，他在他自己，一个来自底层的工农子弟的朴素情感中，注入了理想主义的元素，打上了浪漫主义的底色。

但是，李金华又是现实主义的。我无法判断他在现实面前的理性态度，是否源自他的金融学专业背景，我只知道他在两个多小时的专访中，表现了一个现实主义者的理性精神。中国需要审计的对象太多太多，而他们只有八万人，八万人中的大多数还是专业素质和技术装备均不能尽如人意的县一级审计员，怎么解决这个似乎不可调和的矛盾？他告诉我，要懂得田忌赛马的哲学，要选择最有可能做成的事去做，要充分利用现有条件下的有利因素。

学会在螺蛳壳中做道场的他，就这样在一个恰逢其时的历史背景下，借助理想主义者的情怀、现实主义者的手法，顺应时势的要求，担当了属于自己的历史责任，为中国政府审计划了一个美丽的逗号，让一个缺乏英雄的时代少了些许寂寞。

叶小文：破解宗教难题

2008年是中国改革开放30周年。30年的改革开放史，不仅是一部经济发展史，也是一部宗教工作史。30年的成就，不仅存在于经济领域，也存在于思想领域。现任国家宗教事务局局长叶小文先生，不仅是一位著作等身的宗教领域的专家，还在截至专访时长达13年的时间内，担任国家宗教事务管理的最高行政官员，亲历了执政党破解宗教与社会主义难题的重要进程。

2008年两会期间，联系到胡锦涛在中央政治局集体学习时关于宗教工作的讲话，我以《南方周末》的名义，就近年来宗教领域内的若干热点问题，专访了叶小文先生。

“脚前的灯，路上的光”

章敬平：社会主义国家的执政党在指导思想上，与包括有神论在内的一切唯心论是对立的。改革开放以来，在我们国家，“不信神”的执政党是怎样破解宗教与社会主义的难题的？

叶小文：邓小平曾跟十世班禅说过一段话：对于宗教，不能用行政命令的办法，但宗教方面也不能搞狂热，否则同社会主义同人民的利益相违背。至于说，怎样既充分保障宗教信仰自由，又防止“同社会主义同人民利益相违背”的“宗教方面搞狂热”？这个问题，小平同志没有说，难题留给了后人。

经过几代中央领导集体的正确领导，马克思主义宗教观与中国特色社会主义的实践的紧密结合，社会主义与宗教问题这个难题被出色地破解了。13 年来，我正好有机会在宗教局局长的岗位上，亲历了这一难题的破解过程。我们在执政党关于社会主义时期宗教问题的一整套基本观点、基本政策的基础上，进一步提炼、确立了新时期党的宗教工作的基本方针，并且形成了一套科学的理论，我们国家宗教局党组把它叫做“社会主义的宗教论”。

社会主义的宗教论，就是宗教问题的怎么看、怎么办。

怎么看，概括地说，就是“三性”：长期性、群众性、特殊性。

“文化大革命”一结束，邓小平请胡耀邦同志认真调查研究，将我们对社会主义社会宗教的基本观点、基本政策整明白，要拨乱反正。胡耀邦带人调研了很久，1982 年，发表了《关于我国社会主义时期宗教问题的基本观点和基本政策》，该文件系统总结了建国后对待宗教问题的正反两方面的经验教训，提出宗教问题的复杂性和长期性，“那种认为宗教就会很快消亡的想法，是不现实的。那种认为依靠行政命令或者其他行政手段，可以一举消灭宗教的想法和做法，更是背离马克思主义关于宗教问题的基本观点的，是完全错误和非常有害的。”

2001 年，中央召开建党以来第一次专门研究宗教工作的会议，由总书记代表中共讲一篇话。头一天，江泽民同志请锦涛同志，还有兆国、延东同志，以及王沪宁和我，到勤政殿，对讲话研究了半天，其中一段我印象深刻。他对我说，我们也要研究宗教的积极作用，小文你查一查，马克思、恩格斯对宗教的积极作用都讲了什么话。我赶紧查。查了，我说，哎呀，他们没怎么正面讲，他们说宗教是一个花朵，但是它是“锁链上的花朵”。江泽民同志说，他们没讲，我们自己讲。怎么讲呢？我看可以从宗教的群众性讲进去嘛。我们现在可以从《江泽民文选》中那篇《论宗教问题》的文章看到，讲话既肯定了宗教的积极作用，又指出了宗教的消极作用。我们说，正是在这一点上，中国共产党人发展了马克思主义宗教观。

第二天，江泽民在全国宗教工作会议上，正式提出宗教工作的三性：根本是长期性，关键是群众性，特殊的复杂性。这三条，就是我们对宗教问题的基本观点。你讲根本是长期性，它为什么是长期的呢？这是因为宗教有它的自然根源、社会根源、心理根源、认识论根源。讲群众性比较简单，群众性就是人多，全世界“五个人中四个人信教”，中国有多少人信教？你问我，我只能引用周恩来的教导，说“差不多有一亿多一点”。至于说，特殊的复杂性，那是因为宗教与政治、经济、文化、社会、民族等要素相互交织。

对于“三性”，胡锦涛同志有一段话，讲得非常清楚：我们中国共产党人是无神论者，我们不信仰任何宗教，但我们又是历史唯物主义者，必须以科学的观点看待宗教，全面认识宗教产生和存在的深刻历史根源、社会根源、心理根源和认识根源，全面认识宗教在社会主义社会将长期存在的客观现实，全面认识宗教问题同政治、经济、文化、民族等方面因素相交织的复杂状况，全面认识宗教对相当一部分群众有较大影响的社会现象。

“怎么看”看清楚了，“怎么办”也就明确了，“怎么办”就是我们关于宗教问题的基本方针，15 年来，基本方针由三句话发展为现在的四句话。

1993 年，江泽民同志在中央统战工作会议上说：“在宗教问题上，我要讲三句话：全面正确地贯彻执行党的宗教信仰自由政策，依法加强对宗教事务的管理，积极引导宗教与社会主义社会相适应。”此后 9 年间，在全国宗教工作会议上，反复讲的就是这三句话。

2002 年，十六大报告变成了四句话。十六大我参加了，大家讨论时提出，坚持独立自主自办原则，对于在扩大开放形势下抵御渗透非常重要，于是，就加了这一句。

2006 年，胡锦涛同志在讲话中，明确地说，这四句话，“就是党的宗教工作的基本方针”。第二年，“全面贯彻党的宗教工作基本方针”在十七大报告中得到了强调。不但如此，还写进了党章。

章敬平：您曾经说过，我们的宗教工作有两大基石，一个是理论的建树，一个是法制的建设。我国是成文法国家，是当今世界上为数不多的设有专门宗教事务管理机关对宗教事务进行全面系统管理的国家，这使得完善宗教立法在我国尤为重要。三年前，温总理签发了《宗教事务条例》。有人却认为这是一部限制宗教自由的条例，对此您如何评价？

叶小文：化解宗教和社会主义的难题，需要正确的理论观点为指引，需要正确的方针政策作指导，需要必要的法律法规来规范，一位基督徒曾借用《圣经》

中大卫赞美耶和华律法的诗句评价说，“你的话是我脚前的灯，是我路上的光！”，这“脚前的灯”就是执政党关于宗教问题的基本观点和由此决定的基本方针，这“路上的光”就是法制建设。法制建设是宗教工作的基石之一。1991年，中共中央在6号文件中提出“要加快宗教立法工作”，于是国家宗教事务局报送了《关于宗教立法体系和“八五”期间宗教立法项目的设想》。这些年来，除了制定宗教法的设想外，其它均在不同程度上予以落实。2004年，我们在实施依法治国方略的背景之下，在制定宗教方面的两个单行行政法规和若干地方性法规、规章的基础之上，制定颁布了我国第一部关于宗教事务的综合性行政法规《宗教事务条例》，少数别有用心的人说我们这个条例是限制宗教自由的条例，攻击我们的立法目的是限制而非保障。

不是的！

我们制定宗教事务条例的立法目的，首先是保障公民的宗教信仰自由，而非限制。我们可以举一个例子。江苏无锡灵山大佛是1995年建成的，那时候，我刚当宗教局长。当时，也没有一个规矩，没有法可依，就很难依法办事。我琢磨了几个月，就跟江苏说，既然已经建成了，我得管，先请省政府提出意见，报国家宗教局批准。结果，省政府同意了，我也就批准了。你们可能不知道，在灵山大佛建成的同时，辽宁也搞了一个玉佛，没有报批，所以，到现在这个玉佛也没有合法化。我去无锡的时候，跟他们说，你们也别得意，我得送你们四个懂：懂政策，懂佛教，懂管理，懂经营。他们严格按照《宗教事务条例》等法规、政策管理，修好了寺庙，成立了管委会。从一期搞到二期搞到三期，三期的灵山梵宫，2008年用来承办第二届世界佛教论坛。现在，他们搞成了佛教新的圣地，搞成了精品。我举这个例子，是想说明我们按照《宗教事务条例》依法管理，也就包括依法的保护。只要在法律范围内活动，中国的宗教事业就可以健康发展。绝不是西方那些人所说的，《宗教事务条例》就是给宗教信仰自由套绳子，上枷锁。这个例子还可以说明，我们共产党人对宗教信仰自由的尊重是真诚的，我们这一代共产党人也会给世界留下震撼人心的精品。

我们制定《宗教事务条例》的第二个目的是维护事关宗教事务的公共利益，规范政府对宗教事务的管理。强调依法管理，也是约束我们自己，增加行政管理的透明度，减少宗教事务管理的随意性。谈到管理，我们必须说清楚的是，我们管理的是宗教事务，不是宗教，不是宗教信仰。我第一次去美国，在洛杉矶海关被美国人拦住了："你是中国国家宗教事务局局长？我们美国没有这个单位，你这个单位是假的，你有移民倾向，请你回去。"我跟他说，我们管理的是公共服务，比如哪里需要修教堂，涉及公共利益，我们就去协调，去管理，去帮助他们。那个美国人似懂非懂地说，噢，你是做这个事的，OK！我们叫国家宗教事务局，常常被大家简称为国家宗教局，其实，"事务"两个字减不得，因为我们管理的是作为社会公共事务的"宗教事务"。

我总结过两个管理宗教事务的定律：我们管理的强度和涉及宗教观念的深度成反比，和涉及公共利益的深度成正比。这里所说的公共利益，指的是国家利益和社会公共利益。这个定律怎么理解呢？举个例子。我去新疆听人讲《古兰经》，里面有个词"吉哈德"，通常翻译成"圣战"，有的阿訇说，"圣战就是向黑大爷宣战"，"黑大爷"是俄文中的词，相当于"中国"。能让他这么讲么？严重地违反了公共利益，危害国家安全。我得管住他的嘴，可是我又不是阿訇，他这么理解经文，我怎么办？我就去找中国伊协的会长陈广元大阿訇，他找了一批著名的讲经权威阿訇，编写了《新编卧尔兹演讲集》，告诉大家"吉哈德"就是和自己内心邪恶的欲望作斗争。卧尔兹就是解经，那么，有人问了，解经，不是管到人家的宗教观念了么，为何要管？这是特例，涉及公共利益了。

为了公共利益，我们还根据《宗教事务条例》，制定了部门规章，比如说，我们根据《宗教事务条例》中关于活佛转世的原则性规定，制定和颁布了《藏传佛教活佛转世管理办法》，2007 年 9 月 1 日开始正式实施。西方有人问，"你们要干吗？"我们依法管理啊。"是不是将来达赖死了要管？"当然要管，国家宗教事物局要管，中央政府要管，规规矩矩按照宗教仪轨、历史定制，看湖，秘访，遗物辨认，然后选出三个候选灵童，报中央政府批准，金瓶制签。依照这些法规条文，以法律形式确认了中央政府在达赖转世问题上的主导权，把历史上传承下来的宗教仪轨和历史定制法律化，而不再是传统和习俗问题。

直面宗教热点问题

章敬平：西藏问题是怎么成为问题的？您如何评价“宗教的、种族的西藏论”？2007 年秋天，美国国会授予达赖“国会金奖”，西方媒体对此作了广泛报道，您对此有何评论？

叶小文：西藏问题，不是我们提出来的，是有人要把它搞成问题。西藏问题本质上不是宗教问题，而是分裂与反分裂的问题。美国等西方国家总是惦记西藏问题，对此，我们要“杜洋人之觊觎，制达赖之外附”。为什么这样说？四条理由：第一，西藏基本上全民族信仰藏传佛教，在历史上，达赖是精神权威，也是世俗统治的权威；第二，达赖外逃，控制着流亡政府和追随其流亡在外的十多万藏族；第三，西方反华势力竭力支持达赖，达赖则挟洋自重；第四，在西藏问题上，我们和达赖集团的斗争，实质不是什么信教不信教的问题，自治不自治的问题，而是稳定西藏还是搞乱西藏的问题，是维护统一还是分裂祖国，是捍卫国家主权尊严，还是勾结外国敌对势力插手中国内政的问题。

“宗教的、种族的西藏论”，是达赖分裂集团和美国提出西藏“高度自治”的理论基础。2003 年以来，美国政府连续向国会提交“西藏政策报告”，声称“美国西藏政策的基本目标，就是促使中国政府与达赖谈判”，使西藏实现“真正的自治”。理论来源如出一辙。这个理论的发明者戈尔斯坦在《雪狮与龙——中国、西藏和达赖喇嘛》一书中，提出“宗教的、种族的西藏论”，就是说，我们不搞西藏独立了，我们是要“保存一个语言、文化、人口结构都具有强烈的藏族特点的藏人的家园”，美国一个前助理国务卿认为，他“提供了西藏危机的最简明而实用的结论”。

1998 年，我和戈尔斯坦直接交锋过一次。他教育我说，你们在西藏文明的延续性上存在问题。我说，我知道，你们非常关心西藏文明的延续性，我们认为，这种延续性要和现代文明的进程相适应，要和整个藏民族的发展、进步、团结、幸福相适应。达赖统治时期，西藏人口的平均寿命是 35 岁，现在是 69 岁。什么是文明延续？西藏文明的延续，只有在发展经济改善生活的同时才能更好地保存，而不是打着保留民族特点、保护宗教文明的旗号，让一个民族衰落下去，让藏族回到全民皆僧侣的所谓佛教圣地的落后里去，回到政教合一的黑暗中去，回到农奴制度的野蛮中去，成为供人欣赏的展品和玩物吧？

美国国会授予达赖什么金奖，我认为是一场闹剧，达赖是一个长期从事分裂祖国活动的政治流亡者，唱的是分裂中国的戏，叫嚣的是“西藏独立”的戏。他自己没有几斤重，就从洋人那里讨一个奖章，为自己增加分量。这个闹剧里，他是“唱”的角色。当然，还有一个吹捧起哄的角色，这些人出于分裂中国的目的支持达赖集团。热心此道的人，大概是基督徒吧。《圣经》是他们的经典。我倒是愿意用《圣经》的话送他们：你要人怎样对待自己，你自己就应该怎样对待人。

章敬平：我们与梵蒂冈的冲突和交锋近年来为何屡屡发生？2007年6月底，梵蒂冈不顾我方反对，执意以教皇名义发表对华牧函，您对此有何评价？中国天主教的出路何在？

叶小文：我们和梵蒂冈的冲突已经有半个多世纪。早在中国解放之际，他们就煽动中国教徒反对共产党，反对社会主义新中国，让教徒在党与教之间进行选择。1983年，罗马教皇希望和我们进行直接的接触。三年后，双方开始多次接触。梵蒂冈知道，我们虽然改善双边关系，但是在自选自圣主教问题上一定会坚持原则。2000年，他们不顾我们的反对，在我们的国庆节，搞了个“封圣”，将那些当年被农民处决的传教士，全部封为“圣人”，这些“圣人”中，有的放荡无耻，有的劣迹斑斑。2006年，教皇约翰·保罗二世去世，教皇葬礼，梵蒂冈允许陈水扁参加，据说是因为新教皇没有主事，无人能决策。等到新教皇登基，我们表示中国可以再派人去，条件是台湾“政要”不能去。梵蒂冈答应了，我们正准备出发，他们又宣布，台湾“内政部长”带着一个团的人去了。你看，这个梵蒂冈说话算数不算数？

梵蒂冈对我们使用两手，其用意大概有三点，第一是想给它延续两千年的“圣统制”打一针强心剂。天主教是当今世界上唯一的有严密的教阶制和中央集权组织的宗教。第二，他们把打开中国的大门，视为传播天主教的“新千年发展战略”的重中之重，希望重新掌控中国天主教会的管理权，主教由他们任命，从而否定我们独立自主自办天主教会。现在，古巴的归他管，越南的归他管，社会主义国家只有我们中国不听他的。第三，由于意识形态上的势不两立，梵蒂冈仇恨社会主义。如今，他们希望继续充当反共的急先锋，捞取政治资本，挽救他们日益边缘化的“世界中心”。

至于2007年6月底的那个牧罕，虽然表示要撤销过去对中国教会的一些指令，取消给地下主教的所有特权，和中国进行建设性对话，看上去教廷的姿态有一定的积极性，但是总体上是消极的，某些方面还有所倒退。一位长期关注中国天主教的教会观察家在谈到牧函时表示，“牧函的发表，表明教宗走上了和北京对抗的道路”。牧函在中国教会内部制造新的分裂和混乱，挑动中国天主教徒绝对地和教皇站在一起，逼迫他们在党和教之间做选择。更危险的是，牧函公开否定爱国会、否定主教团、否定独立自主自办原则。上任教皇表示，教廷和中国天主教徒之间“具有宗教性质的纽带，不能损害中华民族的团结，哪怕损害只是微乎其微；也不能以任何形式削弱中国的独立和主权”，比较之下，新教皇后退了。

宗教与国家、社会、文化的关系，就像种子和土地、阳光、雨露的关系。中国天主教的出路，在于正确处理国家、社会、文化的关系，服从国家，国家就会善待你；适应社会，社会就会宽容你；融入文化，文化就会接纳你。中国天主教独立自主自办教会有其特定的含义，指的是政治、经济和教务，而非教义教规。2007年逝世的傅铁山主教说，中国天主教在信仰上同世界各国天主教会是一致的，同属一个信仰，同行一个洗礼，中国的主教、教父、教友与世界各地的神长教友一样为教宗祈祷。中梵关系的现状是历史造成的，在没有解决之前，坚持自主自办原则是民族的最高利益。梵蒂冈承认台湾伪政权，实际上是不承认中华人民共和国这一唯一合法政府。如果有人要绕开政府私自和梵蒂冈联系，看起来是从宗教感情出发，其实是头脑中缺乏一个中国公民应有的国家观念的表现。

章敬平：您先后出版了《把中国宗教的真实情况告诉美国人民——叶小文答问实录》、《化对抗为对话》，读者都是美国人，背景都是中美宗教之争。请问，中美宗教之争到底争什么？为什么而争？我们应该如何应对？

叶小文：中美关系这几年，在多个方面朝着建设性合作关系的方向发展，唯有在宗教问题上，越绷越紧，宗教问题竟然成为“全面推动中美建设性合作关系”

的一个障碍。

美国借口宗教问题向中国施压，已经长期化、政治化、机制化、法制化、国际化。11 年来，美国连续在联合国人权会议上，就宗教问题提出反华提案。美国还有一个国家宗教自由委员会，每年发表一个《国际宗教自由报告》，连续 8 年将中国列入“特别关注国家”，说，“中国的宗教自由的评语仍然很差”。2005 年，布什来华访问，到了人民大会堂，和胡主席在小范围内，谈了四个问题，三个涉及宗教；2006 年，布什在白宫会见实际上是“政治异见人士”的所谓的“基督教家庭教会代表”余杰。美国不断地打宗教牌向中国施压，是出于美国对华关系实施“接触＋遏制”策略的需要。美国有些人把迅速发展的中国当作现实的“利益攸关者”，但也是潜在的“文明冲突者”，因此不断在经贸、民主、自由、人权、民族、宗教问题上向中国施压，以宗教问题为分化、西化中国的突破口。

美国是一个表面上世俗化实质上宗教化的国家。宗教的全球化，基督教的普世性，美国宗教右翼势力的崛起，宗教问题的地位在美国外交政策中的明显提升，美国政界人物以炒作宗教问题拉升民意支持率的行为，福音化中国的百年梦想，以及中美之间关于宗教自由的定义的差异，使得宗教问题已经溢出了传统的外交渠道，成为目前中美关系的一种结构性的障碍，没有什么讨价还价的余地。

怎么办？我出版了两本书：《把中国宗教的真实情况告诉美国人民——叶小文答问实录》、《化对抗为对话》，看书名，就知道我们的愿望。其实，中美宗教方面的一定合作也存在可能性。因为，在国家安全层面，宗教方面的反恐，反对打着宗教旗号的恐怖主义，是我们两国间的利益共同点。

章敬平：您说过，美国前总统卡特曾告诉您，邓小平曾经这样回答他的询问：在中国，宗教信仰自由，OK；外国传教士，NO。结合当今时代的现实，您认为，我们应该如何理解这句话中蕴含的原则？在 WTO 化的时代里，我们如何回应宗教外交、文化交流等宗教界不可回避的时代命题？

叶小文：我认为，邓小平的回答中，蕴涵着两条原则：一个是维护宗教信仰自由，一个是坚持独立自主自办，这两条原则就像一枚硬币的两面，被同时写进了宪法，既保证了中国基督教健康顺利的发展，也保证了中国基督教信仰者和世界基督教信仰者的和谐相处。

世界正在快速全球化，中国已成为全球化中不可或缺的一个关键环节。这使得中国与那些有基督教背景的国家和人民的交往，正变得日益频繁，基督教文化对中国的影响也在日益扩大。这是文化交流和宗教外交的必然趋势。我们对文化的交流，是持欢迎态度的，我们的回答是OK。我们鼓励我国宗教界在独立自主、平等友好、互相尊重的基础上开展对外交往，在世界各种思想各种文化相互激荡的今天，我们既有弘扬民族优秀文化的自觉意识，也有吸收世界基督教文明中有益成分的宽阔胸怀。

但我们必须看到，基督教进入中国，不止于文化的交流，还有另外两个原因：一个原因是政治的利用，国际敌对势力打着“传福音”的旗号，利用基督教进行渗透，以此分化、西化中国，在意识形态领域动摇执政党的执政基础；另一个原因是传教的热情，基督教主张一神论，唯我独尊，坚持普世论，认为自己是全人类可以信仰的真正宗教，因为负有传教的使命。对于前者，我们的回答是NO，对于后者，我们的回答也是NO，但要具体分析，区别对待。我们反对《剑桥晚清中国史》中所说的传教士们“从根本上改组中国文化”的企图。

在宗教文化交流中，我们必须警惕境外利用宗教进行的渗透。境外利用宗教对我们进行的渗透仍然是咄咄逼人的，越演越烈的。在一些国家，基督教的渗透已成为国家行为，有统一的指挥。它们有可乘之机，利用中国在不断扩大开放的机会，借助经济贸易文化交流的掩护，以及中国社会价值观多样化的趋势，参照韩国在东南亚文化圈中扩大基督教势力的成功范例，到处渗透。利用宗教进行的渗透，渗透到我们的精神信仰中、文化需求中、民族心理中。国外两个大学授予我博士学位，我不要，但是，韩国东国大学授予我博士学位，我要了，好朋友嘛。可是，韩国基督教的渗透，我们就很头疼。几千个传教士，从东北一路走到广州，到处传教。当社会不公平问题突出起来，大量的农民和知识分子流动起来，如果利用基督教的火种进行渗透，传播的恐怕就不是“福音”了。

抵御境外利用宗教进行的渗透，一要高举我国宗教独立自主自办的旗帜，以民族的自尊和文化的自信来“制”它；二要用法律的武器，以法制的手段来“管”它；三要支持我国基督教开展神学思想建设，以自治、自养、自传来“融”它。

宗教促进和谐之道

章敬平：执政党对宗教及其社会作用的认识，在不同的时代不同的历史条件下，各不相同。梳理30年来关乎宗教的口号和命题，我们该如何理解执政党在当下的宗教政策？

叶小文：任何口号、任何命题的变化，都与不同的历史背景息息相关。30年宗教口号和命题叠加在一起，就是30年宗教政策的缩影。1949年，新中国成立，执政党明确地说“信教群众是可以团结的力量”，“宗教信仰自由”被明确写进了宪法。30年前，改革开放之初，执政党肯定“宗教界也有很大进步”，当时的原则是“政治上团结合作，信仰上相互尊重”。2001年，新世纪伊始，在全国宗教会议上，执政党将信教群众和自己的关系确定为“血肉联系”。2006年秋天，执政党提出“发挥宗教在促进社会和谐方面的积极作用”。在2007年秋天的十七大上，执政党提出“发挥宗教界人士和信教群众在促进经济社会发展中的积极作用”。

执政党当前的宗教政策，在不久前的中央政治局第二次集体学习时，在胡锦涛的讲话中，已讲得很清楚，那就是：“要正确认识和全面把握宗教工作面临的新情况新问题，积极主动做好宗教工作，促进宗教关系的和谐”。这是执政党宗教政策的新思维，它不是一般性的口号，不是信手拈来，不是权宜之计，而是深思熟虑的堪称科学命题的基本政策。正确认识和处理宗教关系，对于化解社会矛盾，顺利越过中国发展的战略机遇期，意义深远。我不久前去我国台湾地区，在台湾很有影响力的净良长老，还特别提到了胡锦涛主席12月18日主持的中央政治局的学习，他认为胡主席的讲话深合多年来的企盼和愿望，给了大家无比的信心。

章敬平：前年春天，您去杭州出席首届世界佛教论坛，并结合“和谐世界，从心开始”的主题作了讲演。2007年秋天，十七大报告提出“人文关怀”和“心理疏导”这两个新名词。请问，我们应当怎样看待党的文件中出现的这两个新名词？您认为宗教对于“心理疏导”有什么价值？宗教可以通过哪些努力为和谐社会作出贡献？

叶小文：当今世界面临困惑，快速发展会引起双重紧张，一是人和自然的关系的紧张，二是人和人的关系的紧张。高度紧张，又会造成双重焦虑，一个是社会失范的焦虑，一个是文明冲突的焦虑。执政党在这个时候提出“人文关怀”和“心理疏导”是适逢其时与时俱进的，表明执政党的思想政治工作已开始注重人们内心的感受。

宗教可以“为紧张增加紧张，为焦虑增加焦虑”，也可以“以和谐化解紧张，以祥和代替焦虑”。宗教对于“心理疏导”意义重大。以佛教为例，2006 年，中国成功主办了首届世界佛教论坛，“和谐社会，从心开始”的主题，就表明了佛教在构建和谐社会疏导心理方面的价值。

从 2007 年夏天开始，我陆续发表了一些论著，探讨宗教在促进社会和谐方面的积极作用。宗教要发挥积极作用，为和谐社会做贡献，它自己首先就要是个积极因素，要加强自身建设。如佛教所说的，“度己”才能“度人”。傅铁山主教在世的时候，跟贾庆林主席提出“五教同光，共建中国和谐宗教”的观点。我国五大宗教领袖的积极影响，贾庆林主席也充分肯定这一点。宗教要加强自身建设，宗教界人政治上要靠得住，学识上要有造诣，品德上要能服众。比如说，中国天主教宗怀德主教，他在济南的主教府，居室简陋，没有空调和暖气，仍然睡硬板床。

要发挥宗教在促进社会和谐方面的积极作用，很重要的一点，就是要围绕社会主义和谐文化建设，努力发掘弘扬宗教教义，宗教道德中有利于社会发展、时代进步、健康文明的内容，服务于和谐社会建设。虽然我们不能认同将宗教完全等同于文化的观点，但也不能否认若干宗教的经典教义、宗教道德因素中，所积累的人类生命繁衍的文化信息，所渗透的历史积淀的体验和哲理，所孕育的民族优秀文化因素，所镌刻的人类精神文明的发展轨迹。

章敬平：2006 年，首届世界佛教论坛在普陀山闭幕时，立了一块刻有《普陀山宣言》的碑，倡导“新六和”。2007 年，国际道德经论坛闭幕后，您写了篇文章，谈论“文化的回归和超越”。请问，在市场经济和人文精神发生冲突的今天，主办世界佛教论坛和道德经论坛具有什么样的价值和意义？

叶小文：高颂《道德经》，看上去是对传统的一次依恋，其实是大踏步走向现代、面向未来。对《道德经》的重新审视，是中华传统文化向现代化、全球化转化与重塑的一次努力。文化是民族的根，精神是民族的魂，传统是民族的本。我们要抵御意识形态领域特别是宗教领域的西化，就需要认准先进文化的方向，保持和发展民族文化特性，着力弘扬它契合时代的智慧，实现我们的文化自觉。

纵览世界发展史，一个国家、一个民族的兴旺和强盛，不仅是经济繁荣，必有一定的文化、文明为其依托。而宗教文化在构成这种文化、文明依托上，起过重要历史作用。康有为，乃至现在的一些新儒家，都主张中国要强大应提倡“孔教”。还有人提出，要“以儒治国，以道治身，以佛治心”。我们今天不应该再提倡以什么宗教去代替民族文化，但也不应忽略世界许多民族的传统文化中都含有一定的宗教因素这一基本史实。

考虑到宗教与宗教文化在人类历史的文化长河中的特殊作用，我们要发掘宗教文化中的积极因素，融摄儒、释、道等中国传统文化的有益成分。譬如，中华传统文化中蕴含着丰富的“和”的内涵，其中的和谐之道值得我们去推敲、发掘。

佛教在中国历经两千年的发展，具有鲜明的中国文化特色，其中氤氲着“一团和气”，蕴涵着一股“和风”。佛教基于其缘起思想和平等观念，向来都是讲“和”，是主张和平认同平等的宗教。平等促使人们生慈悲心，互相谅解宽容。佛教还特别强调内心的和平，外部的“净”来自心“净”，外“和”来自心“和”。基于“教规双运，解行并重”，佛教强调僧团奉行“六和敬”的规则，即：身和同住，口和无净，意和同悦，戒和同修，见和同解，利和同均。今天社会进步的加速，需要“新六和”：人心和善，家庭和乐，人际和顺，社会和睦，文明和谐，世界和平。

道教中也蕴含着丰富的“和”的理念：和谐的人类健康思想，和谐的治国安邦思想，和谐的环境保护思想。道教之和，紫气东来。道教在中华民族构建和谐社会的新时代，也要紫气东来，用东方之祥瑞和气缓和世界“文明的冲突”。

章敬平：我们的记者在全国各地采访发现，少数城市存在滥建寺庙的嫌疑，当地政府似乎对此也比较支持，有的理由是“宗教搭台，经济唱戏”，为地方经济作贡献，还有的理由是，建设寺庙可以“发挥宗教在促进社会和谐方面的积极作用”。对此，您怎么看？

叶小文：正确处理宗教关系，发挥宗教在促进社会和谐方面的积极作用，不等于可以滥建寺庙佛像。从总体上看，宗教活动的场所基本够用了，但是，扩建滥建仍然屡禁不止，有的是“企业办庙”，个别的是“政府建庙”。你下去调查，看见一个小庙，大家就说“一个庙，一个神，后面站着一个人”，这个人是老板，甚至是乡长，他们借着庙，收香火钱。要严肃地追究领导责任，对借教敛财的企业，要按照《宗教事务条例》来罚款，要让它破财，你不是要敛财么？

绝对不能搞“宗教搭台，经济唱戏”。有的商人有了钱就修，又不懂规矩，修的那个庙啊，一堆钢筋水泥整在那里，不但人不愿意进去，佛菩萨都不愿意进去，那是庙么？炸也不能炸。有个地方整了一个100多米的大佛，肚子里都空着，里面房间又是出租，又是唱卡拉OK，从佛教的角度看，你跑到佛肚子里唱OK，你不是找死吗？

不要搞“宗教搭台，经济唱戏”，不能乱建庙宇，乱塑佛像。某个市已经有一个很好的大佛了，隔壁的市非要再建一个大佛，还托海外的关系绕着来找我。我实在没有办法，就跟他说，一个不大的地区，这儿站着一个佛，那里又站着一个佛，到了晚上，夜深人静了，他们两个吵架怎么办？所以，我们非常严格地审批，禁止滥建乱建。我们不要去发展宗教，而是要努力使已经存在的宗教多为祖国统一、民族团结、经济发展、社会稳定服务。

章敬平：2007年11月8号，是赵朴老诞辰100周年的纪念日。这一年的4月20日，原全国人大副委员长天主教北京教区主教傅铁山逝世。据说，他们的逝世，常使宗教界人士感叹“圣人不再”，进而联想到宗教人才不能满足宗教事业发展需要的矛盾。您对此有何评价？

叶小文：赵朴老和傅铁山主教，分别是佛教和天主教的杰出领袖。我和他们是忘年交。他们在世时，经常谈到年轻宗教人才的培养教育问题。我曾在五台山讲过一段话，今天的大陆，虽然寺塔耸立，宝刹庄严，但比起事业的需要，缺乏的是人才。你看祖国宝岛台湾，就出了几个在世界上都有影响的法师。有的法师去香港红磡体育馆给上万人讲经说法，而且还是卖票的。讲得不好，谁买票去听？我们期望当代中国大陆出一批像太虚法师、弘一法师那样的高僧，走向世界，展示“大中国有佛”的风采。

不单单是佛教，五大宗教都存在人才问题。拿发展中国家天主教神学的发展情况作比较，南美有“解放神学”，非洲有“黑人神学”，菲律宾有“草根神学”，中国有个什么神学呢？不知道！我们的年青一代神学家要起来啊。新中国成立前，中国天主教会在政治上、经济上和教会管理上，都是西方教会的附庸，在神学思想上也是西方教会的附庸，如今，通过反帝爱国运动走上独立自主自办，中国天主教成了中国天主教徒自办的宗教事业，这个成就确实值得我们自豪。可是，中国天主教会如果长期没有形成与政治、经济、独立地方相称的神学思想，是不是一个很值得引起重视的问题呢？

人能弘道，非道弘人。“发挥宗教界人士和信教群众在促进经济社会发展中的积极作用”，宗教人才的培养是关键。2007年12月18日，胡锦涛在中央政治局集体学习时说，要加强宗教教职人员队伍建设。要加大培养、选拔、使用工作力度，努力造就一支政治上靠得住、学识上有造诣、品德上能服众的合格宗教教职人员队伍。我在2007年发布了国家宗教事务局令第6号，公布了《宗教院校设立办法》。我们要办好宗教院校，培养人才。

章敬平： 最后问您一个个人问题，您是主管国家宗教事务的最高行政官员，事务之繁，头绪之杂，可以想见。但您却亲笔撰写了五六本专著，堪称著作等身。请问，您是如何在繁忙的公务之余写下这么多著作的？

叶小文： 我在1995年5月15日被国务院任命为国务院宗教事务局局长，现在叫国家宗教事务局局长，在这个岗位上，我干了13年。我很幸运，我能在这个重要岗位上，亲历党中央国务院积极引导宗教与社会主义相适应的重要进程，能有机会和赵朴初、傅铁山、丁光训、陈广元等杰出的宗教领袖亲密接触，和无私奉献的宗教工作干部们一同工作一同钻研，这是我能够写出这些专著的前提和基础。

在江苏，我曾听一个镇长跟我说起他的座右铭。他说，作为一个基层干部，白天要“走、干、讲”，晚上要“读、写、想”。“走”，就是到基层去，到老百姓中去；“干”，就是干活；“讲”，就是把我们的主张和政策说给大家听；“读、写、想”，就是既要读书学习，又要动笔、动脑。我作为国家宗教事务局局长，当然有忙不完的宗教事务，白天也需要马不停蹄“走、干、讲”，但是“宗教无小事”，哪一件重要的事务不需要理论思维、不需要政治考量、不渗透文化内涵呢？没有办法，逼着我晚上不能不挤时间来“读、写、想”。

因为“白天‘走、干、讲’，晚上‘读、写、想’”，这些年我陆续出版了一些著作：《多视角看社会问题》、《从心开始的脚步》、《宗教问题：怎么看、怎么办》、《化对抗为对话——叶小文与美国“国际宗教自由委员会”代表团会谈实录》、《把中国宗教的真实情况告诉美国人民——叶小文答问实录》。胡锦涛主席访问美国耶鲁大学的时候，送了一批书，《把中国宗教的真实情况告诉美国人民——叶小文答问实录》也被选上了。

尽管“走、干、讲”，难免“走”得有弯路，“干”得有错事，“讲”得有废话；尽管“读、写、想”，难免“读”而不通其理，“写”而不得其要，“想”而不得其解，但我相信，只要孜孜以求于怎么看，锲而不舍于怎么办，津津乐道于“走、干、讲”，念兹在兹于“读、写、想”，只要心无旁骛，意无杂念，就能以勤补拙。

采访手记4：高级官员背后

奥里亚拉·法拉奇的风云人物对话，曾经无数次地激励过我。在我还没有成为一个记者的时候，我就梦想过，像法拉奇那样随心所欲地采访素未谋面的领袖们，与总统首相外长们自由交谈，写出世界争相传阅的报道。

待我真的成为一个记者，法拉奇式的梦想好似深夜里滑过天际的流星，仅仅闪了一闪，就消失了。

2008年春天，我做记者的第十个年头，我开列了一个名单，希望自己所在的民间色彩浓郁的行政级别不高的媒体，能够跻身"庙堂"，就读者感兴趣的话题，独家专访中国明星高官，面对面地与他们展开对话。

媒体圈的朋友们怀疑我的"希望"，太过渺茫，渺茫得接近于"失望"。他们的理由是，中国高官尚未形成接受媒体独家专访的习惯，即便他们愿意接受一次独家专访，幸运的恐怕只有官方正部级媒体，或者全球性著名媒体。

我还是希望试试我的运气。此前一年，我独家专访过全国人大副委员长许嘉璐，那时候，我所在的媒体同样是民间色彩浓郁，行政级别不高。

我果真撞上了好运。名单中的三个人接受了我的独家专访：

2008年两会前一周，国家审计署审计长李金华接受我代表《南方周末》进行的独家专访，两个多小时的专访中，李金华阐述了他对中国审计体制的道路选择的观点，和我们一起分享了他在20年审计生涯中的心灵感受，他还强调，这是他以审计长的身份最后一次接受媒体采访。《铁面审计长谢幕》的专访最后在南方报业传媒集团所属的《南方周末》、《南方都市报》、《21世纪经济报道》同日刊出。

我还在全国人大副委员长成思危卸任前三天，对他进行了独家专访，他回顾了自己传奇的一生，畅谈了他的参政议政路，并以一个民主党派领袖的参政经历讲述了中国共产党领导的多党合作制度的运行规律。

两会结束前，《南方周末》还以一万余字的篇幅，刊载了我对国家宗教事务局局长叶小文的专访，叶小文首次对国内媒体如此详细地解析了中国宗教政策的历史成因和当代思维，毫无保留地表达了他对西藏问题、达赖问题、梵蒂冈问题、中美宗教冲突的看法。

接二连三的独家专访，赋予我作为一个记者的成就感，尽管他们都是以不为人知的笔名与读者见面的。英国《金融时报》中文网就其中的两篇发表了评论，这在一定程度上满足了我的虚荣心。当然，三篇独家专访的成功，不能完全归功于个人的努力，如果没有《南方周末》的品牌影响力，实现这一切恐怕是不可能的。

平视的目光和心态

法拉奇在采访中怒斥过卡扎菲。我没法想象那是怎样的一种场面，就我独家专访高官政要的情境而言，我始终提醒自己用平视的目光待人。事实上，他们也是以平视的目光和心态接待记者的。

“平视”，是与俯视、仰视相对应的，它是一种目光，也是一种心态。现实中，我们面对采访对象的目光和心态，就像一个世俗的店小二，已经习惯了看人下菜碟。采访高层时，我们仰视他们；采访底层时，比如犯罪嫌疑人，我们俯视他们。

有一回，无聊的时候，我查看了媒体关于上海原市委书记陈良宇、国家统计局原局长邱晓华的报道，深感一个高官千万不能成为阶下囚。别的不说，媒体记者报道他们的目光和心态，从谄媚的仰视到蔑视的俯视，不过一步之遥。

我记得《三联生活周刊》的副主编李鸿谷曾经为我的《南平寓言》写过一则书评，讲述过不怀偏见的态度，进一步讨论的时候，他说到了“平视”。鸿谷是第一个将“平视”一词，领进我的新闻世界的人。他说过，我就牢牢记住了。

1999年春天，彼时在《合肥晚报》做记者的我，被派到黄山市采访，报社希望我能跟当地的政府官员接洽上，可我徘徊了两天，没敢敲开市长办公室的门。

这跟我们从小生活的环境有关。官的威风凛凛甚至于不讲道理，让我们从小就对官员养成了高高仰视的敬畏心。

长大了，我们恰巧遇到腐败官员前赴后继接连落马的时代，我们对官员的心理又多了一重蔑视心。

先是不敢，继而是不愿，接着是不敢加上不愿，致使刚出道的我，未能敲开市长的门。

其实，何必呢？我们是记者，我们是去采访，又不是去上访，不是干什么违法的事情，也没有人规定我们不可以去，我们为什么就不敢去呢？如果说蔑视，更是要不得，我们是记者，不是上帝，不是道德上优越于官员的人，又凭什么蔑视他们呢？

不管是什么样的心理，总之是一种分别心，因为缺乏平等心，我们就不能以平视的目光和心态对待我们试图采访的官员。因为不能平视，我们就难得去联系，懒得试一试。记得我跟一个新闻界的朋友说专访李金华，他怀疑是否行得通。我又征询了另外一批人，好像没有一个人支持我，都认为采访国务院组成人员有难度。我说，他不是接受过央视的专访么？他们说，那是央视，你是什么，你是《南方周末》，和他下属的新闻处长是一个级别的。你们过去不是没有试过，结果是，你们没搞成啊。

当我跟他们说起，我还想采访国家宗教事务局局长叶小文时，他们更是吓了一跳。新闻人都知道，宗教是新闻报道的敏感领域，很难操作。如果让宗教局的局长说出本该在《人民日报》上发表的内容，对《南方周末》这样的媒体没有什么意义，但如果让叶小文说出仅仅可以在《南方周末》上刊登的文字，大家觉得难度不是一般的大。

三个采访对象中，只有成思危，大家觉得或许有点把握。可是，还是有朋友泼冷水说，成思危只在央视和凤凰卫视接受过独家专访。我们从纸媒体上看到的成思危的报道，鲜见真正意义上的独家专访。所谓的独家专访，是采访对象很明确地知道你的采访意图，愿意面对记者和这个记者所在的媒体来开诚布公地讨论一个大家共同关心的话题，而且他谈论的内容的首发权属于这家媒体，这样的采访才是真正意义上的独家专访。

以这个标准看待独家专访，大家突然觉得难度大了。我对难度是有预计的。过去，我在《经济观察报》的时候，曾经耗费了很大心思专访他，采访提纲写了好几页纸，请一个他信任的人递交给他，结果还是竹篮打水一场空。

我还是不愿意放弃独家专访的念头。我说，我联系独家专访是我的事，他们愿不愿意接受，是他们的事，最坏的结果无非就是拒绝，还能怎样呢，总不至于把我抓起来吧？

我想，只要我有平视的目光和心态，对方职务和地位的障碍是可以逾越的。

事实上，我们采访他们，他们接受采访，都是在为自己工作。官员愿意接受我们的采访就等于配合我们的工作，我们采访官员也是在配合他们的工作，他们是利用工作时间接受采访的，而不是利用个人时间与我们分享他的观点。在我们采访李金华时，他第一句话就说：这是我以审计长的身份最后一次面对媒体。这就说明我们双方都是职务行为，我们在彼此配合对方的工作。

需要说明的是，我所说的配合，不是取悦，不是放弃原则地为对方工作，回归新闻学基础理论，作为采访者和被采访者，我们坐到一起的潜台词是：政务公开，还公众以知情权。

事后的进程表明，我们试图独家专访的这三位高官，其目光和心态比我们更为“平视”。稿子做成后，按照要求要送审，审计长作了一些修改，并写了一句话，大意是：对稿件作了小的修改，希望《南方周末》的同志理解并支持。

可见，整个采访过程双方都是职务行为，在这种心态下，采访是平等的，互相尊重的，无须顾虑、担心什么。

记住我们的角色

我们平视的目光和心态，是由我们的角色决定的。

我们是记者，采访是我们的天职。我们个人和我们所在的媒体，就行政级别而言，和贵为国家领导人的成思危，和省部级官员是不对等的，但是，我们是记者啊，我们身后有数百万的读者，他们是国家权力的授予者，我们是代表国家权力的授予者，去采访官员的。从这个意义上说，我们起码和官员是平等的。

我在递送成思危的采访提纲中，提到了他的父亲——成舍我，成舍我是1949年前中国大陆很有名的报人，他曾与汪精卫发生了冲突，汪精卫就要把他关起来，还要他写检讨，成舍我就托话给汪精卫说：我能当一辈子记者，你能当一辈子的行政院长吗？

还有一个很有名的报人与蒋介石有过一个对话，蒋介石说：我有百万雄兵，对方说：我有百万读者。这也许是知识分子的杜撰，但即使是编排出来的也说明一个问题，那就是我们的角色，我们是代表公众去与公众人物面对面的，我们的背后有很强大的公众力量，我们从事的是新闻工作，我们的采访权是公众授予的公民权。

如果我们从理论上认识到这一点，我们就很容易逾越官员的地位、权势的障碍。

认识到自己的角色，你会放松得多。当我们面对高官或重要财经人物时，常会遇到知识视野不对称的情形。比如说李金华，他做了22年的审计工作，做了10年的审计长，他的很多朋友都是各国的审计长，他对审计有很多独到的见解。无论我们怎么准备我们的采访，都难以具备他在专业领域的深度，难以拥有他在专业领域的视野。我们在采访过程中一定会遇到深度与视野层面不对称的尴尬。

这时候，怎么办？

我仍然需要回归我们的角色。我们不用担心什么，我们仅仅是一个记者，我们发问不是我们个人在请教他问题，而是代表媒体和关注我们媒体的读者在与他进行交流，就专业领域内的深度和视野来说，绝大多数读者和我们一样无知，你敢这样想，你就不会尴尬了。

平等对话的前提

在我们还没有像沃尔特·李普曼那样牛气冲天的今天，在可以想见的还不可能像法拉奇那样魅力四射的将来，我们当然不能仅仅凭借我们前面所说的角色感，靠着一颗勇敢的心，随心所欲地采访我们想采访的官员。我们可以没有李金华那样的深度和视野，但我们不能没有平等对话的前提。

你得像了解你的邻居一样了解你的采访对象，这就是我所理解的平等对话的第一个前提。如果你不了解他,你又如何能够给他一个接受你独家采访的理由?他们比我们想象的忙碌，谁会忙中偷闲做一件没有理由的事呢。

我从改革开放 30 周年的大历史，和他们的个人历史当中寻找理由。比如说李金华，他走进审计署已经 23 年，他的个人历史是新中国审计史的一部分，也是中国改革开放史的一部分。我们希望从他的个人历史出发，在改革开放 30 周年的历史背景下，返顾中国审计事业 25 年的风雨历程，展望未来审计改革的历史路径。

为了找到这个理由，我们给审计署新闻处准备了三个方案，从心理学的角度说，当一个人面对三项选择时，除非他实在心生厌倦，否则，他会本能地挑出一个他感兴趣的选项。

当然，李金华究竟是不是因为我们的设计而接受了我们的采访，完全不得而知。我说这些只是想说，你在碰运气的时候，应该做好案头工作，得像对方已经接受采访那样做好预先的准备。

预先准备的好坏，决定着你的对话能力的高下。当我们面对一个专业领域内的高官，我们的对话能力将受到极大的考验。人家一时兴起，给你一两个小时的时间，你总得有能力将话题谈下去吧。

准备采访国家宗教事务局局长叶小文前，我几乎将与叶小文有关的所有的报道和书籍，连同他在公开场合的所有报告和讲话，都一一看过。我是宗教界的门外汉，如果没有对采访对象尽可能详致的信息的搜罗整理，我们连问题都提不出来。

2007 年两会前夕，我给全国人大副委员长许嘉璐准备了一份采访提纲。他原是北京师范大学的副校长，是著名的语言学家，感兴趣的是与文化相关联的领域。他春节过后的第一个工作日即接受了我的独家专访，他说，他从没有看过我们的报纸，之所以愿意接受采访，原因之一即在于他对采访提纲上的话题感兴趣。

国家与教堂

GUOJIA YU JIAOTANG

新闻记者总是免不了虚张声势的坏毛病。与历史学家相比，热衷于此时此地的我们，常常肤浅得连我们自己都不好意思。在他们的眼中，不经过漫漫无际的无谓流逝的岁月，人类就不会看到一个真正具有世界历史意义的时刻，一个人类群星辉耀于璀璨星河的时刻。可是，历史学家眼中的规律，常常被我们粗暴地践踏，我们装作无所谓地抬起置之不理的头，自言自语地，自高自大地，就一个个短暂的历史片段，作意味深长的大历史的解读，即使没有任何历史意义的小人物小事件，我们也习惯于见微知著，从青萍之末，揣摩风的方向。我不敢说，2000年代的中国，我们这个世纪的最初十年，是意义寻常的十年，是人类历史上庸常碌碌的十年，但我必须承认，撰写2000年代的中国的念头刚一抬头，我就堕入了刻意拔高当代史的陷阱，犯了动辄指点江山激扬文字粪土当年万户侯的老毛病。像往常那样，就某一个人物某一个年月某一个事件展望中国的未来，已不再是我的兴趣所在。在这本书里，

第肆辑

天下：同一个世界，不同的梦

写在前面：

在一个没有村长的地球村，国家与国家之间的你来我往，从来都不像奥林匹克体育盛会上的歌声那么动人。“同一个世界，同一个梦”，是用来唱歌的，是用来许愿的，它是我们呈送给未来的期许，而非现实。环顾WTO硝烟弥漫的贸易战，我们沮丧地发现，在战争与和平依然触动心弦的2000年代，熙熙攘攘的天下，还在做着不同的梦。

过去十年，当我徘徊于中日邦交剪不断理还乱的历史与现实，当我目击中印战火封闭44年之久的边贸市场重新开放，当我看到以美为师快的以色列建国不足百年就成为科技大国，我开始相信托马斯·弗里德曼的凌志车与橄榄树的视角：全球化的问题，关键不在于你想不想“化”，而在于你怎样“化”。我们不能因为梦想的不同，而彼此关上自家的大门。

21世纪最初10年，是中国与世界深度握手的10年，也是中美关系风起云涌的10年。关于美国，这个“美丽的帝国主义者”，我且从“9·11”那一年的感受说起，直到奥巴马当选总统对我的刺激，从而思索清华大学中美关系研究中心孙哲所说的“以美为鉴，谋祖国富强之道”，是否真的是我们这个时代的一大主题。

中国能做领导者吗

在WTO多边贸易谈判中，中国是否应当充当发展中国家的领导者？香港峰会上，韩国农民跳海、抢盾牌、抗议世贸的声音，并未遮蔽中国要不要担当发展中国家首席代表的争议。

“二年级学生”嗓门大了

2005年12月14日12时许，中国商务部部长薄熙来，被围堵在香港会议展览中心的一个演讲厅。媒体事先预料的在随从簇拥下急速离开的场景没有出现。半个多小时里，这位比围堵他的记者们高出一个头的“美男”，仔细辨听着七嘴八舌的提问，“很配合”地一一作答。

此前，他发表了当天上午时间最长的演讲，将一般的5分钟，变成10分36秒。他不仅替“13亿中国人民”说了“几句话”，还为发展中国家代言，“坚决反对”发达国家将发展中国家分类对待，并呼吁发达国家“切实给予中国等新成员特殊和差别待遇”。

返观2001年以降，中国在WTO部长会议上的历次表现，一位从多哈追踪到坎昆再采访到香港的资深媒体人士惊喜地说，薄熙来的态度出人意表。5年来，中国代表团在WTO的舞台上，一直以低调示人。在多哈会议上，香港代表团团长忙得不亦乐乎，而龙永图却游泳去了。如果说彼时的中国还是一个预科生，受制于观察员的身份，没有声音也可以理解，那么，两年后业已是WTO大学堂“一年级新生”的中国，在坎昆会议上的近乎沉默的“不活跃”，则是没有托辞的刻意为之。据悉，那次峰会上，彼时的商务部部长吕福源面对各国记者，差不多“一声不吭”。看别国代表团的记者招待会此起彼伏，就是不见中国代表团的动静。末了，仅仅是中国驻 WTO 大使孙振宇召集前往的大陆和香港媒体，小范围地“答”了一回“记者问”。

这一回，中国这个“二年级学生”的嗓门明显大了。7 月，她积极倡议在大连开了一个小型部长会议，中方官员会前和 WTO 官员磋商甚多，会议期间与 10 余国部长有针对性地磋商到深夜。薄熙来特地与美国、欧盟的贸易代表“煲”了一通电话。香港峰会上，商务部世界贸易司副司长史苗苗对《南方周末》记者表示，中国参与 WTO 谈判的态度很积极，并参与了三次易稿的香港宣言草案的拟定。与会的另外一位商务部官员称，未来两天，商务部或会派出一位副部长，接受记者的访问，陈述中国立场。

“自己跟自己纵向比，积极多了，跟印度、巴西等有影响的发展中国家横向比，我们还是比较低调的。”以 NGO 身份与会的武汉大学 WTO 学院院长余敏友教授说，“很多发展中国家希望中国领头，但中国似乎不是很乐意。”

观摩香港峰会的 WTO 香港专家认为，中国在香港部长会议开幕前后的表现，更多的是一个中间人，而非发展中国家在 WTO 峰会上的领导者。她在诸多层面的努力，都是在尽“半个东道主”的责任。商务部前条法司司长张玉卿说：“如果香港部长会议成功，香港光彩，中国自然也光荣。”

香港峰会上的“中国风”

香港峰会上，无论是对中国颇多指责的“第一世界”成员，还是吁请关注中国的部分 NGO，或者对中国期待甚多的发展中国家，对中国或褒或贬的言行，都显示香港峰会上的中国因素举足轻重。

虽然美国加州大学洛杉矶分校中国研究中心主任 Richard Baum，评价中国是 WTO 好公民，但香港峰会的第二天，却有外电报道称，美国与欧盟代表抨击中国没有完全遵循 WTO 的原则，欧盟则呼吁中国进一步对欧洲汽车业开放，否则将端起法律武器。

当天下午 2 点，非政府组织 World Growth 的主席 Alan Oxley，在薄熙来宣称中国“减让不含水分”的演讲结束后不足三小时，邀集新闻界和与会代表、NGO代表，讨论“中国应是世贸最重要议题”。这位前澳洲派驻关税和贸易总协定的领事延伸说，WTO生死悬于一线，不在于农产品协议是否达致共识，而在于中国是否走上自由市场之路。

Alan Oxley接受本报记者专访时称，过去唯其他发展中大国马首是瞻的发展中国家，正将希望寄托在中国身上，希望中国做他们的领导者，因为他们发现，他们追随的发展中大国，其实一直在维护自己的利益，而不是他们。

WTO历史上影响甚大的Alan Oxley确定，多数发展中国家看重中国。这个头发花白的欧洲老头说，中国在世界贸易中的地位，已由四年前的第九位的进口国、第十位的出口国，跃升为“两项第三”，所有的发展中国家都不会怠慢她。

与会的NGO代表接受《南方周末》访问时补充道，且不论中国在WTO中“一国四席”的特殊地位，中国是外国直接投资最大的东道国，中国去跟美国和欧洲谈，他们会更耐心地倾听。

作为一个有影响的发展中国家，印度也在香港峰会上毫不讳言地支持中国的新成员特殊和差别待遇。印度《经济时报》援引印度商工部部长纳特的一份声明说，印度对中国的支持是发展中国家结盟对付发达国家战略的重要组成部分。

实际上，美国也对中国在香港峰会上有所期待。11月中旬，美国贸易代表波特曼访问北京时，曾请中国劝说欧盟减少农业关税。《华尔街日报》评论说，不愿意在世贸谈判中充当领袖的中国婉拒了波特曼。

抱定“不当领导者”立场

尽管中国在是次香港峰会上，毫不犹豫地为发展中国家争取“特殊与差别待遇”，与那些利益和立场与中国相近的发展中国家多方协调，为发展中国家在多边贸易谈判中争夺话语权，但观察人士发现，“绝不出头”依旧是中国在WTO谈判中的不二法门。

一位出席过坎昆峰会的香港WTO专家,对中国在“G20”中的举动甚为不满:“上次坎昆会议，中国让巴西当了发言人，这次香港会议，竟又将发言人地位拱手让人！”

张玉卿，这位在WTO舞台上为中国打拼多年的商务部前条法司司长，对《南方周末》记者说："中国不当发展中国家的领导者，是对的。中国就应该做中间人，尽量撮合多哈谈判的成功。我们要谨慎地促成成果，而不能把自己变成领导发展中国家抗击发达国家的反对者。要知道，中国的利益在多边，不在双边，假如多哈谈判拖延十年谈不成，对谁有好处？受伤的还不是发展中国家！"

"再说了，中国要担任发展中国家的领导者，有堪以担当重任的人才么？"张玉卿说："你到WTO会场上看看，印度等发展中国家在那里挥斥方遒的，多数可是职业外交官啦。"

WTO前秘书处顾问、香港大学WTO研究专家高树超说，中国大陆的研究队伍看上去浩浩荡荡，出的书汗牛充栋，可真要和发达国家的专家顾问过招，明显处于劣势。当下，WTO上诉机构有7位专家，印度、巴西、阿根廷都有，中国呢，还不晓得到哪一天才会有。

高树超说，中国入世时间短，还是个学生，谈判经验不足。虽然打了几场官司，但尚处于学习阶段。中国入世第一案——美国钢铁保障措施案，中国确实打赢了，但别忘了，我们是搭了欧盟和日本等国的"便车"，加入集体诉讼才赢的。

中国不做发展中国家领导者，还有一个更为重要的因素就是利益分歧。高树超称，中国与其他发展中国家的需求是不一样的，回头想想，在中国入世的谈判中，哪些国家和中国最后签订入世协议书，对中国要价最狠呢？就是发展中国家。比如墨西哥，它同北美有自由贸易协定，产品可以以优惠的价格进入北美，而中国进入WTO后，商品可以长驱直入地进入美国，墨西哥自然不愿意。

高树超还认为，中国与很多发展中国家的关系不是伙伴而是竞争对手。由于大家在国际市场上拼的都是资源密集型和劳动力密集型产品，所以相互矛盾多。2004年，纺织品及成衣协议本应对中国失效，取消纺织品设限，可是，不少发展中国家呼吁延长该协议，担心中国的纺织品大举攻入，断了他们的活路。2004年春，土耳其、墨西哥等国的纺织品行业组织签署了《伊斯坦布尔宣言》，要求WTO对中国纺织品出口继续实行配额管理，直到2007年底。短短3个月，有45个国家的90多个专业组织参加了《伊斯坦布尔宣言》的签名。

过去，动辄亮出反倾销、反补贴、保障措施这个"两反一保"之"剑"的多数是美国这样的发达国家，然而，当下舞剑最为频繁的前10位的国家，大抵是印度、南非、马来西亚等发展中国家。2004 年底，土耳其政府以“市场扰乱”为由，对中国 42 类纺织品实施保障措施。

综合考量，有 WTO 学者断言，在发展中国家与发达国家之间，中国应该做个撮合者。一方面，中国有发展中国家的特质，产业主要是劳动力密集型，整体水平比较低；另一方面又有发达国家的特点，是第三个贸易大国。所以，中国与其他发展中国家的利益诉求不一样，做中间人蛮合适的。

当仁不让

中国应该在香港峰会上，进入发展中国家 WTO 首席谈判代表的角色，当仁不让地做发展中国家的领导者。持此观点的人士宣称，做发展中国家的领导者，是无路可退的历史的选择。

12 月 16 日，香港城市大学法学院邀请欧盟议员，以及中、日、韩等国的 WTO 专家，研讨 WTO 法律。午餐上，张玉卿与任职于香港城市大学法律学院的王贵国教授，面对面地争论起来，后者反问前者：“中国为什么不做领导者？中国 2001 年入世的条件就比 1995 年合适？你不上火线，什么时候条件才能完备？”

香港大学法律学院院长陈文敏说，无论是农业、服务业，还是知识产权，抑或特殊与差别待遇原则，中国与发展中国家在诸多谈判议题上，共识多于分歧。他反对中国退回到双边谈判的老路上去，尽管它或许会带来短期利益。中国要想赢得未来，就须融入到多边谈判的自由贸易。

王贵国觉得中国不做领导者，是“出头的椽子先烂”的旧思维在作祟。阐述中国要当领导者的理由，王贵国对本报记者谈到两个“感”：

中国要有历史使命感。自 20 世纪 70 年代，邓小平宣布三个世界的划分以来，中国一直把自己当作第三世界的朋友。既然中国刚刚答应对穷国采取零关税政策，既然薄熙来在香港峰会上说，中国免除了“2004 年年底之前重债穷国的债务”，我们为什么不在 WTO 谈判中自觉走到发展中国家前列呢？

中国要有大国责任感。我们是一个处于上升期的经济贸易大国，在 WTO 谈判上，要挺身而出，做一个敢于负责任的大国。我们确实和发展中国家有矛盾，有矛盾就不能当头？美国是全世界的头，有多少国家在反对他！与其幕后做中间人，不如站出来。

中国当发展中国家领导者，不在未来，而在当下。香港峰会是中国当领导者的最好时机。多哈回合在农业问题上制造了一个拐点，给中国一个代表发展中国家的历史机会，大家都在等着你，欧美在找你出头，发展中国家也在盼望你出头，一个造英雄的时势就摆在我们面前，还等什么呢？

下一站：印度

2006年7月1日，穿越世界屋脊的青藏铁路，不仅改变了中国唯一一个省区没有铁路的历史，在可见的将来，也将改变中国与印度两个亚洲大国只有漫长边境线却没有铁路相接的历史，从而成为一条拉近“龙”与“象”的天路。

5天过后，我在乃堆拉山口，目击了一个被中印战火关闭44年的边贸市场的恢复开放，舆论认为，这是一个象征，喻示着中印关系攀上了新“珠峰”。

44年后的“第二次握手”

2006年7月6日下午4时许，四川丝绸公司的李映军，在乃堆拉山口仁青岗边贸市场第17号商铺，和一名印度商人，做了一笔数百元的生意。对方拿走了他的丝绸样品，让他“感受到首日开张的愉快”。

乃堆拉山口仁青岗，是中国地图上一个海拔4545米的小黑点，屹立于西藏自治区日喀则市亚东县，毗邻印度锡金段。10公里以外的仁青岗边贸市场，是3年前印度总理访华时议定的两个边境贸易市场之一。

是日上午11时40分，中印两国国旗升起100分钟之后，西藏自治区主席向巴平措、中国驻印度大使孙玉玺，经由印度锡金邦首席部长查姆林的主持，在这个世界上最高的公路山口贸易口岸，在这个风光不再的古丝绸之路的路口，举行了一个简单的仪式。

此刻，在生意人李映军的当天生活中，不过是一笔热闹的点缀。但是，对这两个世界上人口最多的国家而言，当各自的士兵将40余年来用枪支对峙的铁丝网分开，当两国的边民分别涌向对方的市场，无论如何都是一个注定要写入外交史记的历史性时刻。100年前，中印贸易总额的4/5，就是在乃堆拉山口实现的。1947年摆脱英国女王统治的印度，就在这里，与中国交换过羊毛、牦牛尾巴、衣物、烟草、乃至拆散的汽车零部件。遗憾的是，繁盛的边境贸易只延续了15年，就中止在中印边境冲突弥漫的硝烟中。

44年后，当两国高级官员的手拉到一起，随行人员为这个山口的“第二次握手”，鼓起了掌。

当天的乃堆拉山口，可能是近半个世纪内最热闹的一天。数百名官方代表，40名记者，百余生意人，尚不清楚具体人数的军警，以及亚东县府的公务人员，把方圆不足1平方公里的仁青岗市场，烘托得人气沸腾。

《南方周末》记者看到了一个拱圆形的仁青岗市场，与内地常见的农贸市场极其相似。28间商铺84个摊位，有3间门面房9个摊位是预留给印度商人的。仁青岗市场是沿山腰而建的，坐落在三个梯度山坡的中间，其上是公安边防大队、海关，其下是便于兑换外币的中国银行、便于无限沟通的中国邮政、可以每分钟2.9元的代价把电话拨到印度的中国邮政的营业网点。附近，还有一个200平方米的停车场，6个房间的招待所。

7月5日，仪式举行前一天，仁青岗市场还是一片凌乱的景象。市场大门口，条条彩带被悬挂而起，好像要表演节目的演员们在乱哄哄地彩排。不远处，西藏天路公司的工人们，还在忙着清理最后的角落。塑钢结构的市场内，李映军和那些素未谋面的同行们，游走在碎玻璃块中，忙不迭地布置自己的展台。3/5的浙江商人和他们的新商业伙伴们，把菜刀、剪子、老虎钳等五金用品，把卫生巾、牙膏、棉被、洗碗布等生活用品，把佛像、念珠、藏香等旅游用品一一摆放在各自的摊点上。

直到两国高级官员举行仪式这一天，先前的乱相才变得井然有序。

一个浙江商人把乱相纷呈归咎于时间太紧迫。源自西藏自治区党委宣传部的消息称，西藏在亚东建设边贸市场的蓝图，2005年才得到国务院的正式批复。

市场动工整整3个月后的6月18日，双方才在拉萨敲定同时开放乃堆拉山口两侧边贸市场的日子——7月6日，青藏铁路通车后第5天。

下一站是印度

7月1日，青藏铁路从西宁出发，驶往拉萨。次日晚，布达拉宫式样的拉萨火车站，迎来了第一趟列车。火车这个交通工具在诞生近200年之后，令人难以置信地越过了世界屋脊，趟出了一条连通青海和西藏的“天路”。

舆论认为，这条铁路不仅改变了中国唯一一个省区没有铁路的历史，在可见的将来，也将改变中国与印度两个亚洲大国只有漫长边境线却没有铁路相接的历史。印度官员在接受香港媒体访问时亦表示，连接青海西藏两个省区的“天路”，有望成为拉近“龙”、“象”的天路。

注重边境贸易或者致力于投资西部的部分商人，也迅速地觉察到随青藏铁路滚滚而至的“印度商机”。

火车到达拉萨第二天，李映军从拉萨赶到形似内地普通小镇的亚东县城，挤进了一个三人合住的藏族小旅馆。担心仁青岗边贸市场的摊位比较紧俏，今年4月，他就去亚东商务登记了一个经销丝绸的铺位。

李的担心是正确的。据悉，那些闻声而动的浙江、四川、甘肃、陕西的生意人，那些试图在边境贸易中拔得头筹的商人们，早早就跑到这个边境小城，申请仁青岗边贸市场上的摊位。仁青岗市场距拉萨不过460公里，离印度第一大城市加尔各答只有550公里。“中国是印度第三大贸易大国，亚东是古代茶马古道上最大的商埠，怎么可能做不了生意呢？”一位自称甘肃的商人说。

“市场主要是为边境老百姓之间做生意。”7月5日上午，《南方周末》记者听一个地方官员模样的中年男子，向一个有诸多随行军人的解放军军官介绍道。那位自称甘肃的商人接茬说：“没有我们这些外地商人预热，没做过什么生意也没本钱的边境老百姓，怎么能玩火这个市场呢？”

西藏官方人士称，仁青岗市场是个临时市场，计划定址于亚东县下亚东乡切马村的新市场，一旦获取北京方面的批文，即可动工。乃堆拉，在藏文中，意指“狂风暴雪”，北京秋高气爽时节，乃堆拉山口已大雪封山，无路可去。虽然两国政府据此协议开放仁青岗市场的时间，每年只有 4 个月，李映军还是对未来的商机有着莫大的信心。

《南方周末》记者在仁青岗市场的随机采访表明，商人们之所以远道而来，是因为他们对青藏铁路延伸至此，较为乐观，而非每个摊位 2 万元的低价租金。

即使目前青藏铁路的终点还在拉萨，李映军觉得已经很不错了。他说，如果他的丝绸通过海运去加尔各答，从成都出发，从上海装船，经太平洋、印度洋，大概花费 1 个月的时间，根本不如乘自成都乘火车到拉萨，再用汽车运输来得快。

话虽如此，李映军还是希望青藏铁路能够快些向南建到日喀则，再从亚东越境，扣上印度的铁路网。毕竟，从拉萨至亚东 600 公里左右的高原之路，委实太难行走了，尤其是日喀则通往亚东的路。7 月 4 日，《南方周末》记者乘坐没有毛病的萨塔纳轿车，不足 300 公里的路，跑了 7 个多小时，尤其是亚东段 100 余公里的土路，或者黄沙漫天，或者海拔从 4000 多米的高度突降一半，感觉比下飞机后的耳鸣还要严重。

“我坐的是一天只有两班，每班只有十几个座位的公共汽车，从早晨 8 点，跑了 10 个小时。”李很无奈地说。杭州衣依公司的王花田补充道，“从拉萨到亚东的零担货运，虽然只有几十元钱，可时间要一周，耽误不起。”

事实上，青藏铁路延伸铺至日喀则，已是指日可待的事。西藏自治区一官员援引青藏铁路公司高层人士的话说，拉萨至日喀则铁路已列入“十一五”规划，并列入 2006 年的勘察设计计划。但是否能到亚东，进而像一西部省份的学者型官员设想的那样，延伸至印度大吉岭，则很难说。近 3 个月前，铁道路新闻发言人经新华社这个舆论通道，否认了这一“学术观点”，认为国务院年初通过的铁路网中长期规划中，未提及此一方案。

然而，印度一外交官在 2006 年春天接受香港媒体访问时指称，两国政治经济交往的大趋势，已使未来数年内铁路或者公路的对接，势所必然。

“未来几年，火车一定能开到亚东，和印度相连。”乃堆拉山口，一位解放军少校军官对本报记者说，“铁路部上个月都来人了。”

《南方周末》记者没有来得及核实此说，亦不知青藏铁路会不会真的开到亚东，以及何时开到亚东。

然而，蜂拥而至的仁青岗市场商人却对铁路修到亚东，有着源自直觉的信心。

“芝麻门”拉近“龙”与“象”

青藏铁路非但影响到仁青岗边贸市场的开放，还将通过经济杠杆，撬开中印两国政治上的“芝麻门”，拉近“龙”与“象”的距离。

中国和印度，西方人眼中的一“龙”一“象”，是两个崛起中的发展中大国，双边关系的亲疏冷热，备受世界瞩目。2006年是“中国印度友好年”。3月，中国商务部部长薄熙来访问印度，谈了乃堆拉山口贸易、中国市场经济地位等一揽子经贸协定。

7月5日，《南方周末》记者就乃堆拉山口仁青岗市场的开放，采访印度驻华大使馆时，对方表示，持续的经济合作对双边关系至关重要，实现世界1/3人口的和平、稳定和繁荣，对亚洲乃至世界都意义非凡。

最近十余年，中印双边贸易的数字，在急剧放大。2003年，印度总理瓦杰帕伊访华，除却“长期建设性合作伙伴关系”，“西藏是中国领土的一部分”，这两个“北京宣言”中的政治亮点外，还签署了扩大边境贸易的外交文书。截至2005年底，双边贸易额度逾180亿美元，五年过后，双方希望将这一数字刷新为500亿美金。

西藏官方称，仁青岗市场的重新恢复，将改变当下90%贸易通过6000公里海运的情状，开辟一条新的贸易通道，把拉萨经亚东至加尔各答的距离缩短至1200公里，经由青藏铁路运往拉萨，再经乃堆拉山口转往南亚的贸易必定增加，从而促进两国政治外交关系的稳定发展，且为两国连接南亚贸易大通道的设想创设条件。

印度驻华大使馆盛赞最近两年来双边贸易的进展，他们对《南方周末》记者表示，两国在对方心目中的影响都在强化，两国的商人、企业家都意识到彼此合作的机会，2006年以来，印度驻华使馆一直忙于中印商务往来。

的确如此。至截稿时止，印度印中贸易中心北京代表处的中方雇员，还抱歉地回复《南方周末》记者，他们的首席代表正在陪同印度代表团考察，实在太忙了，希望采访能够延迟。

就在印度驻华使馆接受本报采访的同一天，上述那位解放军少校军官判断道：“仁青岗边贸市场的开放，政治上的象征意义或许大于经济意义，它是两个发展中大国改善双边关系的一个符号。”

“我们非常盼望开放边境贸易通道。”上个月，英国路透社在报道中，引用了印度锡金邦政府顾问 B.B.Gooroong 的话：“这是一个象征。但我们必须冰释前嫌。”

回顾中印外交史，双方在政治上的争执，莫过于英殖民时代遗留下来的边界问题。92 年前，英国人炮制了一条未被中国历届政府承认过的非法的“麦克马洪线”。此后 40 余年，中印边界问题继续恶化，并导致 1962 年的武装冲突。

据西藏官方提供的背景资料，中印双方争议地区的面积，凡 12 万 5 千平方公里。青藏铁路公安局一位曾经去过中印边境的警官说：“好些藏民指着对面盛开的亚寒带杜鹃花，用手比划说，他们的爷爷过去就住在那里。”

这样的话题已被暂且搁置。2006 年 2 月 25 日，西藏自治区开始讨论，仁青岗市场开通后，中印如何就亚东——岗仁波齐——拉萨的旅游路线，做成一个圆满的投资项目。

凭借双方的外交智慧，中印在寻求双方都能接受的边界解决方法的同时，积极发展其他关系，营造化解边界分歧的氛围。迄今，双方副外长级“边界会谈”已谈了 15 轮。2006 年 3 月，双方代表举行了第 7 次会晤，探讨解决边界问题的框架。

有境外媒体预判，越过唐古拉山的青藏铁路，或许有助于悬而未决的边界问题毕其功于一役。印度驻香港领事馆的外交官 K.Nagaraj Naidu，在接受香港媒体访问时称：如果铁路穿越印中两国，一定会涉及两国的边界在哪里的问题，解决了边界问题才能建边界车站。

大连赏槐：供日本人怀旧？

大连，一个槐花盛开的城市，一个日资在中国最为集中的城市。在上个世纪长达40年的殖民统治时期，日本军队在大连种下了开着白花的洋槐。1988年伊始，大连人推出了旨在迎合日本投资者怀旧情愫的赏槐会。

空气中飘荡着淡淡的清香，那是槐花的味道。仲春四月，有“东方槐城”之誉的大连，还没有彻底迎来槐花盛开、满城皆白的日子，但偶尔瞥见的悄悄绽放的槐花，似乎听见了第十五届大连赏槐会渐行渐近的脚步。

赏槐会，是大连官方于1989年推出的，以槐花为媒介的大型旅游节庆活动。一个未经考证的说法称，赏槐会的诞生旨在迎合日本投资者的怀旧情愫。此说的理由，不仅因为“槐”和“怀”谐音，还因为大连的槐树都是日本侵华时从东瀛引入的刺槐和洋槐，开的花是白色的，不像中国土生土张的国槐，开的是紫色的花。1988年，日本讲谈社还出版了清冈卓行回忆二战前在大连生活的书——《赏槐的大连》。

2003年4月前后，《南风窗》记者两次光顾这个连夜晚都被槐花灯点燃的城市。赏槐不是目的，我们想知道的是，这个已经办过14次赏槐会的城市，这个日本在华投资最集中的城市，这个到处飘扬着由日本企业悬挂的太阳旗的城市，这个历史上遭受过日本军队杀戮并被日本殖民统治过40年的城市，在20多年的经济往来中，延续着怎么样的恩怨情仇，其经济社会文化生态发生了怎么样的变化。

一座现代化的日本工业城

大黑山，辽南第一山。

大连工业团地，坐落在大黑山下的中国第一个工业团地。

俯瞰于2003年4月2日的大黑山颠，一座座鳞次栉比的厂房，一条条纵横连接的道路，勾勒出一幅大连工业团地的简易图谱。显然，被绿意簇拥着的大连工业团地，已是一个现代化的工业园区。代表日本水平的最高端的产品和最佳的服务，从这里流向地球的每一个角落。远远望去，一面面曾经为我们父辈所憎恶的太阳旗在团地上空呼啦啦地飘，只是这些旗帜在今天的内涵已经改变。

5个月前，大连开发区管委会机关报以热情的笔调、党报的口吻报道说：勤劳智慧的大连人和同样勤劳智慧的日本人，携手并肩，用十年的时间打造了一座现代化的日本工业城。

若不经介绍，你难以想象，这座现代化的日本工业城，曾经是一片贫瘠的荒丘，一片散布着738户农家小院的玉米地。

改变肇始于1988年。

1988年，是大连开发区历史上的第一个拐点。直到这一年，它才有了一批真正的工业项目。此前四年，这个由辽东半岛上一个小渔村变化而来的中国第一个国家级开发区，一直处于“基础建设时期”。考察日本对华的投资历史，1988年也是一个可以用来纪元的年份。这一年，中日两国政府间缔结了投资保护协定，日本对华投资项目共237个。数据显示，大连开发区占了1/7强。

是年早春二月，一个冠名为“日中东北开发协会”的日本代表团飞赴大连，会谈时，日方试探性地提到一段日本企业的发展史：日本从60年代开始重视对中小企业的扶持，包括成立中小企业园区，为大企业配套，来自政府的扶持启发了日本大企业在海外投资工业园区，引进日本中小企业的设想。

据称，彼时周海斐以开发区管委会副主任的身份代表中方和日本方面会面，在朦胧的试探性的交流中，周敏锐地发现了创办工业团地的可能。嗣后，发生在中日高层之间的经贸谈判，逐渐将朦胧的可能变成了现实。

1988年8月25日，日本首相竹下登访华，会见了时任国务院总理的李鹏。已成历史的会谈纪要显示，双方会谈的重点是如何推进日本企业对华投资。

竹氏回国不久，93 名政界经济界人士组成的“投资环境调查团”，在日本通产省和外务省的组织奔赴中国。调查团在对北京、上海、天津、大连四个城市的调查结束后，给出最终结论：“大连投资环境最好”。

次年春天，日中东北开发协会会长正宗猪早夫先生，在第一届大连赏槐节到来的日子，率领伊藤忠商社、日本东京银行、兴业银行、日立、丸红等 15 家日本著名企业负责人来到大连，正式提出了“大连工业团地构想”，商定以土地使用权有偿出让的方式，实行相对集中的成片开发。

三年后，注册资金 1250 万美元的“大连工业团地开发管理股份有限公司”，像一艘航船准备启航。这是一艘搭乘着中日双方 23 家股东的航船。代表中方的是大连开发区管委会，代表日方的是伊腾忠商社、三菱商社、东京银行等 22 家股东，其中包括以海外经济合作基金投资的日本政府。

1992 年 10 月 4 日晚，中日合资开发大连工业团地的签约仪式在北京的中国大饭店举行。时任国务院副总理的田纪云、外经贸部部长的李岚清出席了签字仪式，和他们并肩站立的还有日本通产省的一位政务次官。

一个原本在大连酝酿了四年之久的项目，之所以跑到北京去签字，是因为合作双方都认为，作为中国的第一个工业团地，它巧合地担当了纪念中日邦交正常化 20 周年的“献礼工程”。

除了政治意义，这条船更关系到双方的经济利益。日方以现金汇出资金 1000 万美元，控股 80%，中方以价值 250 万美元的穿越“团地”的两条主干道基建工程入股，控股 20%。双方约定，土地转让由日方负责，中方则获取土地转让的股息、税收等收入。

福井隆夫，大连工业团地总经理，他是伊腾忠商社派遣的最后一任总经理，四年任期，他转让了所有的土地。

2003 年 3 月 12 日，业已打点好行装的福井隆夫，在返回日本的前一天黄昏，怀揣机票愉快地接受了采访。他的离去，不仅意味着他的使命的完成，也标志着中日双方在工业团地上的合作圆满结束。

依照福井的说法，日方在这个项目上的投入产出比，只是微利。但作为一项半官方半民间的项目，“这是一个政治和经济上都获得成功的项目，两国政府和民间企业加强交流和联系的预期已经达到”。

福井不无骄傲地说，当下的大连工业团地，已然一个完全日本化的工业团地，一个高度密集的日本企业群落：进入团地的49家企业中，43家是日资企业；43家日资企业中，41家是日本独资企业，且有伊藤忠商事、三菱商事等17家曾被《财富》推介为“世界500强企业”。

当下，土地不仅成为中日经济合作的一个样板工程，还成了一个寸土寸金的现代化日本工业城：每平方米土地的外资500美元。

“半壁江山”的桥头堡

回顾历史有时让人欣慰，有时也让人尴尬。熟悉历史的都知道，大连市的名字是日本人起的，1905年，日本在一场旨在争夺中国东北为殖民地的日俄战争中获胜后，给大连命了名。百年大连的历史，从此与日本对华战争缠绕在一起。

20世纪80年代，大连市，这个昔日日本侵略中国的桥头堡，变成了日本企业投资中国的桥头堡。不同的是，侵略战争带来的是仇恨和灾难，企业投资则带来了友谊和双赢。

日本人大举携资金进入大连的1989年，大连举办了第一届赏槐会。14年过去了，大连举办过14次赏槐会，参加赏槐会的日本人一次比一次多。今日的大连开发区，已由一个小渔村变成一个国际化的城市，日资功不可没。

2002年夏天，周海斐以东北财经大学教授的名义，在辽宁一家经济媒体上撰文称：开发区建区18年，日资在开发区实际使用外资总额中的比重将近3/4的，日资工业企业完成的工业总产值支撑了开发区工业总产值的半壁江山。

源自大连开发区管委会的数字显示，截至2003年元月，在大连开发区的日本企业投资项目为429个，投资总额34亿美元，差不多已占据外商投资总额的半壁江山，远远超出任何一个在开发区投资的国家和地区。

有关人士说，一系列的“半壁江山”，不仅表明了这些日本企业对大连经济的意义，还显示了大连经济对日本企业的依赖程度。今天，早已擢升为大连开发区管委会主任的周海斐受访时说，“日资企业已成大连最活跃的、经济总量最强的企业群体。日资企业是大连开发区经济发展和规模扩张的主要支撑力量。”

数字是干枯的，城市是形象的。我们今天看到的大连开发区，18年前，是一个叫做马桥子的小渔村，现在，马桥子的名字仍然被沿用，但它所指称的只是一个数十万人口的新城中的一个街道办事处。

所有的改变，都与日本、日本人、日资企业息息相关。他们的进入，也促动日本其他行业移师大连。金融、航空、流通、研究开发等其他行业纷纷进入大连市场，从而形成一出日本企业对大连投资的“大合唱”。当下，大连已成为中国北方外资银行最集中的城市，日本的东京三菱、兴业等，都在大连开设了分行或代表处。

现在，从大连飞往日本的航班，每天有十几个班次。三个多小时就可到达，甚至比到广州、海南还方便。

这是一个双赢的“游戏”，日本企业在大连的投资，既可以调整日本国内的经济结构，为新的产业发展腾出空间，又能促进东道国的经济腾飞。2002 年 6 月，国家主席胡锦涛视察大连开发区，周海斐在向他汇报时说，搞开发区对我们是有利的，绝对划得来。他汇报说这些年来大连开发区给大连的利税是一个惊人的数字——487 亿元。

看不见的收益

20 年过去了，日本企业在大连的投资，带来的不仅是一座现代化的日本工业城、数百亿元的税收、十万人的就业，还有他们对中国企业经营管理层面潜移默化的良性影响，以及对众多大连农村打工妹的人生命运的彻底改变。

2003 年 3 月 11 日，一个叫高垣俊秀的日本著名讲师，拟于“近日”推出一个讲座——《构筑中日经营融合化带来的新经营管理系统》。他想谈论的要点是：在一个急需改变对华经营战略的时期，日资企业需要构筑一个全新的经营管理系统，既可以发挥日本经营管理之长处，又同大连文化、思维相吻合。

有趣的是，这个日本人计划讲给日本人听的讲座，夺取了众多大连职业经理人的眼球。资深财经记者、大连开发区报社总编辑助理王国栋说，日本企业经营管理方式对大连的本土企业影响深远。譬如，我们今天耳熟能详的“以人为本”的管理理念，早已经由一件件小事的潜移默化被大连本土企业接受了。

藤洋钢材，是日本两个“世界 500 强”企业的“结晶”，注意和员工的沟通。

CEO 中村修三推崇“一家人”的管理方式和民主氛围,将倾听员工的批评和建议,作为一项制度固化了：每周和部长级干部交流一次；每月与课长们交流两次；每月与系长班长沟通一次。

三菱电机大连有限公司总经理江口清司一再强调，我们的公司不仅仅是一个工作的所在，还是一个培养人的地方，注重每个人的成长。公司还举办员工家属感谢会，邀请 23 名优秀员工家长到到星级酒店联欢。

20 世纪 80 年代末 90 年代初，日本企业的这些做法，让那些把工人的主人翁地位写进报告的国有企业大为惊诧。

更让他们惊诧的是，日本企业还把他们的管理模式和中国传统文化结合到一起。中国的国有企业常搞座谈会、茶话会、联谊会。90 年代后，迫于经费紧张开始压缩这些显得老套单调活动的国企经理们发现，日本企业赋予这些传统活动以新意。他们在年末开忘年会，召集员工去野外或者酒店吃喝玩乐，忘记过去一年的不快，争取新年的进步。此外，日本企业每年还举行各种活动：春季的慰安会、夏季的纳凉会。

王国栋说，一开始大连的本土企业觉得新鲜，慢慢发现内中奥妙后，也纷纷效仿，着意营造“一种充满自由的空气”。

开发区的一位官员，对日本企业高层主管不用中国人多有诟病，但他认为日本企业在培养中国员工方面很认真，经常选派中国员工去日本研修。一些从农村招工到大连的打工子或者打工妹，在日系企业成长为外企白领或者蓝领，人生由此改变。据悉，开发区电视台曾经拍摄过专题片，渲染打工妹们业已升华的人生。

一个月前辞职去了一家美国公司的杨美红，1993 年到万宝至马达的时候，连电话都不会打，1998 年她拿到了大专毕业证书和日语 2 级资格证，成了公司一名出色的日语翻译。

开发区新闻中心一位公务员说，东北农村的女孩子结婚早，他们要不是来到日本企业，20 岁就是娃娃的妈了。

日本企业带给大连的看不见的收益，还凸显在一些公共领域内的公益事业。翻看大连开发区的一些书籍和画册，经常看到大连佳能公司总经理中里仁与佳能希望小学的孩子在一起的照片，日资企业在大连捐助了很多希望小学。

不久前，在初春的寒风里，由 117 人组成的大连开发区外企经理人扶贫助学志愿团，去了大连市一个偏远的小学校园里。六年前，20 余日资企业的经理们自发组成了这个志愿团。当下，这支队伍的人数从 20 人扩大到上百人。

受到资助的家庭将对这样的日本友人抱有什么样的情感？大连一家著名报社的副总编辑认为，虽然这是一种公司经济行为支配下的公益行为，但你不能狭隘地将之理解为收买人心，而是“善的哲学”支配下的善良之举。如果说 60 年前日本人在大连的历史是侵略的历史，那么他们的后人用善良写就的历史，就是修复感情的历史。对我们来说，这些看不见的收益的意义，一点不比企业管理上的收益小。

槐花和怀旧

2003 年 4 月 4 日下午，大连开发区管委会 230 名公务员，在开发区境内的高城山小区，种下了 300 多棵樱花树。他们中的二三十人此前刚从日本学习归来。

此时的日本国民正在过他们传统的樱花节。依照日本全国旅行业协会的承诺，过完樱花节，他们将组织至少 2000 人的旅游团出席大连赏槐会。

槐花是大连的市花。大连文化局一位退休官员说，大连的赏槐会是为迎合日本人投资大连的怀旧情愫而推出的。尽管 1993 年赏槐会期间发生日本客人烧死在宾馆的惨剧，日本老人来大连赏槐怀旧的心情并没有受到影响。

所有这一切，很大程度上是因为大连被日本占领的那段历史，曾经留下了 25 万日本人的记忆。大连不仅是他们投资的城市，也是他们怀旧的城市。为什么 1988 年日本“投资环境调查团”来到中国，大连能在与三个直辖市的竞争中胜出？

因为大连历史上和日本的渊源最为深厚。1894 年中日甲午战争爆发，日军攻陷北洋水师基地旅顺口。旅顺口遭遇了四天三夜的大屠城，近两万无辜百姓惨遭杀害。今日旅顺的万忠墓，就是当年埋葬抗击日军的万名百姓的墓地。1905 年，日本在大连和旅顺战败了沙俄，将“旅大”改为“大连”。在 1945 年 8 月 25 日，苏联近卫第六集团军坦克部队进驻大连解除日军武装前，大连被日本殖民统治长达40年之久。

在日本撤离大连前，许多日本人的青少年时代在大连度过。周海斐说，80年代日本有一个“日本大连会”的民间组织，不下3万人，成员都是在大连出生或者生活过的人。比较著名的人物，在日本政界，有担任过运输省大臣、参议院议长的木村睦男，担任过参议院院长的井上孝，担任过外务省大臣的大来佐武郎；在日本企业界，有东京银行前行长柏木雄介，三菱电机株式副社长甘粕忠男。

1947年回国前，甘粕忠男在大连生活了15年，他在大连读书，练习书法，学会了游泳。第一次来大连考察投资环境，他特意去儿时的住宅前照了一张相片。他说，他投资大连含有怀旧的因素。

吸引日本人的原因，不尽如此，还有气候等等。日本一桥大学教授、经济学博士关满博在《亚洲新时代的日本企业》一书里，非常全面地概述道：“对于日本企业来说，大连有温和的海洋性气候，居住舒适，海产品也很丰富。而且，由于第二次世界大战前的影响，一些老年人会说日语，因而在开放之初，大连就成了日本企业关注的焦点。第二次世界大战结束之前，有很多日本人曾在大连住过，其中有一些在大连度过青年时代的日本经济界人士。所以，在中国各城市中，大连成了日本最亲近的城市。”

研究者称，二战结束40多年后的日本国来华投资者，早已没有了军国主义的颐指气使，他们复杂的心理中更多的是谢罪。

日中东北开发协会第一任会长正宗猪早夫，谈到为什么对大连情有独钟时说：“历史上的不义战争给中国代来了不幸，现在的日本人觉得当年那些人所做的事情对不起中国，许多人怀着这样的心情希望帮助中国发展，以负疚致歉感投入到中日经济友好合作、相互支援的事业。对中国有好处的事，日本人也高兴。”

大连和日本感情上的亲近，是开发区“感情招商”的成功所在。周海斐坦率地说，发展到今天，“感情招商”往往不能奏效了。在他看来，对大连有感情的日本老人，已不能左右日本对华投资的大局了。日本的年轻一代，决定对华投资的尺子只有一把——经济效益。

20世纪90年代中后期以来，由于上海浦东和中国沿海城市的竞争等诸多变数，使大连招商陷入低谷。据称，许多来大连考察的日本企业来大连之后匆匆奔赴华东。1996年大连开发区到日本招商时，一位著名企业商社的领袖诚恳地说，从感情上说我愿意到大连去，但是从企业利益上说，我要到浦东去投资，因为浦东的市场辐射能力更强。

最近两年，更多的日本企业把资金投放到苏州、无锡等靠近浦东的城市。周海斐不得不感叹，故乡无锡2002年吸引的日资，已经超过了大连。看来，年轻的日本企业家并不喜欢怀旧。

既远又近的文化东京

日本在40年的殖民统治时期，给大连遗留下的一些文化习俗，随着一些老人的过世，已经慢慢消失。而20世纪80年代之后日本企业的进入，又在这座城市的社会文化生态中平添了些许日本的痕迹。

2003年3月13日，大连开发区管委会招商中心日本部的小伙子马克纬，和几个同事，把我领到一家日本料理店。身着和服的女服务生，说了一句听不懂的日语，微笑着一鞠躬将我们领入内堂。大连街头，日本料理店随处可见，有人开玩笑夸张地说，如果把日本料理店比喻成当初日本兵初次占领大连设立的岗，那么应该是“差不多五步一岗”。

现在，长期居住大连的日本人，多数住在开发区，总数大约有2000人左右，加上他们的家属，不完全统计的数字是5000人左右。显然，让大连的日本料理变得如此红火的是大连人。大连民族学院日本研究所所长王秀文说，吃一顿人均百元的日本料理，已成大连白领或者上层社会的时尚。

王说，随着经济上的往来，大连和日本在文化上的接近性已经越来越强，饮食上的趋同只是反映在文化上的一个特征。

20世纪80年代后期，王秀文从吉林大学调到位于大连开发区的大连民族学院。在大连的副食店铺里，一种腌滓的黄萝卜让他吃了一惊。他是专门研究日本文化和民俗的，知道把萝卜晒干后放进盛满米糠和酒糟的坛子里腌滓，是日本民间独有的烹饪之法。跟老年人一打听，那是日本人占领大连的时候留下的习惯。

他的发现，并不局限于饮食文化。一次，他去商店买衬衫，服务员指着一溜衬衫问，“你想要哪件丸霞子？”愣了半天的王猛然想起，丸霞子就是日语“衬衫”的中文发音。

20世纪90年代，王秀文去日本早稻田大学做访问学者，在当地报纸上写了一篇文章《既远又近的东京》，他说：“东京和大连在文化上的相似处太多了。”

语言是文化传播的重要载体。日本人发现，大连有很多人会说日语，相对于北京、上海、天津、广州等城市，语言上的隔阂要小得多。2003年3月卸去全国政协常委一职的大连人边常泰，少年时学过日语，现在只记得简单的几句，“都是骂人的，或者好玩的话。”

与边常泰少年时期学习日语不同，当今大连人学习日语，不是日满统治下的被迫学习，而是一种与时俱进的自觉选择。日本企业大多开设了日语学习班，佳能大连公司每年都举办全市的日语演讲比赛，薄熙来等几任大连高官都去捧过场。大连学日语的风气由是日隆。大连街头很多广告牌，是不胜枚举的日语培训班发布的。与英语主导主导中国的整体格局不同，在大连，日语是“大语种”。

到底大连有多少人会说日语？大连开发区管委会主任周海斐说：难以考证，有一种说法是5万人。据称，中国会说日语的一共不过10万人。

80年代中后期，一些大连人基于中日经济文化交流的远景期待，纷纷将自己的儿女送往日本读书。马克纬就是在1987年高中毕业时去日本读书的。

在大连，学习日语的人，就业非常容易。从事日本经济研究的金仁淑博士说，2002年一家设在大连森茂大厦的日本企业，一次性招收200个大学生，条件就是会说日语。

需求决定供给。5年来，大连几所高等院校都加大了日语专业的培养速度。除了老牌的大连外国语学院外，大连民族大学等几所高校都开设了日语专业，2003年日语专业的大学毕业生总数超过1000人。

由于日语和日本企业的介入，大连人的口语中就有了很多日本语。十几年来，大连人的口语中多了料理、担当、纳凉会、忘年会、株式会社、写真等等从日本舶来的词汇，都被大连人融化成自己生活中的语言。

大连与日本在文化方面的趋同，使得大连和日本之间的跨国婚姻急速增多。大连开发区电视台日语节目《第二故乡》主持人山鹿晴美，一个端庄秀丽极具涵养的日本女子，就是王秀文的妻子。

日本在大连的一些企业，也热心于日本文化的传播以及中日文化的交流。王秀文操办的“日本文化与跨文化交流国际学术研讨会”，4月底在大连民族学院举办。据称，该活动得以顺利进行，与进驻开发区的日本企业的经济支持分不开。

日化不是奴化

在大连采访的时候，感觉大连人对日本的感情略好于内地的一些城市。很多大连的受访者对我的这个印象表示认同。甚至有个别偏激的人说，大连在和日本经济文化交流的道路上，业已由“亲日”滑向“媚日”、“哈日”的边缘。

一个偏激者的反面例证，是2002年12月20日中新社从东京发回的一则报道。报道说，大连旅游宣传代表团在日本开展的推介活动，出现了些许有损旅日华侨感情的广告词。日文宣传材料中，有的充斥着大量格调不高并带有诱惑性的画面和语句。如：“请大家挑选温柔、可爱的女孩，她们会热诚地招待你”。

至于外界议论的大连在一定程度上的日本化，开发区一位高级官员犹豫了一会，说：“怎么说呢？经济上的日本化是个好事，现在世界经济一体化了，在管理方面被他们所化，没什么不好。如果说社会文化生态，我们还是主导，不就是几千人生活在这里吗？”

一位研究中日跨文化交流的学者却认为，文化上的日本化趋向很明显。但是，退一万步说，即使在一定程度上日本化，也不等同于奴化。

人们观察到，大连在和日本的经济文化交流中，从官方到民间都小心翼翼地保持着自己的独立性，将经济往来和民族情感区别得较为清楚。

据称，薄熙来主政大连期间，与一些日本人发展了很好的个人友谊。但是，薄对日本的友好，并不意味着他忘记了历史上耻辱的过去。

1996年的槐花节记者招待会上，一个日本记者说，每当他乘飞机飞到大连上空，就会发现大连被厚厚的烟雾笼罩着，不知市长看到没有？薄神情顿时严肃起来。他说，大连真正的污染记者先生没看到，每当我乘飞机从外边回到大连，飞越大连湾上空的时候，看到从大化流出的红水、绿水进入海里，非常揪心。这是50多年前日本侵华时留下的祸害，直到我这任市长也没有擦净这个屁股。它是一个历史的见证，提醒大连人不能忘记屈辱的过去。

非但个人，在整个组织体系中，观察家还发现一个有趣的现象：中共将自己的组织推进了日本在大连的企业。经由党的组织对党员以及工会的领导，控制了身为日本雇员的中国工人。

据悉，在日本企业建立中共基层组织，经历了一个从不公开到公开的发展过程。一开始，一般不主动公开党的组织和党员的中共像个“地下党”，他们以勤奋的工作和业绩争取他们的认同，从而消弭并不信奉共产主义的日本企业对党组织的重重疑虑。

一份来自中共大连开发区工委的资料显示，自1988年中共开发区党工委批准“万宝至马达”成立第一个外企党支部以来，外资企业中已形成一个纵横交错的党的系统：4个党委，15个总支，201个支部，2406名党员。其中，240位党委书记、副书记或者党委委员兼任了外企工会的主席。由此，中共基层组织很好地实现了对日资企业工会的领导，维护了日资企业中国员工的利益。

一个未经证实的消息说，20世纪90年代初，万宝至马达数万工人大罢工，就是在中共基层党组织和工会的领导下，有理有节地争取到涨工资等合法权益的。

在中日合资的“槐城别墅”，一个中国员工挨了一个日本员工的两个耳光，党委书记孙洪范，一个军人出身的副总经理，毫不犹豫地让日本员工以道歉、赔偿医药费的方式加以了结。

不仅仅代表官方的中共党组织、薄熙来，大连民间在对日本表示友好的同时，也时时维护着自己的民族感情。

在大连的星级酒店中，有个日本人投资的日式建筑的瑞士酒店。有一段时间，大连人猜测，该酒店投资者故意把酒店塑造得像个纪念碑，以纪念二战时期战死在大连的爸爸。

金元酒店的一位中层管理人员在日本读过大学，也曾在瑞士酒店工作过，根据她对日本建筑的了解，她说，那个酒店不像纪念碑，因为日本的纪念碑大多是菱形，而她眼中的瑞士酒店是扁平的椭圆型。众多受访者认为，民间的这种议论，虽是没有证据的臆测，但可以理解，它所代表是一种反对日本军国主义的情绪，一种爱国主义的感情。

另外一种与感情相关的难以证实的传说是，从飞机上看大连，大连一中等三座日本人留下的建筑，呈现的造型是“大日本”三个字。周海斐说他也听说过，可没有人证实过。

这种感情常常给政府带来压力。大连有两条外国风情的步行街。一条叫俄罗斯风情一条街，另外一条叫旅游风情一条街。前者是一律的俄罗斯建筑，后者皆为日本式样的建筑。据称，旅游风情一条街曾经分布着许多日本式样的老房子。政府为吸引日商，将之翻新为一座座新颖别致的日式别墅。来大连寻根的日本人，必来此处缅怀过去的岁月。大凡赏槐会，这里都要举办诸如茶道等日本文化风情表演。

口头上，大连人普遍称旅游一条街为日本风情一条街。但有资格给这个街道命名的官方人士，小心谨慎地回避了“日本”这个字眼，代之以“旅游”。他们不愿意因之伤害了民间社会的感情。

樱花盛开无锡：新生日资高地

无锡，一个樱花盛开的城市，一个2002年中国引进日资最多的城市。在20世纪30年代那段不愉快的历史里，日本军队在无锡植下樱花树。2003年3月29日，为了让日本人"生活在无锡就像生活在日本"，无锡人推出了第一届赏樱会。

我发现，写作《赏槐的大连》的那一代日本人，已退出第一线，他们的话语权，正被哼唱《无锡旅情》的年轻一代所掌握。与此暗合的是，大连的日本投资者开始少于到无锡的日本商人。于是，大连和无锡的日资故事，就像一个寓言，昭示着：从向中国谢罪的"情投"转变为到猎食中国市场的"商投"，是一种历史的必然。

2003年春天，无锡人迎来了一个新鲜的节日盛会——赏樱会。3月29日，由无锡官方操办的第一届"鼋头渚·太湖之春"赏樱会，在一个名为赏樱楼的广场拉开了看不见的帷幕。官方媒体在次日的报道中说：太湖鼋头渚风景区草木茂盛、鲜花盛开，长春桥畔、中日樱花友谊林等地1万多株樱花树绽放出花朵。

人们在开幕仪式的现场注意到，前往助兴的千余名各界人士中，有一拨无锡市日资企业的代表。或许，当日赏樱的2万多来自中国各地的游人，不会太在意这群日本人，但他们却是近百位江、浙、沪记者猎寻的对象。

传媒界人士都晓得，谁才是赏樱会真正的客人。是日本人！确切地说，是来无锡投资的日本人。赏樱会在很大程度上，是为日本投资者而办。

追溯历史，鼋头渚的栽樱赏樱史可上溯到让人很不愉快的日本发动侵华战争的20世纪30年代。随后的几十年，日本人走了，这儿却逐渐成为华东地区樱花品种最多、数量最多、占地面积最大的樱树种植中心。近年来，鼋头渚的樱花树每年都在增加，当下已经逼近6000棵。每年仲春四月，放眼望去，满目樱花如白雪覆盖枝头，微风吹过，如洁云飘浮在堤桥上。

2000年以来，无锡人一再目睹这样的新景观。与此同时，众多出于无锡官方的宣传画册也在发生一个悄悄的变化，原先张扬无锡现代化工厂楼房之类的图案，正被以樱花打底的宣传照所取代。随手翻阅一本无锡外经贸部门编印的资料，你都能看到：一朵朵绚丽灿烂的樱花压弯了翠绿的枝头。

所有的变化，都在于近年来汹涌而至的日本企业，以及无锡人对日本企业落户无锡的渴盼。事实上，樱花——一个和武士刀一起象征日本民族精神的木本植物，只是无锡人抛给日本经济界的一个“绣球”，一个中国式的“经济绣球”。

日企：抢滩无锡

无锡樱花的“绣球之说”，当是一种形象的附会之说。赏樱会的出笼，和14年前大连设立“赏槐会”一样，都是吸引外资的招商之策。

2000年以来，无锡已经成了日资企业抢滩长江三角洲的据点之一。一份来自无锡官方的资料显示：2002年度无锡吸引日本资金的总量首次超过了中国日资最集中的大连，合同外资占同期日本对华投资的1/6，雄居国内同类城市之首。

执掌大连对日招商的大连开发区管委会主任周海斐，是土生土长的无锡人。他在太湖之滨度过了自己少年时代的求学时光。他在受访时承认：无锡吸引的日资已经开始超过大连，尽管在总量上无锡的日资与大连还有一段距离。

无锡新区有一片樱花怒放的小树林，唤作“友谊林”。内里成荫的绿树，不规则地分布在一条贯穿其中的小溪两旁，一派的鸟语花香。

管理友谊林的，是无锡新区绿化处。但林中的树大多不是他们栽种的，他们也没有资格栽树。因为，友谊林是专门为外资企业准备的，有资格将自己的苗木在那里落户的，都是无锡新区赫赫有名的外资企业，每个外企在种树的同时，都要在树下立块碑，写明树为哪家外企所种、植于何时。

当下，友谊林里已有树木60多棵，樱花占了很大的比重。浏览碑文，最早的樱花树是松下、日立和洋马农机株式会社在1999年3月栽种的，余者大多是2000年以来种植的，新栽的几株樱花树，土被翻动的痕迹清晰可辨，石碑还没有来得及立。友谊林里的樱花树形象地表明，日本企业抢滩无锡肇始于2000年前后，2001年以后落户无锡的日本企业快速增长，势头至今未衰。

翻开无锡官方的统计表：截至2002年底，已有705家日本企业落户无锡，投资总额已超过27.2亿美元。仅2002年一年，无锡就新批日资企业118家，合同外资接近十个亿。同比增长了135个百分点。这个简单的数字，蕴涵着这样一幅图景：日本企业落户无锡的前赴后继，一个接一个，一个跑得比一个快。

跑得最快的要数名列美国《财富》杂志“世界500强”排行榜的日本大企业。2001年8月江苏省委机关报《新华日报》声称，“世界500强”中的8家日本公司投资无锡。2002年8月，时任无锡市委书记的蒋定之将这个数字刷新为：21家。2003年初，无锡官方的报告中，这一数字再一次被刷新，成了25家。索尼、松下、日立、东芝等中国人耳熟能详的企业把他们的旗帜插在了无锡新区。

当下，无锡已成为上海周边地区日商投资的一个集中地，一个名副其实的日资高地。一个日本访问团考察了这个22平方公里的区域后感叹：“在日本本土，都很难找到日资大公司密集度这么高的投资区”。

什么风吹来“东瀛客”

是什么“风”，在短短几年内，为无锡吹来这么多的“东瀛客”？

研究日本在华投资的学者和日本经济界名流认为，是一场国际社会的“大风”和一场中国国内的“小风”。

科学常识告诉我们，高低气压的流动形成风。在这场“大风”中，日本在低迷的情势下对经济结构的调整，以及中国世界制造业中心地位的形成，如同产生“风”的高低气压。

“大风”先将日本企业从本国和东南亚吹到中国。

据无锡方面调查，日本经济结构的调整等要素，迫使日本大企业中有一半计划在今后3年将生产线转移海外。这当中71%的企业将转移地点选在中国。

另外，日本企业在发展对华投资的过程中，又出现要在全球战略中重新调整投资布局的新动向，纷纷撤离东南亚，转向中国。理由是：中国的成本更低廉，而且作为消费市场，中国的吸引力越来越大。

新千年后，日本急剧增长的对华投资，迅速改写了90年代后半期欧美企业对华投资的长期领先地位。日本贸易振兴会上海事务所所长丸屋丰二郎，在半年前由无锡市政府主办的中日投资高层论坛上说，2001年日本对华实际投资额为46亿美元，虽然在国家和地区的排名中，屈居第四，但它的投资增长速度却是各国难以企及的：56.8%。

“小风”再将日本企业投资中国的重心，从南部沿海转移到长江三角洲经济带。过去两年内，随着香港经济的低迷、上海经济的崛起，华东地区成了中国经济版图上最活跃的地区。丸屋丰二郎在中日投资高层论坛上，提及一个对无锡至关紧要的新趋向：以无锡所属的江浙沪地区为中心的华东，获得的直接投资激增。截止到2000年前后，以广东为中心的南部沿海占海外对华投资的四成或者四成以上。2001年，形势发生逆转，以江浙沪为中心的华东地区占了2/5，华南只占了1/4。当下，江浙沪为中心的华东合起来占了日本对华总投资的56%。

无锡作为华东地区的经济重镇，无锡，10年前自恃乡镇工业红火，冷落了早期前来投资探路的台资小老板，从而被苏州抢走机遇的无锡，在眼前的大趋势下，不仅分得了“一杯羹”，还切去了这块蛋糕很大的一块。

外地人盛赞无锡人，无锡人回答说“时势造英雄”。这话听上去很是谦虚，道出的却也是实情：无锡能成为日资高地，很大程度上的确是国际国内经济大势“风起云涌”的结果。

一首红遍日本的歌

“我已迈上了中国的旅程，驶向太湖畔水乡无锡。”

2003年3月3日，日本东京再次飘出《无锡旅情》的歌声。二泉边的千古绝唱、清名桥下的古运河感怀以及外国人眼中的无锡美景都化作舞台上的浅唱低吟、翩翩律动。演唱者一男一女，男的是日本著名歌星尾形大作，女的是无锡市歌舞团的龚燕。演出的组织者，是2003“无锡旅情”投资贸易合作访日代表团。应邀观看演出的，有包括日本众议院议员、自由民主党干事长代理额贺福志郎等在内的日本政界经济界知名人士。

《无锡旅情》以及尾形大作，是宾主双方都很熟悉的歌曲和演唱者。歌曲本是日本的歌，歌星也是日本的歌星。为什么邀请日本客人欣赏日本歌星演唱日本歌曲的却是中国无锡人？原来，1987 年，日本知名音乐人山田广作、中山大三郎、尾形大作先生在无锡美丽的山水间获得灵感，充满激情地创作演唱了《无锡旅情》，在日本流行一时，至今仍在传唱。尾形大作先生因此而成为无锡荣誉市民。很多 30 岁以上的日本人都能哼出这首歌的旋律，记得中国太湖之畔有一个美丽的水乡叫无锡，尽管他们中很多人的脚步从没有踏上那块土地。

十数年后，希望日资落地的无锡人，因为招商，想起了这首他们自己原本不太熟悉的歌。尾形大作，一个久违的日本歌星，在无锡人的邀请下，重新唱起这首存留在记忆深处的歌。

当下，“无锡旅情”四个字，已成无锡和日本交往中的各个活动的主题。一位连续两年作为“无锡旅情”赴日大型经贸招商代表团成员的无锡招商人员说：“今天成为日本经济界中坚力量的中年人，对于大连，他们爷爷爸爸魂牵梦绕的地方，已没有那么浓厚的兴趣，他们对中国的联想，很多与那个未曾谋面的水乡无锡息息相关。”

很多人认为，无锡之所以能在 2002 年的对日招商中超过与其条件相当的苏州和常州，就是因为无锡人打好了《无锡旅情》这张牌。虽然少数人觉得对一首歌的意义是否估计过大，但是除此外，又如何解释苏南其他城市在对日招商中处于“下风”呢？如果说南京因为历史的原因让日本人感情复杂，加之距离上海较远，客观条件明显较差，那么，同处长江三角洲经济区，一样接受上海的辐射的苏州常州呢？若论地价、人力资源价格，无锡并没有明显强于他们的地方。

或许意识到但凭一首歌，不足以谋长远，无锡在软环境方面下了很大工夫，以便来无锡投资的日本人感觉“生活在无锡就好像生活在日本”。

这样的感觉，日本人偶尔能在太湖畔的长春桥感受到，那里的桥堤两侧遍植樱花，樱花怒放时节，景色颇似日本的上野公园。但整体上，现在的日本人还没有这样的感觉。不少日本人在无锡，经常居住在无锡太湖饭店 10000 元起价的樱花苑别墅，这个周围种满樱花的别墅豪华别致，但只有六间房间的别墅难以满足络绎不绝的日本客商。半年前，丸红株式会社中国总代表山本英胜曾跟蒋定之抱怨，无锡可供外国人居住的公寓太少，只有四五处。蒋向一些日本国会议员和日本经济界人士承诺：将根据日资聚集的现实需要，建设一批日本工业园区，设立日语国际学校，创建日本风情街，培养引进和储备大批能满足日资企业需要的高素质技术人才和熟练员工，为日资大量进入无锡创造条件。

当下，蒋定之已调往南京，擢升江苏省常务副省长，但他的承诺无锡人正在快速兑现。无锡新区的外商俱乐部二期正在开工，一期已告售罄。

一位无锡的知识女性说，樱花盛开的无锡，明天需要担心的，可能不是营造不出良好的适合日本投资的环境，而是他们造就的环境是否太过日本化，以致少数人一想到毗邻城市曾经发生的大屠杀，就怀疑我们日渐日化的环境是不是有点奴化的味道。

一位无锡的研究人员对此担心以四个字加以置评：杞人忧天。他的意思是：即便日本料理和日式酒吧业已遍地，区区千家企业几千个日本人，又能将我们的文化改变多少？

日本该向中国还情吗

引言：当代中国人应该冷静客观地看待和把握这种变化，既要敢于直面现实，不拘泥于“日本：你该还情于我”的固有意识，也要像无锡那样审时度势，创造新的“情投”机遇。

2003年5月24日的赏槐会迫在眉睫，大连的槐花在静静地绽放，无论到时候的槐花开得多么热情，事先想象的东瀛来客人流如织的场面，在SARS的威胁下，恐怕要冷清得多。相对而言，无锡在3月底推出的赏樱会多少要幸运一些，那个时候的日本人对SARS的恐惧远没有现在这么厉害。

日本人对大连和无锡的冷热变化，固然受制于SARS的起伏，却也在一定程度上暗合了日本人在这两个城市投资热情的变化。日资从他们曾经钟情的大连，转向长江三角洲经济重镇无锡，这样的变化在2000年前就露出端倪。最近两年，已汇集成一个明显的趋向。周海斐，在故乡无锡出生求学的大连开发区管委会主任，在谈到这一变化时提到了《无锡旅情》，一首20世纪80年代后期红遍日本的卡拉OK歌曲。今日已成日本经济界中流砥柱的年轻一代，多数听过唱过这首歌。周认为，他们对无锡投资的热情多少与之相关。

一个周没有道出，但很多大连人感觉到的变化是，随着日本70岁以上的一代人从政界经济界第一线的退出，到大连的日本老人渐趋稀落。最明显的变化是，近年来到大连南山区一带寻根的日本老人渐渐地少了。偶尔到来的日本年轻人，谈及客为何而来，回答往往是我的爷爷曾经在这里居住过。

这，也从另一个层面道出大连为何在 80 年代中后期，迎来众多日本投资者的一个重要原由。中国社会科学院日本研究所经济室丁敏研究员说，彼时，一些日本企业家看中大连等地，有一部分“旧中国情结”的因素在里面。因为，上年纪的日本人，特别是 20 世纪上半叶到过中国的日本人，对中国东北有过很多记忆和留恋。1988 年出版的《赏槐的大连》，娓娓道来的，是日本老人以大连旧城槐树为背景的因战败美梦破碎的往日记忆。

于是，怀旧的日本老人，对侵华战争抱有负罪感的日本老人，对中国放弃战争赔款怀着感恩心理的日本老人，以包括投资中国在内的各种方式，希望推动中日友好来报答中国。

将近 20 年过去了，写《赏槐的大连》的老人的话语权，被熟悉《无锡旅情》的年轻一代所掌握。他们中的一些人，放弃他们前辈投资的大连，奔向他们曾经只是在歌中听到过的无锡。

必须强调的是，把他们推到无锡的力量，不是感情，而是经济。日本庆应义塾大学教授国分良成在中日邦交正常化 30 周年的 2002 年，无限感慨地说，年轻的一代对中日关系已经没有老一代的那种特殊情感，愿为构筑两国关系而献身的人才也不多。没有战争纠葛的他们，更重视的是资源、经济和市场因素。他们来到中国，是因为日本国内经济的不景气，以及中国入世后的巨大商机。他们来到无锡，是因为无锡所属的华东正成为“中国制造”中最有活力的中心，《无锡旅情》只是他们确定华东投资战略后选择无锡的一个契机。

大连和无锡的日资故事，就像一个寓言，昭示着日本对华投资从“情投”到“商投”的转变。

事实上，“广场协议”后，直到 20 世纪 90 年代中期，日本对华投资主要动机都是寻求廉价劳动力。丁敏，一个感性的女性，极其理性地说，这样的转变是历史的必然。当代中国人应该冷静客观地看待和把握这种变化，既要敢于直面现实，不拘泥于“日本：你该还情于我”的固有意识，也要像无锡那样审时度势，创造新的“情投”机遇。

同样意识到这种转变的国分良成，在综观 30 年的中日关系后，也发表了与中国学者所见略同的“英雄之见”：中日关系应该超越 1972 年体制的构想和创造，从感情型友好关系，向以相互利益为前提的务实型关系转变。

如果说，民间经济文化交往是两国政治交往同等重要的一部分，那么大连和无锡的故事，业已体现了这种冷冰冰的基于利益的转变。

我以为，这样的转变并没有什么不好。在两国国民间讨厌中国的情绪和讨厌日本的情绪甚嚣尘上的今天，经济上空前的高频往来，或许是改变这一状态的契机。在大连和无锡的日子里，受访者中，无论是和日本人还是中国人，无不认为他们在相互的合作中，全面地发现了对方的优点，完整地传递了各自的信息。这给我们的启示是：学习日本的优点，警惕日本的缺点，多求大同，少造矛盾，多渠道认识日本的历史、文化、当代价值观，多渠道与日本人交流，力争全面传递中国的信息。片面的信息导致错误的认识，错误的认识导致错误的抉择，错误的抉择导致都不希望的恶果。

以色列崛起之谜

一个诞生不过58年的国家，为什么能够从一个农业国家快速变身为现代化国家？

一个人口不足700万的国家，为什么能够在炮火和战争的阴影中实现人均GDP18000美元的经济奇迹？

一个国土面积不足中国1/30的国家,为什么能够完成从“农业立国”到“科技立国”的成功转型？

一个除了沙子外几乎一无所有的弹丸小国，为什么能在世界经济论坛国家排名中遥遥领先？

2006年11月25日，我们揣着一长串的问号，踏上了以色列航空公司的航班，不足十天的时间内，我们管中窥豹地探询了以色列崛起的秘密。我们的最后一个采访对象——以色列外交部亚太司副司长Amos Nadai说，以色列崛起的秘密，就在于一无所有。除了沙子，除了恶劣的地缘政治环境，他们什么都没有。

从Jaffa到Java，从宗教圣殿到科技圣殿

以色列在高科技领域的惊人成就，是以色列人给我们的第一个冲击。

到达以色列的第一天，我们在以色列商贸劳工部投资促进中心观看了一个短片。从比尔·盖茨对以色列高科技人才的赞美，到IBM等世界一流企业落户海法高科技园区，在短暂的十分钟内，短片向我们展示了世界对以色列高科技

的青睐，以及以色列的科技发明对世界的贡献。

该中心主任 Rachel Roei 女士，既不骄傲也不谦逊地告诉我们，以色列人发明了诸多颠覆性的技术：给电信运营商带来巨大挑战的网络电话 VoIP 技术；改变人们沟通方式的 ICQ；提升无线计算能力的奔腾和迅驰芯片；丰富网络运用的 Comverse 的语音邮件……

看到摩托罗拉在以色列的研发中心发明世界上第一部手机，看到退役军人发明了维护网络安全的防火墙，微软、IBM 等高科技公司争先恐后地在以色列安营扎寨。来自以色列央行的数据称，2006 年前 7 个月以色列吸引的外国投资达 154 亿美元,创历史最高记录。以色列高科技公司成为外国投资者的首要目标，“股神”巴菲特用 40 亿美金收购了以色列 Iscar 公司 80%的股权，Scan Disk 则将最先发明移动硬盘技术的 MSystems 公司揽至麾下。世界权威机构 Fitch 将以色列的国家评级从“A”调到了最高的“A +”。

遥想以色列建国之初,以色列商贸劳工部外贸局局长 Boaz Hirsch 说,那时候,他们是一个农业国家。最典型的标志是，他们向全世界出口了很多柑橘，由于柑橘的产地在雅法，所以柑橘的品牌名称就是雅法的城市名字 Jaffa。

不足半个世纪的光景，以色列在高科技领域，尤其是信息通讯领域，取得了震惊世界的成就，在耶路撒冷这座古老的“宗教圣殿”之外，缔造了一座崭新的“科技圣殿”。他们开始向世界兜售象征高科技的 Jafa。

Java 是一种新型的计算机语言，以色列人读起来和 Jaffa 的发音一致。Boaz Hirsch 说：“当高科技把以色列抬进现代化国家的行列，我们的人民骄傲地说，我们走出了一条从 Jaffa 通往 Java 的新路。”

以色列为什么会成为“第二个硅谷”？为什么会成为硅谷之外新兴科技企业最集中的地方？为什么能在世界经济论坛国家排名中遥遥领先？为什么这么快就完成了从 Jaffa 到 Java 的转变？欧美公司高科技公司领袖们的答案是，以色列有着世界上最聪明的头脑。据称，巴菲特在收购 Iscar 公司时称，Iscar 是头脑、才干和想象力的独特组合，他们的收购，本质上是一场关于他们的头脑的豪赌。

诸多受访的以色列官员认为，这样的答案看到的只是表象，更为深层的原因在于以色列一无所有。他们说，以色列没有资源，只有投资仰仗头脑的高科技，才有可能在国际竞争中拼出一条血路。

“秘密就在于我们一无所有”

“我们成功的秘密，真的就在于我们一无所有。我们几乎没有任何自然资源，我们要在地球上生存，就必须寻觅到适合我们的道路。”11 月 30 日，在以色列外交部，亚太司副司长长 Amos Nadai，就以色列崛起的秘密，发表他的“个人看法”。

显然，这样的看法不仅仅是他的“个人看法”。采访期间，从外交官到商贸劳工部官员到成功的企业家，受访者众口一词，答案惊人地一致。

Amos Nadai 说：“你们是不是觉得我们的国家实在太小了？从上海到北京要飞好几个小时，而你们在直升飞机上看以色列，一会儿就结束了。”

以色列的国土面积实在是太小了。边界线和停火线内的以色列面积，包括巴勒斯坦自治政府控制的地区，不过 27800 平方公里。从西部地中海沿岸到东部死海沿岸，乘车一个多小时就能穿越而过，即便是从最北端的麦图拉到最南端的埃拉特，也不过 6 个小时的车程。

国土面积小也就罢了，糟糕的是国土资源质量也不高。他们没有阿拉伯邻国引以自豪的石油，却有一半以上的沙漠和半沙漠地区。在地面上跑，经常只需几分钟就能从绿洲跑到沙漠。雨水对这个国家的人民来说，算得上奢侈品。以色列的淡水资源已被最大限度地利用，但他们还在研究提高再生水的利用率。

贫瘠的自然资源，让以色列人在建国之初，就意识到“科技立国”的意义。以色列第一任总理本·古里安告诫人民，对科学研究及其成果的追求，不能仅仅是抽象的知识追求，更应是关系民族存亡的关键因素。

之所以将科学研究拔高到民族存亡的高度，不单单在于一无所有的自然环境，还在于恶劣的地缘政治环境。外交上常说的“睦邻友好”四个字，根本不能用来描述他们和周边的阿拉伯国家的关系。1948 年，以色列宣布建国不到 24 小时，埃及、约旦、叙利亚、黎巴嫩和伊拉克的正规军，就用枪声撕碎了复国的欢乐。彼时的以色列公民，将近 1% 战死在这场战争中。直到 1973 年的赎罪日战争，他们和周边国家打了四次大规模的战争。

恶劣的周边关系，频频爆发的战争，促使以色列人研制尖端军事技术。以色列官员说，20世纪60年代运用于军事通讯系统研究的巨额资金，在20世纪80年代孵化为民用技术。Check Point公司发明的防火墙软件，就是一个从军事技术向民用技术转型的典型例证，它同时改变了人们对“军队”这一概念的认识。

狭小的国内市场，糟糕的周边关系，迫使以色列人专注于高科技，将眼光投放到全球。RAD集团董事长Zohar Zisapel说，以色利必须走高科技的道路，必须集中优势，在有限的高科技领域内取得突破，科技生活必须成为以色列国民生活的中心。有“以色列比尔·盖茨”之誉的Zohar Zisapel说，早在20年前，他就将商业攻略从香港转移到中国大陆，10年前，他就中国大陆设立了窗口公司RAD中国公司。在Orbotech公司的实验室，以色列科学家向我们图解了中国市场上方兴未艾的等离子彩电的技术原理。几天前，他们向中共北京市委书记刘淇做过同样的演示。该公司副总裁Amichai Steinberg称，他们将技术卖给了韩国，韩国再用买来的技术去中国制造彩电，攻占中国的市场。

一无所有的以色列人知道，他们能够开发的资源只有国民的头脑。他们复国还没成功，诞生过诺贝尔奖得主的希伯来大学就已经建成。他们对教育的投入是惊人的。以色列人投资子女教育的热情丝毫不逊于今天的中国人。一个以色列女性官员说，她们在向别人介绍未成年子女的时候，往往会说，“这是我的孩子物理学家某某某”，以示父母对子女未来的期许。据悉，2000年以来，将近一半的以色列人受过13年的学校教育。以色列每1万人中就有140名受过高等教育的科学家和工程师，这个比例是美国和日本的两倍，全球各国没有能出其右者。

以色列对科研的投入同样惊人。国际非政府组织OECD的统计显示，以色列投入科研的费用占去GDP总量4.7个百分点，居全球之冠。不仅投入数量大，投入机制也非常科学。以色列有个首席科学家制度，独立的法人实体以色列科学基金会，向1000名左右的首席科学家的基础研究提供资金。至于单一机构难以负担费用的大型研究计划，则由TELEM负责。这是一个由商贸劳工部和科技部首席科学家、科学院主席、财政部和高教部代表组成的民间机构。以色列互联网二期工程，乃至以色列加入欧盟框架计划，都是该民间机构督导完成的。

鼓励创新的制度安排

以色列高科技的惊人成就，以色列谜一般的崛起，是新制度经济学家们喋喋不休的话题。华盛顿大学经济系教授巴泽尔著述的《产权的经济分析》，是北京大学汪丁丁教授等人时常提及的名著。书中所有的案例，都来自于以色列。

一位从英国获得博士学位后移民以色列的“北京人”，对我们说，以色列在政治经济制度层面的安排，是以色列得以崛起的关键要素。

以色列的经济政策取向，是私有化、市场化、法治化。

以色列的技术创新，得益于政府以市场化为导向的法治环境。以色列商贸劳工部外贸局局长 Boaz Hirsch 说，自 20 世纪 50 年代末期《鼓励资本投资法》诞生以来，《鼓励工业技术研究法》等等鼓励私人和外资投资高科技的专门法律，接连出台。微软等世界一流的高科技公司，潮水般涌入。

以色列的技术创新，还得益于政府垄断枷锁的砸碎，私有化历史进程的加速。将我们从中国送到以色列的以色列航空公司，就是一家两年前由国营改制为私有的公司。自20世纪90年代起，以色列国有公司的私有化浪潮惊涛拍岸。2005年，以色列通信巨头 Bezeq 在耗时六年的私有化改制中，终于脱掉了国有的衣裳，裂变为一个个竞争充分的移动运营商或者服务提供商。政府的责任被简化为六个字：缩小数字鸿沟。

以色列的技术创新，同样得益于风险投资制度。在海法高科技园区，一个只有三个人的技术公司，试图为中国人既不损害欧美知识产权又能便宜地使用欧美游戏软件，提供技术支持。公司总经理从政府那里拿到了第一笔免费的风险投资，他说，他必须小心翼翼地使用它，因为政府只给他一次机会。以色列风险投资协会主席 Assaf Harel 表示，90 年代初，不存在风险投资产业，政府设立专门的风险基金，打破创业者初期的资金瓶颈。如果成功的话，受益归个人所有，失败了，损失由政府承担。15 年后，美国拥有全球排名第二的风险投资产业。

以色列央行行长斯坦利 · 费希尔说，鼓励经济腾飞的制度创新至关重要，数十年前，不少人问他，以色列人这么聪明为什么不好好工作？这位前美国花旗银行副董事长说，那时候的制度安排不能鼓励人们创新的自主性。

以色列人不仅看重他们的经济制度，还看重他们的政治制度和法律制度。在以色列高等法院门前，以色列商贸部的官员说，好的法律和好的政治，为以色列的经济发展创造了一个好的制度环境。以色列的政治制度和法律制度均不同于美国，但三权分立的框架、宪法至上的原则、自由民主的精神，是一致的。我们的导游跟我们津津乐道过两件事，一件是警察在解决冬季积雪问题时，对他家和总理家的态度没什么两样的陈年旧事，一件是我们在以色列期间发生的，以色列检察官对总统卡察夫涉嫌性骚扰进行独立调查。

好的政治制度对以色列而言，同样意味着竞争力。20 世纪 90 年代，由于前苏联解体，以色列经历了一次移民潮，涌入以色列的人口约有 100 万，这与法国当时移民到美国的人数相当。前苏联的移民大部分都是工程师、科学家、技术人员。据以色列商贸劳工部高级官员估测，他们给以色列经济带来的价值有 150 亿左右。这笔数目相当于俄国政府投资高等教育的经费，意味着苏联免费为以色列培养了一支研发队伍。苏联移民中还有许多经济学教授。那时候，如果你随便打开一份报纸，就会发现有很多关于苏联教授为以色列做出贡献的报道。

以色列还是一个鼓励思想创新的国度。尽管犹太教信奉“一神思想”，但他们鼓励思想多元化，倡导思想独立、言论自由。1995 年，刺杀以色列前总理拉宾的那个青年，在没有死刑的以色列，开始了漫长的牢狱生涯。他表示“绝不后悔”的言论，也能自由地见诸报端。在特拉维夫大学中东研究中心，接受我们访问的 Paul Rivlin 博士，指着陪同我们的外交部官员说：“我的观点不代表政府，我认为巴以冲突中的双方都有责任。”

软实力

曾被马克·吐温嘲弄为没有希望的、疟疾横行的以色列，何以一跃而为中东“花园”，成为一个科技大国，一个跻身于世界经济发达国家之林的强国？探寻以色列崛起之谜，人人不时提到她蓄积多年的“软实力”。

软实力，是哈佛大学教授约瑟夫·奈在 20 世纪 90 年代初首先提出的新概念，包括文化的感召力、意识形态的吸引力、国际关系中的结盟能力、利用现有国际组织的能力等要素。如果说军事层面的“硬实力”，是以色列在对敌战争中屡屡获胜的关键，那么，文化意识形态层面的“软实力”则是以色列崛起的关键。

以色列人口中3/4以上是犹太人。犹太文化2000年来对“一个神、一本书、一种信仰”的忠诚，最终孕育成“四海一家”的“犹太一体观”。1948年，以色利建国后，世界各地的犹太人纷纷“回家”。以色列央行行长斯坦利·费希尔在2005年5月1日之前,还是个美国犹太人。58年过后的今天,以色利的人口数，已由建国时的60万，变成700万。在希伯来大学攻取哲学博士学位的张宝贤对我们说,只要你信仰犹太教,无论你来自哪里,都可以皈依为以色列公民。换言之,今天的犹太人不再是一个确定的种族，而是一个文化共同体。我们在耶路撒冷街头看到的警察，就像一个“多国部队”，不同肤色不同种族的警察们，其父母或者来自于北非，或者来自于前苏联，或者来自于美洲。

“四海一家”的文化观，影响着世界各地的犹太人。以色列外交部一位官员说,世界各地犹太人的捐款,是20世纪50年代以色列甩掉战争包袱的重要因素。引领我们去以色列和巴勒斯坦冲突地带的Leah Soibel，是个生长于美国的犹太人。数年前，她放弃了纽约的舒适生活，只身来到以色列，组建了一个帮助国际记者理解巴以冲突的非政府组织——“以色列项目组织”，引领来自世界各国的记者，进入巴勒斯坦火箭喜欢袭击的危险地带。我们乘坐直升机观察巴以局势的3000美元的费用，就是该非政府组织支付的。

“四海一家”的文化观，鼓励以色列之外的犹太人重返故土，鼓舞以色列国内的犹太人捍卫故土，热爱祖国。在巴以冲突频频的加沙附近，有个名叫Sha'ar Hanegev的地区委员会。Eliagu Segal是该委员会的行政长官。他说，炮火几天前刚刚烧毁了他的院落，但他们一家三代并不会因为恐惧而撤退或者搬迁他处。在被火箭炮摧毁成断壁残垣上，人们的情绪没有我们想象的紧张。外交部官员说，民众和政府之间已经形成了对付恐怖活动的默契，耶路撒冷死伤惨重的爆炸发生不过两小时，秩序就恢复到从前。超市、酒店、办公大楼的安检，已是人们日常生活中的常态，人们的表情，除了配合，就是安详。

以色列人对祖国的热爱，在前以色列驻沪总领事Ilan Maor看来，也是以色列经济腾飞的原动力。作为一名外交官，他走到哪里，都不忘记告诉自己的女儿，他们的家在以色列，他们要为家园为以色列而工作。我们采访斯坦利·费希尔的时候，没有问他以色列的经济成就问题，采访结束起身离去前，这位新以色列公民恳切地希望我们，将以色列的经济成就告诉中国人。

以色列的崛起，乃至于复国，都离不开美国人。据称，这在一定程度上缘自两国文化和意识形态的亲昵。文化是犹太人对世界的最大贡献。作为一本记录犹太人思想体系的书，《圣经》对世界的贡献，没有哪本书可以与之相媲美。流淌其中的“一神思想”，在千年的历史长河中慢慢幻化成对人和生命的尊重，并影响到美国的立国先贤。我们在杰斐逊起草的《独立宣言》中看到的，“人人生而平等”之类“不言而喻的真理”，就源自犹太人的《圣经》和“一神思想”。

以色列的软实力，是以色列吸引美国做他的“盟友”的隐形资源。倘若没有美国的帮助，以色列复国之路可能就没有那么平坦。1947 年，托管巴勒斯坦地区的英国政府，将犹太人和阿拉伯人的冲突，提交到联合国。在美国的支持下，犹太人展开技艺娴熟的外交攻势，博得世界人民对犹太人因为没有家园而被纳粹屠杀的同情，终于在联合国特别会议上，以 2/3 多数票，赢得犹太民族建立自己国家的合法权利。20 年过后，美国最高法院作出一项举世震惊的裁决：美国犹太人拥有以色列国籍，美国犹太人可以加入以色列国防军参战。一位中东问题专家说，没有意识形态和政治价值的亲近感，这一切可能都不会发生。

美国大选：谁会对中国更温和

2008年11月4日，马拉松式的美国总统大选尘埃落定。我在此前的一个月，和若干中国同行，以及若干其他国家的记者，行走于大选中的美国。我以一个外国人的眼光，以一个狗仔队员的职业精神，从美国国务院跑到美国乡镇，看总统候选人的乡村拉票，看候选人太太的“帮夫秀”。

从追问哪个候选人更加亲华，我不仅目击了大选中的主角，还挂一漏万地走进了大选中的黑人和女人，我的所见所闻，不仅是一张张美国大选的碎片，还是一场场假定总统候选人是“丑角”选民是智者的选秀游戏。

当奥巴马最终胜出，我相信，他的当选未必是美国梦，却是不折不扣的世界梦。在世界历史的图景中，一个黑人总统的诞生，不仅是美国人的事，也是英国人的事，法国人的事，中国人的事。

与过去不同，本次美国总统大选中，候选人没有将中国议题当“牌”打。迄今，我们从候选人关于中美关系的论调中看到的共识远大于分歧。无须在意候选人的个人风格，无论谁在最终的驴象之争中胜出，决定中美关系未来走向的决定性原则只能是“美国利益至上”。眼下的美国情状，将使新总统至少在履新一年内无暇顾及中国，至于未来，最大的可能将是布什政府对华政策的延续。

“你说我们是世界上最强大的国家，但我们却欠中国那么多的债，对此，你怎么看？”

“中国在非洲有很多活动，你和美国准备怎么办？”

2008 年 10 月 10 日下午四时许，美国明尼苏达州，一个远离州府名为 Lakeville South 的中学礼堂中，在面对面的乡镇拉票活动中，就中国问题，向 72 岁的共和党总统候选人麦肯恩提问。

此时，距离中国国防部发言人严词回应美国对台湾军售，不足一周。

头发花白的麦肯恩，草草地告诉提问者，如果他当选美国总统，他将致力于改变。

中美关系会不会因为美国总统大选的结果而发生实质性的改变？ 10 月 6 日起，《南方周末》记者就此话题采访了美国国务院、美国国防部的部分官方人士，以及美国民间智囊团部分成员。

共识多于分歧

华盛顿特区是美国各大城市中讨论中美关系的最佳场所。无论是美国人，还是中国人，或者华裔美国人，大多认为麦肯恩和民主党总统候选人奥巴马，不管谁当选美国总统，都会延续本届政府的对华政策。迄今，人们还难以从他们各自业已发表的中美关系的言论中，看出多大的分歧。他们在如何处理中美关系这一外交事务上的态度，可以概括为共识大于分歧。

10 月 8 日上午，《南方周末》记者随亚洲太平洋国家、地区的记者，与美国国务院负责处理东亚事务的外交官座谈。作为职业外交官，美国国务院东亚事务局的一位高级官员，不愿意就总统大选的结果对中美关系的影响回答《南方周末》记者的提问，他开玩笑说，如果随便发表观点，他的老板可能会解雇他。虽然如此，这位高级官员还是迂回地表示，布什政府对中美关系的处理比较成功，两位总统候选人没有对本届政府的对华政策表示强烈异议。

该外交官提到了台湾问题。他说，美国在台湾问题等等关乎中国的事务上，会继续保持他们的一贯立场，过去几任总统在这个问题上的态度是一致的，未来的总统也会继续遵循这个立场。

台湾问题是中美关系的焦点。10月6日，布什政府冒险同意向台湾出售64亿美元的武器。中国对此反映强烈。中国外交部和国防部相关人士纷纷表示抗议，国防部发言人谈到美国此举对两国两军关系的影响时，使用了“严重干扰”四个字（从英文中翻译的，待查）。

华盛顿智库中致力于东亚研究的部分人士指称，继老布什总统16年前大规模向台湾出售武器，美国再次向台湾大规模出售武器的确伤害了中美关系，但是，此举不会从长远上动摇中美关系的基石，也不会影响到新总统的对华政策。他们的理由是，是次对台军售是美国国会三年前批准的，而非现在。而且，布什政府最近四年在台湾问题上的姿态，应该会让北京感到满意，最起码，华盛顿始终没有支持陈水扁的台独活动。

新总统在台湾问题上可能会延续过去的立场。截至《南方周末》记者发稿时，美国大选的民调显示，奥巴马赢得大选的可能性强过麦肯恩。如果奥巴马最终当选总统的话，他的对华政策的底牌已经亮出。

最近，奥巴马在中国美国商会10月份出版的《CHINA BRIEF》中，阐述他对中美关系的看法时再次明确表示，如果他当选总统，他将致力于北京和台北之间关系的改善，逐步增进两岸之间的互信。但是，他在一些台湾问题上的基本立场可能不会改变。几个月前，奥巴马在祝贺马英九当选台湾地区领导人的贺信中曾经表示，美国会继续向台湾出售武器。

麦肯恩也在同一期出版的《CHINA BRIEF》中，详述了他的对华政策。他没有详细论及台湾问题，但他肯定地说，下一任美国总统需要和中国展开更为广泛的合作。

“两位总统候选人对华政策的基调是一致的，分歧是细微的。”一位前美国驻外大使对《南方周末》记者说。他说，在外交政策上，两位候选人没什么大的分歧，和平与合作是他们外交路线上的共识。他从麦肯恩和奥巴马业已公开表露的美中关系的观点判断，他们对华态度基本一致，未来的美国对华政策不会因为某一个当选而发生戏剧性的变化。

这位前驻外大使没有对他的论点作进一步的例证。好在麦肯恩和奥巴马在他们各自阐释对华立场的《CHINA BRIEF》中给出了答案。

从他们不同的句式不同的措辞中，观察者可以发现他们在中美关系上的共同点。他们都认为，和平与合作是中美两国最好的选择，稳定推进中美关系不仅有利于中美两国，也符合亚洲各国的利益。他们都肯定中国30年改革开放取得的巨大成就，数亿人民过上了更为富足的生活。他们都希望中国能够进一步改善环境，在人权等领域与中国展开对话。

至于分歧，最明显的莫过于麦肯恩对奥巴马关于中美经贸关系的批评。他批评奥巴马因为恐惧亚洲的繁荣而试图疏远美国与亚洲的经贸联系。他说，美国从来都没有因为远离自由贸易而赢得任何尊重，下任美国总统最为重要的任务是密切美国和亚洲的经贸联系。

事实上，本次总统大选，中国问题不是两个候选人争论的核心议题，甚至连外交政策中的重点都谈不上。相比之下，本次总统大选中，美国普通民众似乎比华盛顿的政治家们更为关心中国。

参看美国总统大选的历史，在全国性的电视辩论中，美国如何处理中国问题，往往是选战中的一张牌。但是，今年的大选迥异于往昔。华盛顿观察人士中美关系人士说，中国已不再是选战中的“牌”。

个人风格可以忽略不计

少数美国人喜欢从中国领导人的个人风格揣摩中美关系可能的变化。同样，少数中国人也喜欢从美国总统候选人的个人风格，揣摩中美关系的未来走向。

强调个性特征并非毫无来由的空穴来风。外交史上的经典案例一再表明，外交关系中，领导人的个人风格有时会影响到最终的决策。尤其是突发事件的处理，特别容易凸现领导人个人风格在外交决策中的影响力。

接近美国智库的一个香港研究人员说，前些日子，赖斯国务卿在飞机上表露其个人风格的一个强硬决定，曾使得原本有望好转的朝核危机刹那间恶化，其原因就在于彼时的赖斯不肯听从助手的建议，坚持将朝鲜留在恐怖国家的名单上。

10月8日下午，在华盛顿特区，在一个由美国民间社团组织的小型座谈会上，包括《南方周末》记者在内的几位中国客人和美国官方人士、智库研究人员谈到选战对中美关系的影响。

座谈会上，一个中国客人根据麦肯恩、奥巴马的从政履历，对他们在外交事务中的个人风格作出一个假设：

麦肯恩是美国国会资深议员，从政经验丰富，如果他当选美国总统，一旦中美双方发生冲突，麦肯恩的处理方式或许可以更为圆融；

奥巴马只当过两年国会议员，从政经验不足，如果他当选美国总统，一旦中美双方发生冲突，奥巴马的处理或许会失之偏颇或者显得草率。再者，奥巴马一直活跃在社会底层，作为一个法学院的毕业生，一个喜欢为穷人打官司的人权律师，他对社会公平和正义殊为关心。如果他当选美国总统，或许会从自由、公平、正义之类法的价值出发，对中国正在努力解决但尚未完全解决的社会阶层分化问题、社会福利问题，做出概念性的、大而化之的简单化的判断。

霍普金斯大学全球能源与环境研究中心主任孔波博士说，从个人风格看，如果麦肯恩当选美国总统，他对中国的态度未必会比奥巴马更为友好。麦肯恩是个曾经开过战斗机的人，快速判断，即刻决策，不畏风险，是他个性中较为突出的一部分。奥巴马则不同，他是个务实派，理性分析是他个性特征的一个方面。孔波博士猜想，奥巴马考虑对华政策的步骤可能有三步：我们对待中国的当下政策是什么？我们还需要做出哪些调整？我们能够做出什么样的调整？

一位与会的美国国防部的官员，直接否认了那位中国客人根据两个候选人的个人风格所作的假设。自称熟知麦肯恩和奥巴马的该官员表示，从政经验不能说明什么问题。该官员说，里根当选总统的时候，人们认为好莱坞演员出身的他，能解决国内问题而不能解决国际事务，但情况恰恰相反，里根做出了中美关系的大文章，为中美关系的发展做出了历史性的贡献，对比之下，尼克松将国内问题弄得一团糟，最后还因为触犯法律在水门事件中黯然下台。

“千万不要给总统候选人贴标签，也别听专家的，很多时候，他们自己都不知道他们在说什么。”该官员解释说，“因为美国的外交政策从来都不是一个人制定出来的，而是一个团队。”该官员表示，就美国外交的决策体制而言，个人风格甚至是可以忽略的。

也正是从这个角度上说，该官员一摆手，说，他不知道麦肯恩当选总统后会做什么，也不知道奥巴马当选总统之后会做什么。

正在华盛顿智库布鲁金斯的东北亚政治研究中心做访问学者的郑浩博士认

同此说。他举例说，七年前的中美撞机事件中，布什总统起初的表现，就是一个倔强的西部牛仔，怎么都不肯向中国道歉，但是，后来，他还是让步了。

孔波博士说，虽然个人风格对外交决策的影响不能完全排斥，然而，决定美国对华政策的决定性力量是美国国家利益，而非个人风格。可见，无论谁当选下届总统，无论是谁代表美国处理中美关系，都不会偏离“美国利益至上”这个基本原则。

当选之初，谁都顾不了中国

决策者是现状的囚徒。不管是致力于外交的官方人士，还是躬身于学术的民间学者，诸多与本报记者交流的美国人，大多认为，无论谁入主白宫，头一两年都顾不上中国。若无重大意外事件，中美关系都不会发生大的变化。

本次总统大选的一系列活动中，或多或少地牵涉过中国议题，但多数时候只是美国民间社会讨论美国经济危机的一个切入点。麦肯恩在明尼苏达州拉票的现场活动中，两个当地美国选民曾就美国欠中国债务问题向麦肯恩发问。美国国务院的一位雇员对《南方周末》记者解释道，如果不是因为金融危机严重影响到普通美国人的生活，美国乡镇选民一般是不会在意中美关系的，也不会注意到中国的存在和他们之间的关联。

这位20年前开始移民美国的华人说，普通美国人对困扰中美关系的台湾问题并没有多少清晰的认识，他们注意到的不过是中美贸易中的就业问题。孔波博士也说，中国对美国的出口，已不再是若干年前的初级产品，现在，标有“中国制造”的中高档产品，也次第呈现于美国市场，这就可能危及普通美国人的工作机会。

本次大选中，外交政策不是总统候选人辩论的核心话题。他们说得最多的是美国国内的金融危机。倘无意外，摆在新总统面前的头号议题必定是：怎样处理美国的金融危机，如何恢复美国人的信心？

采访麦肯恩在明尼苏达州拉票的活动，《南方周末》记者可以感受到美国人信心受挫亟需恢复的情势。场外，两个中学生对《南方周末》记者一行说，金融危机影响到了他们的生活了，过去，父母隔三差五会领他们去外面吃一顿，但是，近来，他们也好久没有出去吃饭了。场内，麦肯恩鼓励围在身边的乡镇选民，他说，美国虽然面临困难，可它仍然是世界上最强大的国家，美国的未来会更加辉煌。现场响起雷鸣般的掌声，人们高喊“U.S.A！ U.S.A！”

RAY说，麦肯恩也好，奥巴马也好，当选总统之后的第一件大事，就是100%美国人100%关心的国内问题。华尔街的萧条，非但关系着投资银行家们的生死存亡，也关系着千家万户的柴米油盐。

当下，即便是国际事务，美国人最为在乎也不是中国问题。巴基斯坦危机怎样处置？伊朗核武器事件如何收场？以及他们还没有从泥潭中抽身的两个战场，不仅是现在的总统候选人辩论的国际事务的焦点，亦将是新总统外交事务中的“最头痛”。

一两年过后，一旦新总统能从繁琐的国内问题、急迫的国际问题中缓过神，歇口气，有暇顾及中国议题，中美关系可能会出现怎样的变化？对此，部分受访者认为，无论是麦肯恩还是奥巴马，新总统非但可能正面推进中美关系，还有望在贸易、能源、气候等问题上与中国取得突破性进展，至于奥巴马日前公开提出的“过去八年的对华政策需要改变”、“中美关系需要新思维”，不过是竞选总统的时髦说法，除了赚取眼球和选民的注意力，并没有区别于布什政府对华政策的本质内容。

还是那句老话，决策者是现实的囚徒，没有哪个候选人可以绕开中美关系的现状，而后另起炉灶。虽然麦肯恩公开宣称的对华政策掷地有声，《南方周末》记者仍然注意到，在明尼苏达州的拉票活动中，在那个亲近选民的中学礼堂，他在回答选民关于美国欠中国债务问题时诚恳地说：中国是一个强国，而且将越来越强，这是没有办法的事情，美国欠中国那么多的债务，只能怪他们自己。

麦肯恩小镇拉票目击记

很多年以前,法国著名作家托克维尔游走美国之后,在他影响世界的名著《论美国的民主》中,对美国乡镇民主的成熟发出由衷的感佩。

很多年以后,我在一个偶然的机会中,在远离美国政治中心华盛顿特区1000余公里的一个小镇上,不仅亲身感受了小镇公民集体烘托出的民主氛围,还现场目击了总统候选人赶赴小镇拉票的民主况味。

2008年10月10日,距离美国总统大选的最后投票日还有20来天。决战在即,72岁的美国共和党总统候选人,曾在越南战争中做过越南战俘的麦肯恩,赶到明尼苏达州,在距离州长官邸一个小时车程的名叫Lakeville的小镇上,在Lakeville South高级中学的室内运动馆,参加小镇公民大会,推进和选民零距离对话的拉票活动。

这一天上午,我和一群东亚地区的记者,正在明尼苏达大学新闻传播学院听课。课间,我们得到消息,美国国务院的外交官帮我们联系到共和党大选办公室,给我们领到若干入场券,让我们现场观摩总统候选人的拉票活动。

总统候选人的小镇拉票,不同于他们在华盛顿特区的竞选,后者讲究的是国家伦理的宏大叙事,说的都是美国的未来、世界的走向、上帝的声音,前者注重的是人民伦理的家长里短,大多数时候,只能说农民、主妇、退休老人、退役士兵们感兴趣的教育医疗。

下午1点,我们乘车在校园宾馆登上奔往Lakeville小镇的巴士。汽车刚一发动,随行的美国国务院的外交官Clerk对我们说:“你们已经进入美国大选的战场。”

事实上，小镇拉票虽然是总统选战的一部分，核心内容却不是与对方舌战，而是对己方劳军。Clerk 说，明尼苏达州是麦肯恩的老巢，几个月以前，他就是在明尼苏达州被共和党确定为总统候选人的。不幸的是，选战中 5 比 5 的民意调查毫不留情地暗示他，民主党总统候选人奥巴马——那个年轻的哈佛大学毕业生，可能会端掉他的老巢。面对势均力敌的奥巴马，麦肯恩和他的竞选团队决定返回明尼苏达州，去 Lakeville 小镇，争取那些犹豫不决的没有想好到底将选票投给谁的中间选民，他要告诉明尼苏达州的选民们，他们的选票对他是多么的重要，他还要告诉那些坚决支持他的选民们行动起来，巩固并扩大他的战果。

小镇公民的民主禀赋

下午 2 点左右，穿越乡村风景个把钟头的巴士赶到 Lakeville South 高级中学，在一个阳光明媚的午后，找到了自己的目的地。偌大的操场上停满了汽车，早早赶到的人们已经排出长长的队伍，等待安检入场。

警方在操场对面、隔着一条马路的草坪上，为反对麦肯恩的人预备了一片天地。他们有序地站在划定的场域内，挥舞着反对麦肯恩的标语，舞在空中的旗帜上写满“让战争滚开”的口号，反对者身后的草坪上，插满了反对麦肯恩的牌子：“一百年不要共和党”、“谁为战争买单，谁在战争中获益”。

麦肯恩出身于军官世家，是一位战斗机飞行员，越南战争中，他的战斗机被越南军方击落，他在越南人的监牢中做了好几年的战俘。据说，他相信民主不是免费的，国家安全也不是免费的，必要的战争是必须的。

这些来自附近乡镇的反对者，是不能进入拉票现场的，哪怕拉票的现场就在他们的孩子平时读书的公立学校。

Clerk 跟我们解释，小镇拉票的现场，不是什么人都可以进入的。每一个进入现场与麦肯恩亲密接触的人，都必须拿到麦肯恩竞选团队发给的入场券。他们不愿看到反对者站到他们的队伍中破坏他们的亲密接触。这个规则同样适用于奥巴马竞选团队，几天后他们在明州的聚会，也会拒绝那些坚持将选票送给麦肯恩的选民。

半个小时后，我们拿到了印有麦肯恩头像的入场券，映入眼帘的是他的竞选口号：国家第一。

排队的过程可谓漫长。从1点开始，静候安检的人们就在指定的区域内，顺着长长的队伍，欢声笑语但秩序井然地等待着。

现在，明尼苏达州前往登记投票的选民以每天500人的速度在递增。小镇附近的公民们对选举的热情，相对于过去的总统大选要高得多。两天前，那位跟我们谈论美国选举制度的乔治敦大学的教授说，笼罩在金融危机的阴影下，越来越多的公民开始关于自己和国家的命运。

“远在华尔街的金融危机对你们有影响么？”同伴中的一位人民日报记者问站在我们身边的两个中学生。

“当然。过去，父母隔三差五带我们出去吃饭，现在，我们已经好久没有出去吃饭了。”那个有些青涩的男孩腼腆地回答道。

男孩身边站着一个佩戴胸章的女孩。胸章上雕刻着一头大象和一句口号：“我是个女孩。”大象是共和党的标志，口号中强调我是个女孩，是因为麦肯恩提名阿拉斯加州的女州长佩林为副总统。

据美国人分析，希拉里在民主党总统候选人提名大战中输给了奥巴马，看到支持希拉里的女性伤心落泪的麦肯恩，试图让佩林的出现宽慰那些伤心落泪的女性选民，拿到她们的选票。

3点，经过严格的安检，我们和小镇选民一同进入室内运动馆。安检处，几个消防队员，几个警察，一条警犬，徘徊在附近，但是，他们叠加而成的场景，丝毫不像好莱坞大片那么紧张。气氛是和谐的，犹如中国乡镇的赶集。

警察并不直接介入到拉票活动中，相对于志愿者，他们势单力薄人数稀少。处理活动细节的都是支持麦肯恩的志愿者。轻松活泼的氛围，有条不紊的秩序，就是他们在麦肯恩竞选团队的授意下有效执行的结果。

至此，我已在一个小时左右的时间内，感受了托克维尔在很多年以前描述的小镇公民的民主禀赋。

政治嘉年华中的选举艺术

昔日的室内运动馆，早已被改造成和平的大选战场。

运动馆中央是一面巨大的美国国旗。四周，到处是“国家第一”的口号，到处印着麦肯恩的竞选网址，每一个座位上都垫着麦肯恩的竞选海报，现场的每一个细节都在鼓励小镇选民毫不犹豫地将选票投给麦肯恩。

我们刚在一个看台上找到座位，场馆中的音乐突然响起。在美国乡村音乐的欢乐氛围中，排队入场的小镇公民们，渐渐占据了场馆的每一个角落。我和大家估算了一下人数，可能不会少于2000人。除了一两个黑人，放眼望去，几乎都是白人。

美国国务院的雇员告诉我们，在美国，黑人和其他少数民族后裔大多数都去支持奥巴马了。根据目前的民意调查，麦肯恩的支持者多数是收入中等偏下的白人和农民。

音乐声越来越高昂，人越来越多，我们的屁股占据的地盘越来越小，本来属于新闻记者和联邦警察的二楼看台，也挤满了麦肯恩的“粉丝”。

掌声，灯光，舞台，该响的时候响，该亮的时候亮，你不知道谁在操纵这一切，但你能明确地意识到，有人像酒吧中的DJ一样按照既定的程序，在操纵着你的情绪。

“这就是一场嘉年华啊！”一个去过嘉年华的同伴说。

“女士们，先生们，请大家坐紧一点，我们就要看到美国的下一任总统了。”一个声音突然从舞台中央传出来。

潮水般的掌声骤然间响起。

嗷嗷的叫声震耳欲聋。

坐在我身边的那位美国国务院雇员提醒我注意：舞台中央有一拨领着大家鼓掌的“领掌人”。

我的记录本上记录着彼时的时间：3点5分。

通往舞台中央的通道让出来了。来的不是麦肯恩。四个穿着童子军服饰的中学生抱着国旗和州旗昂首走过。我发现先前和我交流的那两个男孩也在其中。我这才明白为什么没有投票权的他们，会去人群中排队。

熟悉美国宣战的那个雇员跟我说，这些细节应该是麦肯恩竞选团队策划的制造气氛的小动作。

“女士们，先生们。”舞台中央的声音在童子军的背影中再度响起。

掌声。

尖叫声。

出场的依然不是麦肯恩。

一个共和党的小官开始介绍出席拉票活动的各界人士。除了州议员是明尼苏达州全州的名流外，大多数是小镇选民比较熟悉的社会名流。

“我妈妈是无党派人士，这回却主动站出来，在国家危机的时刻，将她的选票投给麦肯恩。”一个普通的妇女走上台，现身说法。

我没兴趣听，也听不太懂她具体说什么。

陡然之间的安静，让我从四处张望中不由自主地肃穆起来。原来，他们在拉票活动中安排好的向国旗宣誓，唱国歌，牧师祈祷的仪式开始了。

全场起立。

美国人的背书开始了。

美国人的国歌唱响了。

美国人祈祷的头低了下去，人们的右手放到胸前。

没有人破坏那个庄严的现场。刚才还坐在我身边和丈夫或者男朋友嘻嘻哈哈的那个女青年虔诚安静得让我不敢出声。现场，只有美国有线电视网等全国著名的电视媒体的摄像机在来回转动。

电视转播是美国大选中至关重要的环节，它会让发生在一个小镇的拉票活动，在当天晚上就被全美国乃至全世界所知晓。我不知道，如果没有现场的直播车和从华盛顿特区赶来的新闻记者，麦肯恩是否会来到这个相对偏远的小镇。

牧师刚一扭身退场，场内的音响旋即响起。

嗷嗷，嗷嗷。喊声震天。

我一看表，3 点 33 分了，我以为这回麦肯恩要出场了。

不！

他还在我看不到的角落。

舞台中央，社会名流和志愿者们开始演讲，或者家长里短，或者微言大义，主旨是说麦肯恩多么关心大家的疾苦，多么在乎国家的前途，他的政治经验是多么的丰富，他一定是改变美国历史的伟大的总统。

舞台上的演讲者一个个地说，舞台下的选民们有的在扭动腰肢，有的摇头晃脑，偌大的运动场馆此时就像一个超级大酒吧。

我猜，这应该是美国的选举心理学，麦肯恩得像明星一样，吊足了大家的胃口，才能闪亮登场。

70多了，不容易啊

就在我有些疲累的时候，小镇公民们在他们的座位上骚动起来，嗷嗷的叫声在全场回荡。

4 点 3 分，麦肯恩浓重登场。

握手，拥抱，点头，鞠躬——握手，拥抱，点头，鞠躬——从卷帘搭起的入场口，头发花白的麦肯恩化了差不多十分钟的时间，才摆脱一双双热情的会投票的手，挪到舞台中央。

三天前，我在美国总统候选人第二次电视辩论中见过他。

越过电视屏幕，站在十米开外直直地看他，感觉还是不一样的。

他满脸堆着笑容，电视辩论中的严肃面孔了无踪迹。

他的背微微有些驼。岁月的飞刀似乎没有偏爱这位越南战争中的死里逃生者。和小镇公民中的古稀老人一样，麦肯恩的老态一目了然。

依照中国人的观念，事不关己地看着麦肯恩，我老在心中嘀咕：70 多岁了，不容易啊。这么一把年纪的人，不待在自家的七套别墅中，含饴弄孙，却跑到这个偏远的小镇，讨好他的选民。兴许，权力不仅让男人性感，还会让男人有颗不服老的心。

接过麦克风，麦肯恩的头转了一圈，向各个角落的选民们致谢。

他开始演讲了。

他开始感谢所有在场的人，以及不在场的人。

他开始宣讲他的政治主张。我估计，他内心或许已经烦了，因为老一套的话，他不知重复了多少遍。但他仍然说得很真诚，不厌其烦。

他始终注意将目光送给不同角落的人们，他的身子总是在舞台中央转来转去。

他说，他要领导大家打倒华盛顿和华尔街的腐败分子。

掌声雷动，尖叫声四起。

我不能完全听懂他说了些什么，我知道，人们总是在他说出某个激动人心的话语时，全场喧嚣。

演讲结束后，麦肯恩开始回答选民的提问。入场券上醒目的白色字体标注的“小镇礼堂的零距离对话”，指的就是这个环节，他要兑现竞选团队对大家的承诺，他要倾听选民的心声。

选民们好像问了 20 多个问题，其中有两个关于中国。他们一般并不在意遥远的东方，之所以提到中国，是因为他们觉得中国廉价的产品正在鲸吞他们的市场、他们的就业机会。

别以为他们说到中国，就像他们的总统一样胸怀世界。事先，我就听说，美国普通民众，尤其是乡镇选民，对世界事务大多没有兴趣。虽然我已经有了心理准备，当一个白人妇女跟麦肯恩说，一定不能让奥巴马这个阿拉伯恐怖分子当选总统时，我还是大吃一惊。我没有想到这个小镇的公民竟然对外界的事物如此无知，仅凭一些小道消息，就将奥巴马列入恐怖分子名单。

这个妇女的感性，和我在华盛顿体味到的那个妇女的理性，有天壤之别。

那天晚上，我在华盛顿特区的一个政治酒吧中观看总统候选人第二次电视辩论。坐在旁边的一个美国中年白人妇女告诉我，她支持麦肯恩。她指着电视屏幕上的奥巴马说，奥巴马非常非常的聪明，可是，他太年轻了，她不能将选票给他，尤其是经济危机和深陷战争泥潭的今天。她说，过几年吧，奥巴马很年轻，他还有当总统的机会。

小镇妇女的言辞，让我猛然从美国选民都很理性的判断中醒悟过来。尽管我并不晓得，小镇公民或者美国公民中，究竟有多少人会像那个妇女一样对外面的世界茫然无知。

理性也好，感性也好，有知也好，无知也好，对麦肯恩而言，他都得同等对待，因为她们都掌握力量均等的一票。

麦肯恩没有丝毫嘲弄那个妇女无知的语气，他一副君子之风地说，奥巴马是个良家子弟，是个好孩子，他们之间仅仅是政见不同而已。

来明尼苏达州之前，一些美国媒体报道说，奥巴马小时候和一个恐怖分子玩过。有人怀疑麦肯恩竞选团队故意以此误导乡下人。

不管这个小道消息是否麦肯恩竞选团队故意放出来的，面对直播镜头，面对选民，他是不敢信口开河的，因为绝大多数谎言，都会在明天被揭穿。

米歇尔：一个家庭主妇的力量

总统选战真的白热化了。

2008年10月13日，共和党总统候选人麦肯恩去明尼苏达州一个偏远小镇拉票之后的第三天，民主党总统候选人奥巴马的夫人随后赶到明尼苏达州，为她的丈夫助选拉票。可能成为美国第一夫人的她，或许认为丈夫的选民大多是城里的白领和年轻人，将助选地点敲定在距离明尼苏达大学很近的圣保罗市的中心地带。

这天下午2点半，我和东亚的几位新闻记者，随同美国国务院东亚事务局的外交官Clerk，赶到明尼苏达州圣保罗市的一个私立大专学校，观摩奥巴马夫人的助选拉票。

阴雨霏霏。奥巴马的支持者在雨中排着长长的队伍，准备入场。和上次观摩麦肯恩小镇拉票不同，我们这回拿到了记者证，可以去记者席，从而避免安检排队，直接从一个后门进入现场。

奥巴马效应

同样是室内运动场馆，但规模比麦肯恩拉票的那个乡镇公立学校的室内运动场馆大。没有铺天盖地的竞选海报，除了主席台上巨大的国旗，一个高高挂起的“我们需要改变”的竞选口号，现场比麦肯恩拉票的现场简朴得多。

我从后门溜达到前门。入口处，十数个年轻的志愿者沿着进场通道，唱他们自编的支持奥巴马的歌。站在最前端的是一个黑人女孩。“送奥巴马上路”的歌声中，我能听出她们对一个黑人总统的期待。

支持奥巴马的当然不仅仅是黑人。

越来越响亮的音乐声中，白人和黑人一起无分别地陆续进场，渐渐占据了现场的每一个角落。这里只有记者席和老弱病残专区有椅子，绝大多数捧场的选民们都必须站在那里聆听奥巴马夫人的演讲。

很明显，场馆中的年轻人要比麦肯恩拉票现场的年轻人多。

美国国务院的外交官说，奥巴马的竞选吸引了很多年轻的选民。过去，美国年轻人参加总统大选投票的不多，但是，由于奥巴马的出现，越多越多的年轻人走向选民登记站,他们开始关心国家的未来。新闻媒体将这一变化概括为“奥巴马效应”。

年轻人惊人的能量，可以从选战中的一句流行语窥见一斑。奥巴马演讲的时候，问：大家准备好了么？大家有信心么？我们能赢么？听演讲的年轻人会大声回答：Yes，we can！据美国国务院的雇员说，在奥巴马决战希拉里的时候，这句话开始流行美利坚。

铁杆志愿者

3点半，助选活动在主持人高喊“市长有话要讲”的呼喊中，揭开了帷幕。

主席台上，突然闪出两排耀眼的光芒，聚光灯打在黑人和白人志愿者们的脸上。他们站在高处，喊着“我们需要改变”的竞选口号。

圣保罗市的市长上台了，讲话了。

州参议员上台了，讲话了。

黑人女性牧师上台了，祈祷开始了。

国旗拉来了，宣誓开始了。

从国家到教堂，从世俗的权力到宗教的洗礼，程序性事项结束后，一个声音在空气中回荡，“我们的第一夫人就要登场了！”

经历过麦肯恩的拉票活动，我知道，他们心目中的第一夫人不会这么快的。

果然，接下来上场的是服务奥巴马竞选团队的一线志愿者。他们给我留下了深刻的印象。

一个白人男孩和一个女孩告诉人们，每天要花三四个小时，如果是周末，他们会花10来小时，在社区奔走，他们每天要打几千个电话，他们已经敲开1万多户居民的门，他们告诉人们，为了他们的国家，为了穷人的福利，为了摆脱无聊的战争，他们应该出来为奥巴马投票。

志愿者们说，他们不是个案，还有很多很多热情的选民在支持奥巴马。志愿者的演讲中，有一个个诸如老人如何不畏艰难支持奥巴马的例子。

掌声中，一个16岁的女孩登台。她说，她之所以做志愿者，就是因为她们家的悲惨故事在你们家重演，她相信奥巴马会给社会底层的人们带来福音。

志愿者们对选民们说，你们只需要付出很小的代价，你们的孩子，孩子的孩子，就能拥有美好的明天。

最后，那个男孩朝大家挥手："让我们开始敲门吧。每个奥巴马的支持者，11月4日，你们一定要听到我们的声音啊！"

演说家

4点钟，奥巴马的夫人真的登场了。

这位黑人女性，没有任何讲稿，凭借哈佛大学法学院培养出来的口才，以国家的名义，站在弱势群体的立场上，做了30分钟的即兴演讲。

"你们准备好了么？"

"你们准备好了么？"

她问她丈夫的选民们。

"Yes，we can！"人们热烈地回应她。

在DJ（主持人）的配合下，现场的氛围营造得异常热烈。我始终没有看到DJ的脸，我不知道他在哪个角落，我想，他一定有非凡的现场控制技巧，感觉他就像我们在国内的大酒吧中常见的DJ。我只是没有想到，在美国，酒吧的优秀DJ，还是这么一个有前途的职业。

令我感佩的是，这位可能的未来第一夫人的演说，并不像DJ那样搞笑，他的话题是那么的严肃。她说到每一个老人的医疗，每一个家庭的晚餐，每一个孩子的教育。如果不是亲见，难以想象在这个世界头号大国的竞选中，民生牌竟然有如此大的力量。

她的演讲一点都不空洞。

她的每一个论点都从她和她丈夫的成长背景出发。她说她的父亲每年都要换好几次工作，以微薄的薪水养家糊口，送子女读书，年老了，得了老年痴呆症。她打出悲情牌，却以美国梦结束这一小段。她说，虽然她的父亲遭遇坎坷，却从不抱怨，而是不断努力。她说，正是这些普通美国人的行为成就了美国梦。

她说美国梦的目的，其实是为了说明她丈夫的竞选主张——减税，让每个穷人老有所养病有所医。

她告诉选民们，她和她的丈夫几年前还清了大学期间的教育贷款，她联系到美国在伊拉克战争中消耗的军费，她说她的丈夫一定不会让他们艰难的求学经历重现在选民们的孩子身上。

在演讲中，一切宏大的命题在她那里都是普通民众的柴米油盐，但是，她的丈夫的梦想是美国总统，而不是社区领袖，所以，她的家长里短又总能定格在美国梦和美国的未来上。

她说，她的丈夫和每一个社会底层的心灵是共鸣的，这就是为什么从哈佛大学毕业的奥巴马毕业后没有去华尔街做资本家，而是去社区和犯罪分子打交道的原因所在。

她强调，她的丈夫反复地告诉她，竞选的核心问题不是他本人的胜负，而是他们让千百万素不相识的美国人，有机会为他们的未来走到一起。

她解释，为什么作为家庭主妇的她，会陪伴自己的丈夫，走到人群中，走到演讲的舞台上，因为她和她的丈夫将国家的未来看作他们的责任，他们的家庭是从社会底层一路走来的，所以，她请选民相信，能够为他们着想的候选人只有一个，那就是她的丈夫——奥巴马。

演讲的最后，她说出此行最为重要的话题，请大家不要被民意调查显示出的优势，不要被眼前的胜利冲昏头脑。她说：“我们不能自满，我们仍然可能失败。”她坚决地告诉大家，不要忘记布什政府过去八年的教训，要让这个国家的年轻人都动员起来，动员所有能够动员的人，以免支持他们的人们以为奥巴马稳操胜券，从而懒得投票，进而输掉大选。

末了，她用一些列排比句说：

“历史就在我们手里！”

“历史就在这一刻！”

“从现在开始，动员你所有的朋友，11 月 4 日，去投奥巴马的票！”

“Yes，we can！”

“Yes，we can！”

回应声此起彼伏。

她不是总统候选人，所以她没有回答提问，就在拥戴的目光中，在两部警车的护卫下，离开了那所中学。

5 时许，我看到她在汽车中向人们挥手。

一个同行问我有何感想，我说：如果你希望自己的儿子当上总统，不但要把自己的儿子送进法学院，还要让儿子在法学院娶一个老婆。

黑人总统：白人准备好了吗

美国人也是讲政治的。总统大选中，种族问题从来没有人挂在嘴上，但是，种族问题从来没有从普通选民的心底一笔勾销。

2008年10月18日，华盛顿特区的早晨，全美各大电视台以“突发新闻”的显著标志，报道美国前黑人国务卿鲍威尔力挺和他同样肤色的奥巴马。鲍威尔是共和党人，是少数可以影响选票的美国人之一，在距离总统大选投票日仅仅半个月的当下，他放弃自己的党派立场，公开支持民主党总统候选人，多少有些出人意表。

虽然鲍威尔力挺奥巴马的说辞，一点都没有沾染种族主义的气息，南卡罗纳州律师协会领袖Tom Turnipseed认为，他的态度依然会被少数人理解为“黑人支持黑人”。

汤姆是支持奥巴马的民主党人，而且是个白人。过去几十年里，他因为反对种族隔离，与火烧黑人教堂的3K党成员打官司，赢得南卡罗纳州黑人的广泛尊重。

一个样本

南卡罗纳州位于美国地图的东南角，这个州今天的名字，是曾经的殖民者——英国王子查尔斯——的拉丁文名字。英国殖民者不仅给南卡罗拉州赋予了一个殖民色彩的名字，还在该州埋下种族主义的种子。今天，南卡罗纳州有400余万人口，黑人占了三成，是一个黑人密集聚居的州。考察美国大选中的种族问题，南卡罗纳州是一个理想的样本。

2008年10月15日黄昏时分，我随东亚记者访问团来到南卡罗纳州首府哥伦比亚市。低矮的房屋，错落的树木，陈旧的街道，虽然强过很多发展中国家，与我们刚刚离开的明尼苏达州相比，就差远了。陪同我们的美国国务院雇员说，南卡罗纳州是一个农业色彩浓郁、经济相对落后的州，在美国贫困人口排行榜上排名第二。黑人的投票率在过去历届总统大选中都很低。他相信，奥巴马的参选，将刷新南卡罗纳州黑人民主史的记录。

次日上午，当地负责接待我们一行的考夫曼（Don Caughman）先生，领我们参观南卡罗纳州议会大厦。汽车停稳后，我们向州议会大厦的正门走去，考夫曼指着大厦不远处一枚高高挑起的旗帜说，那是南北战争期间誓死捍卫奴隶制度的南方联盟的军旗，2001年以前，他一直和美国国旗、南卡罗纳州旗悬挂在州政府大厦的顶端，接受400万公民的瞻仰。2001年，南方联盟的军旗在“挂还是不挂”的争论中，被人从顶端挪走。

与此同时，州议会大厦门口，还树起一个高耸入云的黑人纪念牌，纪念碑上雕刻着殖民者从非洲贩运黑奴的路线图，路线图上镶嵌着四块来自非洲四国的石头，它们无声地告诉今天生活在南卡罗纳州的黑人们，他们的先人来自刚果等四个非洲国家。

黑人纪念牌背后，增修了两片讲述南卡罗纳州黑人历史的浮雕，领导黑人反抗白人种族隔离制度的黑人民权运动领袖的雕像凸现其上。

虽然每三个南卡罗纳人中有一个黑人，但黑人在该州参众两院中的席位，远未达到“三分天下居其一”。

“你知道了这些背景，就会明白，为什么奥巴马的参选会成为本州黑人最为激动人心的大事。”考夫曼说。

敏感话题

“种族问题在这里是个敏感话题。”考夫曼说，“尽管大家都不愿意提起，但它决不会就此消失。”

种族问题的敏感，可以从我在一个美国教授家作客的小小细节中窥见一斑。

到达南卡罗纳州的第三天晚上，南卡罗纳州立大学国际交流中心主任路易斯（Luof Dessau）邀请我们一行去他家作客。他的法国太太说他们周围的邻居大多是黑人的时候，路易斯立即纠正说，是“非洲裔美国人”。

他们的话让我想起一个礼拜之前，我在美国媒体上看过的一篇文章，作者说，在第一次有黑人参加的总统大选中，种族问题已经悄悄卷入选战，虽说两个候选人在种族问题上已经达成了避而不谈的共识，但是，他们周围的人肯定不会等闲视之。

南卡罗纳州总统初选大战，已经说明了这一点。

数月以前，黑人奥巴马和白人希拉里展开了民主党总统候选人提名战。在南卡罗纳州，奥巴马以超过希拉里一倍的选票，一举拿下南卡罗纳州。民意调查机构公布的结果显示，南卡罗纳州的选民中，78% 的黑人将选票投给了奥巴马。南卡罗纳州的胜利，是奥巴马战胜希拉里的历史转折点。

半个月过后，内部之争将变为党派之争，考夫曼预测，南卡多纳州差不多 100% 的黑人，都会将选票投给奥巴马。理由很简单：奥巴马虽然不是南卡罗纳州人，但他的肤色告诉南卡罗纳州的黑人们，他们都是黑人，他们的先人都来自非洲。

事实上，南卡罗纳州是共和党的天下。参众两院 140 多位州议员中，共和党议员是 100% 的白人。共和党在这里的势力已经连续数十年超过民主党。半个月前，四个民意调查机构的报告，无一例外地显示，共和党总统候选人麦肯恩在南卡罗纳州的支持者，要比奥巴马多出 10 个左右的百分点。几乎肯定的是，即使 120 万黑人都选奥巴马，奥巴马在南卡罗纳州也不可能赢得了麦肯恩。

然而，南卡多纳州的黑人选民并未放弃。我在商场超市的随机交流中，感到总统大选中的选举团制度，正在鼓励黑人踊跃投票，增进奥巴马的胜算。

伤痛并未消除

“我们这个民族的声音，还没有完全得到传递。”

此话出自一个黑人男孩，一个立志要当记者的高中生之口。

来到南卡罗纳州的第三天，我们去哥伦比亚市的一所公立学校，与该校新闻记者兴趣小组的学生座谈，那个黑人男孩谈到他为什么想当记者的时候，无意之间将他的职业取向与种族问题勾连到一起。

南卡罗纳州律师协会领袖汤姆说，40 年前，反对种族隔离制度的黑人领袖马丁·路德·金博士被刺杀，35 年前，国会通过了旨在给黑人平等权利的法案，但是，种族问题带给黑人的伤痛并未从心底抹去。

汤姆说，他早已过世的爷爷和叔叔，都是反对黑人的 3K 党成员。在他很小的时候，他被灌输了种族隔离的思想，从而成为一个种族隔离主义者。感谢基督教的平等思想，感谢黑人民权运动，让他反过来成为一个反对种族隔离主义者。

汤姆说，和他一样转变过来的白人很多很多，可是，35 年后，返观南卡罗纳州乃至整个美国，如果你是一个黑人，你还会感觉到种族问题的阴影。表面上看，种族问题绝对没有 35 年前那么严重，黑人可以进入白人的洗手间了，黑人的孩子也可以和白人的孩子同校读书了。然而，种族问题阴魂未散，如果你是一个黑人，你会对那些蛛丝马迹体会得更为明显，比如说，一些白人会将自己的孩子转移到一般黑人上不起的私立学校。

凡此种种，会决定大多数黑人在投票的时候，首先考虑的是肤色。

汤姆说，人们会因为肤色将选票投给奥巴马，人们也同样会因为肤色而放弃他。他指责麦肯恩的竞选团队，最近正有意无意将诱使占人口绝大多数的白人考虑奥巴马的肤色。

虽然迄今为止的民意调查一再肯定奥巴马的领先地位，但是，最终鹿死谁手还很难说。南卡罗纳州立大学大众传播与信息交流学院的院长 Charles Bierbauer 博士跟我们说，多数美国人将投票看作私人事务，哪怕是他的太太，他也不愿意她知道她投了谁。

故而，一些我见过的黑人担心，白人在投票的最后一刻，会不会真的将选票送给一个黑人。

卡瑞：仅仅因为我是女人

20年前，思想活跃的纽约时报公司董事会主席亚瑟·舒茨伯格，还“难以想象”女性会在20年后的今天，成为总统大选中的明星人物，从总统到副总统，从希拉里到佩林，女性在总统大选中的光芒令世界瞠目。

2008年10月24日上午，在纽约时报的讲台上，亚瑟·舒茨伯格用惊叹的口吻，跟我们这些来自100多个国家和地区的记者，分享他对女性频频亮相于总统大选的感受。从他的口气和表情中可以看出，女性在总统大选中的表现的确是他过去“难以想象”的图景。

“难以想象”的图景是两个女人绘制的。前段时间的“画师”是前总统夫人希拉里，当希拉里在民主党内输给奥巴马，她的风头开始被共和党副总统候选人萨拉·佩林所取代，成为另一个绘制“难以想象”的图景的“画师”。现在，在美国，无论你是否喜欢萨拉·佩林，只要你是一个美国人，你就不能对这位来自阿拉斯加的孩子的母亲置若罔闻。她乡下女人式的土气，她口音浓厚的英语，她在回答俄罗斯问题时造成的“国家笑话”，她用15万美金的政治捐款购买服装的选举丑闻，使得昔日默默无闻的她，成为2008年总统大选中超级明星。

萨拉·佩林和希拉里的明星风采，并不表明美国妇女已经取得和男子一样的选举地位，也不表明她们对选举有着男人一样的热情。正因为此，年过八旬的老太太卡瑞，还在大选来临前奔走，呼吁南卡罗纳州的女性选举参与到总统大选当中，勇敢而审慎地投出属于自己的一票。

卡瑞是南卡罗纳州妇女选民协会的领袖。她领导的这个协会是美国妇女选民协会的一个分支机构。美国妇女选民协会鼓励女性不仅要走出家庭，还要走进议会走进选举官员的行列，不但要履行选民的政治权利给候选人投票，还要争取自己当候选人让选民给自己投票。大选来临之前，她们的使命是鼓励妇女参与选举。

我是在10月20日的早晨，见到这位老太太的。没有秘书，没有司机，没有陪同人员，80多岁的卡瑞，依照最初的约定，独自一人，准时出现在南卡罗拉州立大学附近的一个酒店。鹅黄色的外套，淡蓝色的丝巾，明显涂过的口红，剪裁得当的眉毛——在妇女受教育程度相对较低的美国南部，她的扮相大致透露了她的教育背景。

走进事先预订的会议室，她开始礼貌地向我们介绍她领导的协会，回答我们的提问。

是什么样的力量，鼓舞着衣着光鲜的她，不顾高龄为妇女的选举事业而奔走?

她说，是她的人生经历。

65年前,她从南卡罗纳州的一个法学院毕业。但是,她不能当律师,或者法官，因为当时的法律不允许女性走进这个行当。

和黑人一样，在美国历史上，女性的政治权利不是一开始就有的，而是经过不断的斗争赢得的。她说，美国宪法实施100年之后，妇女才逐渐取得选举之类的政治权利。20世纪90年代，少数对妇女在选举中的态势感到不满的美国人，拉起了美国妇女选举协会的旗帜，感叹妇女权利不足的卡瑞，立即投入到这个民间组织。

一开始，美国妇女选举协会在各州的分支机构，都是一些老太太在忙乎，最近几年，青年女性开始加盟他们的团队。卡瑞说，2008年总统大选中，南卡罗纳州妇女选民协会的两个年轻志愿者，已经鼓舞了很多妇女选民走进选民登记站。

她说，无论是她领导的南卡罗纳州女性选民协会，还是其他各州的女性选民协会，都主张非党派的政治中立。她们决不诱导女性选民投哪个党的票，她们要做的只是鼓励妇女积极参与投票，并为妇女投票提供决策参考。在全国范围内，美国女性选民协会编写了一个2008年总统大选读本，讲述全球经济、贫富差距、医疗卫生、对外政策，以便妇女们了解总统候选人的政策和立场。他们只提供数字和事实，不对候选人的政策做好或者坏的价值判断。

卡瑞说，她们不仅主张政治中立，还主张性别中立。她们不会因为佩林和她们一样是女人，就鼓励妇女投佩林和麦肯恩的票。

事实上，麦肯恩之所以选择佩林做他的副总统候选人，很大程度上就是因为佩林是女人。共和党选举总部制作了很多“我是个女孩”的选举徽章，让支持他们的女性戴在胸前。美国研究选举的专家认为，希拉里败走总统大选之后，支持希拉里的妇女很伤心，麦肯恩试图让佩林的出现，让女性选民得到安慰，投他们的票。

卡瑞相信，麦肯恩让佩林做副总统候选人的目的比较明显，但妇女们并不会仅仅因为性别就丧失了独立判断。她眼前的重要工作就是让妇女正确地行使选举权，而非随意对待自己的权利。

我和哥伦比亚大学一位华裔女性学者转述卡瑞的话语时,她笑了。在她看来，虽然她不清楚会有多少女性会因为佩林是位女性而投共和党的票，但将选票投给共和党的女性中，一定有人仅仅因为她们是女人。否则，奥巴马就不会让希拉里去佛罗里达州呼吁女性选民，要像当初支持她一样支持奥巴马。

尽管如此，这位不希望我将她的名字写到报纸上的华裔女性学者，依然认同亚瑟·舒茨伯格的观点，今天的女性能够成为总统大选中的主角，的确是20年前“难以想象”的图景。

选举日的最后一刻

11 月 5 日北京时间早上 6 点 55 分，我接到奥巴马竞选团队从明尼苏达州发来的电子邮件，标题是《投票结束前，我们需要你的帮助》。

此刻，美国明尼苏达州时间应该是 11 月 4 日下午 5 点 55 分，距离美国总统大选投票截止的时间还剩下最后几个小时。

来信亲切地喊过我的名字后，便迫不及待呼吁：创造历史的时间还剩下异常紧要的最后几小时，在明尼苏达州投票活动结束之前，你们可以通过做五件事来改变美国历史。

提及明尼苏达州这个单词的时候，一个紧随其后的破折号强调，这是“一个至关重要的‘战场州’”。明尼苏达州是共和党总统候选人麦肯恩的“老巢”，该州的民意调查一再显示，奥巴马和麦肯恩在该州的势力旗鼓相当，依据“赢家通吃”的选举团投票原则，谁能拿下明尼苏达州，谁就朝白宫靠近了一步。

“抓紧投票”是奥巴马团队呼吁大家去做的第一件事。来信说，如果你还没有投票，请把握最后的时间。这句话后面是一个链接，告诉投票者你可以去哪里找到最近的投票点。除此之外，奥巴马团队还鼓励大家，“给每一个认识的人打电话发电子邮件”，确认他们是否已经投票了。

奥巴马团队还号召大家去投票点，劝慰那些正在排队等待投票的人们务必等到投票结束才离开。来信中，黑体字提醒大家：不管队伍排多长，每一个赶在选举结束前站到队伍中的人，都可以投下有效的一票。

对于那些不能赶到投票点只能呆在家里的人们，奥巴马团队恳请大家坐在家中打电话，坚持到大选结束的最后一刻。

就在我收到这封电子邮件之前七个多小时，奥巴马的夫人米歇尔还发来一封电子邮件。依然是亲切地喊着你的名字，而后劈头盖脸地提醒你：今天是大选的日子！蛊惑人心的动员辞令中，最核心的内容就是告诉你，你周围的人们已经在投票了，你赶紧去投票吧，拉着你的家人、你的朋友，去投革新国家的一票。

20天前，我在明尼苏达州观摩了米歇尔帮助丈夫拉票的助选活动，奥巴马团队得以拿到我的电子邮件地址，从此，每天都能收到以奥巴马团队或者奥巴马或者米歇尔名义发来的电子邮件。

美国人的电子邮件和他们的手机可以随时连通，发个邮件和发个短信差不多，接收者可以在最短的时间内收到，这也是为什么奥巴马团队不间断发送电子邮件的原因之所在。他们之所以给我发电子邮件，是因为他们误以为我是居于明尼苏达州的美国公民，掌握着神圣的一票。

20天来，他们给我发送的电子邮件不下100封，探究其特点，往往因名义不同而风格各异。以奥巴马团队的名义发来的电子邮件，类同于简报，他们或者将有利于奥巴马的信息发给选民，或者针对麦肯恩团队的攻击作出解释。以奥巴马或者米歇尔个人名义发来的电子邮件，有的是提醒，有的是鼓劲，有的是募捐。6天前，奥巴马发来的电子邮件说，接下来的6天，将是最严峻的6天，我们需要你的支持，敬请捐献5个美金或者更多一点，为我们最后的冲刺加油。

所有的邮件都有一个共通的特点，那就是反复提醒，注重实效，言简意赅，富有煽动性，比如：任何松懈都将导致可怕的后果；真正能够改变历史的机会并不常有；大选就握在你的手中；我们赢得的不仅仅是这次大选，我们还将改变美国和世界的历史。

我相信所有的电子邮件都是群发的，以个人名义写的信也是他的团队代笔的，令人佩服是，他的团队不是简单地群发抄送了事，而是同样的内容写给每一个不同的人，开头一定是你个人的名字。

美国大选：一场游戏一场梦

2008年11月4日，马拉松式的美国总统大选尘埃落定。我在此前的一个月，和若干中国同行，以及若干其他国家的记者，行走于大选中的美国，以一个外国人的眼光，看这种大选，我想说，美国大选是一场假定总统候选人是“丑角”选民是智者的选秀游戏，奥巴马的当选未必是美国梦，却是不折不扣的世界梦。

选秀游戏

作为中国人，我眼中的总统大选不是高高在上的美国宪法，不是一本正经的宪政设计，亦非国家名义的宏大叙事，它是，仅仅是一场彻头彻尾的游戏，一场全民参与的“选秀”游戏，类似于前些年湖南卫视的“超级女生”和“快乐男声”电视大“选秀”。

我和一位同行的大陆记者说，党内选举阶段，前第一夫人希拉里犹如“海选”中的“超级女生”，最后决胜阶段，非洲裔美国人奥巴马就是笑到最后的“超级男生”。大选结果揭晓之前，跌宕起伏的选秀游戏中悬念丛生，一如侦探小说，勾得你欲罢不能，这使得电视连续剧般漫长的总统大选总能保持居高不下的收视率。亿万观众就那样乐呵呵地守在电视机前网络视频前，跟随选秀的程序，看“超男”、“超女”的表演，亦步亦趋地等待着“超男”或者“超女”的最后胜出。

与湖南卫视不同的是，在美国“超级男生”和“超级女生”的选秀游戏中，没有一堆正襟危坐煞有介事的“评委老师”。美国总统大选中没有“评委老师”，除非出现八年前小布什和戈尔之间的大选官司，才需要联邦最高法院裁决最后的胜利者，正常年度的大选，从不存在高高在上的“评选老师”，根据美国的选举制度，投票那天所有年满 18 周岁的美国公民，都是“评委老师”。他们是大选游戏中的裁判。哪个候选人才是最终的“超男”、“超女”，需要亿万裁判集体说了算。

美国大选中的选民不仅是裁判，更是参与者，他们本身就是游戏中的一员，尽管很多时候他们是那么的微不足道。由于微不足道的人们都能参与其中，这样的游戏才会爆棚，才会变成欢乐嘉年华。

中国台湾地区的同行翁碧莲说，总统大选中充满着欢喜，不似台湾地区，选举中又是下跪，又是削发，泪涟涟的，满是悲情的色彩。

此言不虚。我看到的美国大选，人们总是在欢乐氛围中“咸与维新”：

在明尼苏达州，我们观摩过两场总统候选人拉票助选活动，活脱脱一个联欢会，如果不是多了台上台下的互动，那架势就接近中央电视台的春晚了。

在华盛顿特区，我们去过若干可以观看总统候选人电视辩论的政治酒吧，老老少少男男女女端着啤酒杯，又是鼓掌，又是爆笑。

在纽约曼哈顿，大选揭晓前几日，几个小伙子在时代广场向我们兜售避孕套，上面印着奥巴马、麦肯恩、佩林的头像，围观者扑哧一笑。

为什么中国台湾地区的选举是哭的，美国的选举是笑的？我们一行也说不清楚。美国国务院的一位华人翻译猜想，可能是因为美国幅员辽阔，大多数地区人烟稀少，居住分散，日常生活没什么乐事，私生活比较乏味，四年一次的总统大选于是就成了四年一度的狂欢。

显然，此等猜想过于简单化过于形而下，大家姑且听之，一笑了之。

游戏中的“丑角”

四年一度的总统大选就是四年一次的宣泄。

这是观点是一位中国媒体驻华盛顿记者说的。她说，美国社会和任何一个国家的社会一样，政府和民众之间总能积累一长串剪不断理还乱的矛盾，大选给了人们集体宣泄的机会，让人们在大选的程序中尽情发泄他们对政府的不满。

这个观点将我的“游戏说”推进了一步，引发了“游戏丑角”的联想。

如果我们将美国大选看作一场旨在选秀的游戏，那么游戏中的“选手”就是游戏中的“小丑”。希拉里是初选游戏中的角色，但她是个“丑角”，佩林是大选游戏中的角色，也是一个“丑角”。总体上看，决胜阶段，两个阵营两个总统、两个副总统候选人就是四个丑角。副总统候选人相当于“小丑”，总统候选人相当于“大丑”。

共和党民主党两个阵营的对决游戏，不仅是竞选纲领的比拼，还是互相揭短的比赛，每个阵营都憋足了劲，寻找对方的丑陋之处，从经济方略到私生活，从宗教信仰到打嗝放屁，任何可以丑化对手的细节，都会被翻个底朝天。这个说法绝非夸张，希拉里在竞选活动中放的一个屁，就是YouTube上的热门视频。奥巴马的宗教信仰问题，曾被麦肯恩团队制作成电子邮件，病毒般四处传播。

美国媒体在揭丑比赛中，是个跑龙套的角色，一个唯恐天下不乱的家伙。看过总统候选人第二轮电视辩论后，我和同行者发觉，两个候选人对美国民众高度关注的经济问题避而不谈，生怕自己说错了惹怒选民。第二天，美国媒体中的专栏作家们就“生气”地说，候选人不说我们说，将经济议题一个个罗列了一遍，第三轮总统辩论时，试图回避敏感问题的候选人一下跌进了经济泥潭。

美国媒体是“丑陋”的制造商，也是中间商，他们向参与选秀游戏的两个阵营“销售丑陋武器”，惹得候选人腥臊满天下。更有甚者，如支持共和党的《华尔街日报》，支持民主党的《纽约时报》，还会赤膊上阵，丑化他们不喜欢的党派和候选人。中国媒体驻华盛顿的一位首席记者说，《纽约时报》因为不喜欢麦肯恩，竟然捕风捉影地写了麦肯恩搞男女关系的绯闻，长篇累牍的报道，怎么看都是传闻，与他们平素讲究的公正报道实在不相干。

选秀游戏中，候选人是“丑角”，只有选民才是勇敢的“生角”正义的“旦角”。选举游戏中，每个竞选团队都呼悠他们说，你们才是决定美国历史走向的智慧的化身。在麦肯恩小镇拉票活动中，我看他不停地歌颂选民，我就想起一个美国书上的情节：

多年以前，一位美国候选人在拉票活动中满怀真情地向选民们鞠躬致意，多年之后，当他走下总统宝座回答记者当年鞠躬致意时有何感想的提问，他说，真想踢他们一脚。

我不知道奥巴马在歌颂选民拉拢选民时，究竟有多大程度的诚意，我知道的是，他在选举结束前半个月左右的时间内，发给我的电子邮件不下100封。他们的团队误以为我是一个美国公民，就不停地以奥巴马、以奥巴马夫人的名义给我发电子邮件，每封电子邮件的背后都有视选民为智者的假定。

假定选民是智者候选人是丑角的游戏，是否真的尊重了选民姑且不论，选民们发泄了他们对前政府的不满，则是实实在在的。无论哪个候选人，不管怎样的选民集会，都会声讨布什总统和他的政府，在声讨中罗列国家的毛病，呈现百姓的艰难，发泄对过去的不满。在两个候选人拉票的现场，总能听到这样的问答："你们还愿意重温布什执政的噩梦吗？"下面一起回答："No。"

美国大选的宣泄功能类似于日本企业界的"忘年会"。每到年末，日本企业总要鼓励员工在聚会中大骂老板，出出恶气，而后轻装上阵，忘记过去一年的不快，满怀憧憬地走向下一年。四年一度的总统大选，同样可以让宣泄之后的选民，忘记过去的不快，满怀憧憬地跟随下一任总统走向新的四年。

未必美国梦，必定世界梦

奥巴马的当选当真是美国梦的实现么？

我不敢肯定。

奥巴马的当选的确改变了美国历史，佐证了自由民主博爱的价值观，但是，奥巴马当选总统并不意味着种族问题已经在美国消失，美国梦绝非奥巴马走进白宫的历史真相，多数美国人不是为了改变历史不是为了美国梦而将选票投给奥巴马的。

美国梦只是奥巴马的一张选举牌。总统选举毕竟不是我们选村长，类似于美国梦这样的国家叙事是必不可少的。所以，麦肯恩会喊出"国家第一"的口号。然而，真正影响游戏结果的绝非这些国家伦理的宏大叙事，多数选民并不关心伊拉克人民是否呼吸自由民主的空气。尤其是2008年，深陷金融危机的泥沼、缺乏储蓄习惯、日子难过的美国选民，对世界事务实在没有多大的兴趣。我在拉票现场看到选民问候选人中国问题，根本原因是他们担心中国廉价的制造会否减少他们的就业机会。

说大实话，美国总统大选和我国村长选举本质上是一样的，选民在乎的就是柴米油盐，老有所养病有所医是他们对候选人的期许。美国选民并不都是世界公民，也不都是比尔·盖茨。奥巴马能打败麦肯恩，一定程度上在于他许诺穷苦人，要解决看病难看病贵上学难上学贵的问题。

奥巴马的胜利，可能还与他善于利用互联网的优势，他恰逢美国经济危机的运气，息息相关。美国学界正在研究这些细节，但世界其他国家的人们不理会这些细节，他们只会简单地发出从奴隶的小屋到总统的白宫的感慨。

未来历史的诠释者也有可能丢弃今日琐碎的细节，从现实的需要解构奥巴马当选的象征意义，因为奥巴马的当选未必是美国梦的实现，却是世界梦的放大。如同美国违宪审查制度的确立，本来源自政党和政客之间丑陋的争斗，只是卑劣的动机最终酿成了正义的结果，但是外人对美国政党斗争的历史真实毫无兴趣，他们仰慕的只是违宪审查制度的伟大，因为这个制度迎合了渴望宪政的世界梦。

为什么美国之外的外国公民会在网络世界的虚拟选举中投票给奥巴马？除了黑人登上总统宝座的戏剧性色彩可以娱乐乏味的生活，还在于奥巴马当选的象征意义满足了人类对于平等的渴望。

奥巴马的当选，象征着起点的平等。他是一个底层黑人的儿子，但他可以和现任总统，一个白人总统的儿子一样，站到同一起跑线上，做着同样的梦。奥巴马的当选，其实有很多运气的成分。但在世界的欢呼声中，这些都不重要。作为外国人，人们对选举中的细节并不关心，人们在乎的是，美国的选举制度不承认年龄、资历、种族和出身，它只承认野心、才华、努力和运气。

和我们同行的一个外国记者是一个华人，她的曾祖父很多年前下南洋的决定，让她成为一个东南亚国家的公民，她中学毕业的成绩是学校第一名，可她却不能像当地土著一样读大学，而不得不去另外一个国家寻找读大学的机会。基于个人历史，她特别在意奥巴马当选所宣示的种族平等的意义。

今天的世界，还在做着平等的梦，自然法意义上的平等权，迄今还是人类社会尚未完全实现的理想，各种不平等的事情每天都在上演，世界需要一个奥巴马，需要这样一个象征，所以，未来的历史学家很可能会放弃历史真相中的细枝末节，而从所谓的大历史出发，将奥巴马的当选演绎成一场关乎平等的世界梦。

采访手记 5：你的新闻全球化了吗

多少中国记者报道了美国大选

究竟有多少中国记者报道了2008年度美国总统大选?

确切的数字，我不晓得，我只知道，至少有14个中国记者在美国采访美国总统大选。

14这个数字，来源于美国国务院外国记者中心。11月1日早上，我收到该中心东亚太平区地区信息官发来的电子邮件，内有14名中国记者的姓名及其所在媒体的名字。除了《南方周末》以外，南方都市报、经济观察报、上海晨报都派出了记者，前往华盛顿，寻觅他们眼中的大选新闻。

令我惊讶的是，14个记者中，竟然有4位来自广东佛山，佛山日报、佛山电视台、佛山广播电台均有特派记者。区域性地方媒体竟然垂注美国总统大选，无论如何都是出人意表的。或许，中国新闻界的世界眼光真的远大了。

14个记者中，还有两个是研究人员。他们来自清华大学新闻传播学院，一个教授，一个助理。美国国务院外国记者中心说，两位研究人员正在写一本书，探究美国媒体在总统大选中的角色与功能。

中国读者可能费解，为什么研究人员会列入记者名单?在美国，记者已非媒体公司职员的专有称谓，每个人都可以将自己当作记者，如果你愿意的话。设在华盛顿的美国国务院外国记者中心，不仅接待来自世界各国的记者，还接待以个人身份采访观察总统大选的各国公民。

14这个数字，显然不是采访美国总统大选的中国记者的确切数字。确切的数字是多少，我无从推测，我可以推测的是，确切的数字一定比这个数字大。因为美国国务院外国记者中心给的名单，仅仅是去他们那里登记的名单。

事实上，很多中国记者去美国采访总统大选是不去那里登记的。除非你希望获得他们的帮助，否则，你根本不需要向他们登记，他们只是一个服务机构，而非管理机构。据我所知，我的同事李梁先生就没有去登记，11 月 1 日已经赶场采访“奥巴马之夜”的郑浩先生，也没有登记。郑浩是凤凰卫视公司的中国部副总监，现在美国智库，位于华盛顿的布鲁金斯做访问学者，为了凤凰卫视的需要，一周前就订好机票，匆匆赶到奥巴马老家芝加哥报道大选之夜了。

我想，我在华盛顿见到的人民日报等中央媒体驻华盛顿的记者，也肯定不会去外国记者中心登记的。他们中的一些人除了给本报写稿之外，还可能会给其他没有外派记者的媒体写稿。

这么多的中国记者采访美国总统大选，若干年前是难以想象的。难以想象的事情成了现实，表明中国目前的媒体竞争，正在呼应全球化的趋势。可见，形势比人强，潮流是无法阻挡的。

我在共和党总统候选人麦肯恩的小镇拉票会现场，反复想一个问题：美国总统大选和我个人之间究竟有什么关系？当时，麦肯恩这个老头，近在咫尺，而曾经美国总统大选和我的距离却是那么的遥远。

美国总统大选的概念第一次浮现在我脑海，是十几年前的一个早上。那时候，我还是一个高中生。早读课上，我的英语老师探过头跟另一个老师说，美国在选总统。我很好奇。那时候，我的世界中其实没有美国，没有美国总统，也没有美国总统的选举，我想探过头去听，那个老师发现我要听的时候很警觉，立即就不说了。这个事情过去了，我的脑海里就没有美国总统大选了。

我上大学的时候，美国选过一次总统。虽然我是一个大学新闻系的学生，我并没有留意美国总统大选的新闻。不知道是否因为安徽芜湖比较偏僻，反正我周围没有任何人讨论过美国总统大选，也没有这个方面的新闻资讯。

2000 年，美国又选总统了。我当时在中国《新闻周刊》。当时中国《新闻周刊》只有一个国际编辑，叫韩伟，印象中，他编译了一些关于美国总统大选的东西。至于是什么，我一点印象都没有了。后来，我做了《新闻周刊》采访部的负责人，对于美国，我是一点都不关心的，也不爱看美国方面的报道，只是对国际版编辑用“华府”、“北京”指代美国和中国觉得好玩。

今天，情形完全不一样了，美国总统大选的资讯，今天的大学生已经相当了解。现在，如果你的英文足够好，你可以很快地上CNN这样的网站，到奥巴马个人网站上去了解美国总统大选的进程。既然你的英文不够好，也没有关系，你可以看现在的中国报纸和电视，美国总统大选期间，它们每天都在报道事件的进程，从未懈怠，哪怕是中央电视台，也在关注美国总统大选。

将中国媒体对美国总统大选的关注解释成未雨绸缪的高瞻远瞩，一定是夸大其词。我相信，这是我们今天所面临的媒体竞争环境所决定的，我们的读者对资讯的需求，已经有了比过去更为宽阔的视野。此时此刻，试图占据竞争优势的媒体，不得不先行一步。

有多少美国人在关注中国

去美国之后，我发现美国竟然有那么多的人对中国的问题如此关心。

我们去美国的时候，美国国务院邀请了100多个国家和地区的记者，组成一个“墨罗计划”的国际青年记者团队，除了一些大的活动是所有的记者一起参与的，很多小的活动都是分小组进行的，我们所在的小组的活动由美国国务院东亚与太平洋事务局的官员负责，所以也叫做东亚太平洋小组，成员都是东亚与太平洋国家和地区的的记者。我们这个小组里面的成员，来自中国大陆的有四五个，虽然说绝对人数多，但相对于整个小组的总人数并不算多。但是，我们发现，小组活动的时候，我们所到之处，人们总是跟我们不厌其烦地说，中国，中国。即使在美国国务院，在东亚和太平洋事务局，个别外交官甚至对其他国家的记者视而不见，自始至终反复跟你强调中国应该怎么样、中国应该跟美国怎么样。

我们去美国明尼苏达州州政府交流的时候，一个主管贸易的官员在一个小时的交流中，没有提到任何除中国大陆以外其他任何一个国家和地区，他所有的精力都在说中国和美国的贸易之间应该怎么做，明尼苏达州能会为中国商人提供什么样的机会，并列举中国的莱芜钢厂在明尼苏达州的投资项目论证他的观点。

在我离开华盛顿的前一天，凤凰卫视原驻华盛顿记者隗静，和她在伊拉克战争中认识的将军丈夫，请我和《环球时报》的一个同行去吃饭。饭局上，隗静夫妇的朋友，一个亿万富翁的老头，反复跟我们谈中国的环境问题。他是一个做环保节能技术的生意人，正在和中国国家发改委交涉，试图将他的环保节能技术卖到中国来。环境问题，是美国近年来最为重要的一个中国议题。我们在纽约的时候，当天的《华尔街日报》上就有一幅巨大的公益广告，主题是关注中国不断扩大的环境污染。

中国议题也是这一次美国总统大选中的议题。当然，中国议题一直是美国总统大选绕不过去的议题。与过去不同的是，这一次美国总统大选中的中国议题不再是传统的意识形态问题，而是现实的民生贸易问题。我参加了美国共和党总统候选人在一个偏僻小镇上的拉票会，如果不是亲眼所见，难以想象一个偏僻小镇的居民，会就中国问题向候选人提问。我发现，这不是因为偏僻小镇的居民真的具有国际主义情怀，而是因为中国的贸易影响到了美国人的就业和生活。今天的美国社会弥漫着一种复杂的中国情绪，美国人渴望了解中国。

我们与世界已经非常紧密了

我不厌其烦地说这样一些细节，是想说明，在今天这样的背景下，我们和美国，乃至整个世界的关系已经非常紧密了，世界就像托马斯·弗里德曼所说的，是一个平的世界。最近，弗里德曼出了一本新书，说世界是一个平的、拥挤的、热的世界。我粗粗浏览过这本新书，大概有几十个页码专门讲述中国。在一个平的、拥挤的、热的世界中，不仅世界渴望了解中国，中国也需要了解世界。我们的新闻报道需要正面回应这一形势，在内容生产上体现全球化的趋势变迁。

几年前，我写过一篇文章讨论以许知远为代表的早期的经济观察报式文体，为什么能在本世纪初风靡一时，在大学校园里有那么大的吸引力。通过对100年来中国接轨西方的现代化历史的分析，我认为是中国和世界的第二次拥抱，无意间促成了经济观察报式文体的成功。本世纪之初，中国加入WTO，我个人理解为中国和世界的第二次拥抱，大量的跨国企业进入中国，普通中国人开始放眼向洋，尤其是年轻人，对中国之外的世界充满好奇，许知远他们陈列在《经济观察报》上的欧式长句，拉开了报纸与传统汉语写作之间的距离，这时候，再加上西式思维、洋人企业家的头像，整个报纸一下子迎合了中国人渴望了解世界的心理需求，至于说他们说得怎么样，是否在理，并没有我们想象的重要。

这种情形，与 19 世纪末 20 世纪初中国第一次与世界拥抱时极为相似。那时候，梁启超他们在日本办过一些报纸，率先用白话文写作，半文半白的句子，西方人士的引语，动辄世界如何如何中国如何如何的架势，创造了以梁启超为代表的“《新民丛报》文体”。我看过凤凰卫视评论员曹景行的爸爸曹聚仁写的一本很老的书，叫《文坛 50 年》，里面有一个细节，说他在浙江一个偏远的地方，看到当时的一个很有名气的大儒，竟然在一条小船上看梁启超他们用白话文写作的报纸。曹聚仁感慨，在遥远的日本创办的一份报纸，竟然能在一个偏僻的地方，用白话文，用世界眼光，改变传统士大夫的视听。

总之，在中国和世界快速接轨的过程当中，中国读者了解世界的愿望是非常迫切的。试图在媒体竞争中抢占先机的媒体和记者，就得回应读者的愿望，每隔几天，就得有意无意地问问自己：今天，我们的新闻全球化了吗?